小书店｜老二

DUKU

读库

2001

主编　张立宪

新星出版社　NEW STAR PRESS

DUKU
读库

责任编辑　杨　雪
　　　　　杨　乐
装帧设计　艾　莉
图片编辑　黎　亮
美术编辑　耿　冰
责任印制　包伸明

特约审校：黄英｜马国兴｜吴晨光｜李英子｜张钧｜朱朝晖

目录（总第 100 期）

科学思维要点

汪 诘

科学素养是由科学知识和科学思维共同组成的。

我是一位职业科普人，近几年来，一直在为各个年龄段的科学教育贡献自己的力量。从2018年开始，我承担了一项重要工作，就是为中小学《科学》教材制作配套的视频微课。为把这个工作做好，我认真研读了教育部颁布的课程标准，以及几乎所有不同版本的小学《科学》教材。在这些教材中，科学知识的系统化、模块化程度非常高，知识点的大类、小类以及难度划分都非常细致准确，有明确的教学目标、考核标准，但让我感到遗憾的是，科学思维的教学，相对而言就显得不成体系，没有章法，甚至很难整理出一个个的知识点，更不要说结构化和模块化了。

科学教育的最终目标是提升人的科学素养，而科学素养是由科学知识和科学思维共同组成的，两者同样重要。我便开始尝试着把科学思维也整理成一个个明确的知识点，并且把它们分出层次结构，确定考核方法。

经过两年多的积累，不断地总结、修订，现在有了一个阶段性的成果，就是将科学思维总结成十五个知识点。有这十五个知识点做基础，就可以把它们也像科学知识那样再继续解剖，细分结构，构建难易梯度。

现在，我正在与读库合作，启动一项庞大的工程：编写一套针对小学生年龄段的“我爱科学”丛书，目标是在这套丛书中，把科学知识和科学思维放在同等重要的地位，系统地讲解科学知识和科学思维。

首刊于此的十五条科学思维要点，是一个总纲，是我认为一个现代人学习科学时应当掌握的思维方式，它与科学知识同等重要。

在未来的创作中，我会把这十五条科学思维的讲解继续延拓，用各种生动有趣的形式来阐释人类的这些伟大智力成就。

能区分事实和观点

事实陈述：描述在客观世界中可被证实或证伪的东西。

观点陈述：描述观察事实时个人所处的位置或采取的态度。

或许你会觉得事实陈述和观点陈述很容易区分。“这

只苹果是红色的”，答案显而易见，这是事实陈述；“我喜欢红色的苹果”，答案也显而易见，这是观点陈述。

那么，“人人都喜欢红色的苹果”，是事实陈述还是观点陈述呢？

答案是事实陈述，因为它可以被客观证实或者证伪。也就是说，我们只要找到有一个不喜欢红色苹果的人，那么上述的话就被证伪了。

能够区分事实和观点，对于我们在日常生活中讨论问题非常有用，可以避免陷入各说各话，不在同一个频道的尴尬境地。

例如，甲说：没有科学家有兴趣证明上帝是否存在。（事实陈述）

假如乙反驳说：我觉得你说的不对，科学家应该努力去寻找上帝。

这种反驳就是没有正确区分观点陈述和事实陈述的差异。

乙的反驳不是一个有效的反驳，因为这实质上并不是一种反驳，而是在做观点陈述，而乙的观点陈述与甲的事实陈述并没有真正的矛盾。

针对性的反驳意见可以有两种：

第一种：我觉得你说的不对，因为我知道某某科学家就在证明宇宙中是否存在上帝。

这叫举出反例来证伪一个事实。

第二种：即便你说的是一个事实，但我认为这是不对的，我希望这个事实发生改变。你认为呢?

这叫先确认事实，再探讨观点。

学会区分观点陈述和事实陈述，双方就能在同一个频道中谈话，讨论也可以愉快地进行下去。否则，谈话很可能陷入无意义的争执中。

思考题 请辨别下面这些陈述是观点陈述还是事实陈述:

- 世界上第一台打字机诞生于1828年。
- 人类目前已知的地球上跑得最快的动物是猎豹。
- 科学界尚未发现生物进化论的反例。

了解科学和技术的区别

科学的目的：发现自然规律。

技术的目的：创造出有实用价值的工具。

科学的成果是纯理论性的，用论文就可以表达出来。比如牛顿运动三定律、万有引力定律、相对论、进化论、元素周期表等等，这些都称为科学发现。它们反映了人类对宇宙、自然、生命的本质规律的认识。

技术的成果则需要有实际的体现，它能改变人们的生活，能创造出更好的工具。比如中国古代的四大发明，爱迪生发明制造白炽灯，特斯拉改进交流输电系统，这些都是技术。它们体现了人类改变世界的能力。

搞科学的人叫科学家，搞技术的人叫工程师。当然，有人既是科学家也是工程师。

举一个具体的例子。

城市建设经常会实施大楼的爆破拆除。

在这个过程中，炸药放在什么地方、放多少，是最为关键的。如果放的位置和量不合适，那么大楼就有可能在倒塌的过程中破坏周围的建筑物。并且这无法试验，必须一次性成功。

科学家需要研究出炸药爆炸和大楼倒塌的规律，有了科学理论的指导，才能精确计算出把炸药放在哪里、放多少。

把炸药准确地安放到预定位置，精确控制投放的量，在坚硬的水泥墙和地面上打出洞，将炸药严丝合缝地放置进去，这就是工程师需要完成的技术活。

因此，拆掉一幢大楼，需要科学家与工程师联手合作，科学家设计方案的过程就是科学，而工程师落实行动、进行爆破作业的过程就是技术。

一般来说，一项科学发现的意义要远大于一个具体的技术发明，比发明了什么更酷的事情是发现了什么。不过，这也不是绝对的，有些技术发明也可以极大地推动科学发现。

思考题 爱迪生能不能算是一位科学家？为什么？

知道什么是信源

信源：信息的最初来源。

在日常口语中，信源一般指的是“消息的来源”。比如，这个消息是我听朋友讲的，这个消息是从报纸、书

籍、电视、朋友圈中看到的，等等。但在科普人眼中，只有找到了信息的最初源头，才能说是找到了信源。

信息的最初源头，是指这个信息第一次被创造出来的地方。

举个例子来说明。

辟谣内容："尼比鲁星球将于2017年9月23日撞击地球"系谣言。

在各大媒体上都能看到这条消息，请问：这条消息的信源是什么?

大多数人可能会回答说：央视啊，央视都辟谣了，那还能有错。

如果不较真的话，答案不算错，因为对于回答者自己来说，这条消息确实来自央视。但是，如果较真的话，你就必须要明白，只有找到了这条消息第一次发表的地方，那才叫找到了信源。

抽丝剥茧，我们发现，2017年9月20日央视新闻中引用的美国专家的辟谣视频，最初的发表时间是2011年10月21

日，消息第一次发表在YouTube上。这才是准确的信源。

信息第一次发表的地方可称为一手信源，也就是我们口语中说的第一手资料。其他所有转述这个消息的地方，可称为二手信源，也就是第二手资料。

只有一手信源才是最真实准确的，所有的二手信源都有可能提供不真实或者不准确的信息，例如转述错误、信息丢失、过度解读甚至断章取义等。

当然，有可能错误不代表一定错误，事实上，二手信源的可靠性差异也很大。

大多数时候，我们如果只想粗略判断某篇文章的可信度，可以不用查证具体内容，只看它的信源是以一手信源为主还是以二手信源为主，大致就能知道文章作者的用心程度了。

知道信源的概念是我们辨别信息真伪的第一步，万分重要。

思考题 请找到“每天记录步数和热量，无助于减肥”这个观点的一手信源。

能大致判定信源可靠度

信源等级：可以帮助我们快速判断信息可靠程度的一种依据。

当你获得互相矛盾的信息时，有一个大致判断哪个信息更可靠的方法。一般来说，信息的可靠度与其信源的可靠度是正比关系。通常情况下，越是可靠的信源，它发布的信息越值得我们信任。

信源的可靠度可以用“信源金字塔”来快速判断，信源等级越高，表示它的可靠程度相对也越高。

一级信源：国际组织的书面材料。比如在健康医疗领域，一级信源是世界卫生组织（WHO）；关于全球气候问题，一级信源是政府间气候变化专门委员会（IPCC）；此外还有名称中含“联合国”或“世界”的各种机构（非山寨）。

二级信源：科学界公认的那些高质量的科学期刊，尤其是*Cell*、*Nature*、*Science*，这三本期刊被并称为CNS。英国的自然出版集团还从全世界范围内选择了一批高质量的期刊，大约七八十本，称为自然指数期刊，可以在*Nature*的官网查询到。

三级信源：国家级机构（非山寨）发表的书面材料和各类教科书。例如中国科学院、国家天文台、美国药监局（FDA）、美国航空航天局（NASA）、美国儿科协会等。

四级信源：SCI收录的期刊，这个也常常被称为核心期刊。它有两个版本，一个是SCI，收录了大约三千五百多种期刊，一个是SCIE（E表示扩展的意思），收录了大约八千多种期刊。

五级信源：具有良好口碑的专业机构垂直类媒体。

六级信源：综合性的大媒体（非平台性质的）。

七级信源：某专家学者的个人著作、访谈等。

还可以继续往下分八、九、十等级别，信源等级最差的就是道听途说，找不到任何出处的信息。以及“常言道”“古人云”“俗话说”之类的信息。特别指出：所有中医古代典籍在健康医疗领域都属于等级最低的信源，与道听途说处在一个等级。

重要补充：这只是一个帮助我们快速鉴别信息可靠度的大致方法，不能拘泥，也不能钻牛角尖。在做决策的时候，你需要交叉比对、互相印证。世界上的所有分类、分级其实都是人为划定的界线，而真实世界往往是复杂的，是不需要迁就这些界线的，总是会存在跨界的情况。

思考题 “中华美容协会”发布的信息位于信源金字塔中的哪一级?

能用统计的眼光看现象

统计眼光：看待社会现象时要考虑这个现象背后的频次、概率等各种数据。

用统计的眼光看现象，有两层含义：

一、不要被自己的感觉所欺骗。

人们很容易被自己的感觉所欺骗，这是因为人人都有选择性遗忘的机制。尤其是当你先入为主地产生了某一个倾向性意见时，那么凡是你遇到符合自己预期的事情，就容易记住，不符合的就容易忘记。

比如，有人先入为主地认为程序员容易生女孩，于是，他就会举出很多证据，其实真正的原因是那些反例全部被他忘记了而已。

这也是为什么有人会觉得自己是乌鸦嘴，或者开车总是吃红灯、排队总是排在慢的队伍中。真正的原因是选择性遗忘，或者说选择性记忆。

当你听到别人跟你绘声绘色地描述一些令他感到惊奇的现象时，不妨问一下：这是你真实统计出来的结果呢，还是凭着自己的感觉做出的判断？如果是后者，那么很可能只是选择性记忆的结果而已。

二、不要把特殊现象当普遍规律。

要学会抓大放小，看到事物的普遍规律。

不用统计的眼光看现象，会导致有些人特别喜欢说“那可不一定”。

例如，你说吸烟有害健康，他说，那可不一定，我二舅今年九十多，吸了至少七十年烟了；你说爱吃油炸食品会让人发胖，他说那可不一定，我侄女最爱吃炸鸡，但是你看她，怎么吃都不胖；你说为了将来有个好工作，现在要努力考入一所好大学，他说，那可不一定，没念过大学的成功人士太多了。

虽然每一句都没错，但这不能成为我们做决策的依据。

生活中大多数现象都符合统计学上的正态分布，中间最多，两头依次减少。例如，绝大多数人的身高都在人类平均身高的左右很小的范围内浮动，与平均身高相差越大，人数就会越少。

正态分布表明，反常现象总是存在的，如果刻意要找，通常能找到。但这种反常情况，不能成为我们决策的主要依据。

我们能因为有反常情况的存在，就大胆地吸烟、放心地让孩子吃油炸食品、对孩子的学业成绩无所谓吗？如果用统计的眼光看现象，这些问题的答案都显而易见：哪来的那么多不一定？落到你自己身上，那就是大概率事件。

不要心存侥幸。我们的一生中，绝大多数的遭遇都是概率分布中的那些大概率事件，这本身就是一种确定的规律。

思考题 请先凭借经验和直觉回答一下“我去年缴纳的个人所得税击败了全国百分之多少的人”，然后上网查证正确答案。

能区分先后关系和因果关系

因果关系：通俗地讲，前一个事件的发生必然导致后一个事件的发生，则前为因后为果。

先后关系：两个事件在发生的时间上是一先一后。

具有因果关系的两个事件必须符合先后关系，这听上去有点像是废话，但时常被人们忘记。

举个例子来说，我们发现富人往往身材健硕，热爱运动。于是，有些人可能得出一个结论：要想富，先瘦身。

这就是忘了因果关系必须符合先后关系。大多数情况下，很多人其实是因为富起来了，才开始有时间和金钱去健身，才会有更强的健康意识。而不是反过来。

但是，最常被人们忘记的是：先后关系不一定是因果关系。

例如，一个显而易见的例子是：每天鸡叫之后，天就会亮。但天显然不是鸡叫亮的，两个事件之间并没有因果关系。

但同样的道理，换了一个场景，人们就容易糊涂。例如，某人到庙里烧了一炷香，一个月后怀孕了，就认定烧香和怀孕是因果关系。这样的例子在医疗健康领域可谓比比皆是。

再比如，曾经有一个朋友的朋友得了癌症，但是后来癌细胞又都消失了，于是，关于他癌细胞消失的原因传到我耳朵里时，就有了无数版本。其中有某家大医院的主任医师给治好的，一位老中医给治好的，某个寺庙的住持给治好的，练习瑜伽术给治好的，换了个山清水秀的地方住几个月就好了的，最夸张的是说晚上做了一个什么奇怪的梦就好了。

后来我发现，所有这些版本中发生的事件都是真实的，也都是在癌细胞消失前发生的事情，但仅仅因为它们符合先后关系，就都被当作因果关系传诵了。其中不同传诵分支会不断地强化某个原因，以至于到最后就只剩下这一个原因了。

其实，上述任何一个事件都不能当作癌细胞消失的真正原因，很可能真正的原因是自愈，虽然听上去很神奇，但癌症确实也有可能自愈。不经过科学方法的研究，就无法确定因果关系。自愈也只是可能性之一。

懂得了先后关系不一定是因果关系，在生活中，你就不容易轻信某些似乎很有道理的宣传。一个广告公司宣称自己的客户在签约后，利润同比增长了百分之百，这只能证明先后关系，无法证明因果关系。

思考题 请再举一个类似的例子来说明先后关系不一定是因果关系。

能区分因果性和相关性

因果性：即因果关系，通俗地讲，前一个事件的发生必然导致后一个事件的发生，则前为因后为果。

相关性：两个事件总是相生相伴，表面上有某种关联，但并不一定相互影响。

在生活中，我们特别容易把因果性和相关性给搞混。

例如，我们经常听到“啤酒肚”这个说法，这个说法的意思是喝啤酒会导致人发胖，肚子变大。通过统计，我们也确实发现，身边喜欢喝啤酒的人肚子也往往比较大，肚子比较大的人也往往喜欢喝啤酒。似乎两者真有因果关系。

其实，这两者之间只是有相关性，并没有因果性。真正的原因是，啤酒总是伴随着夜宵、烧烤、酒吧夜生活等，因此，啤酒喝得多的，往往是热量摄入高而运动量又少的人群，这个人群的肥胖比例自然也就会偏高。

因此，喝啤酒和肚子大实际上是相生相伴的两个共同事件，并不是喝啤酒导致肚子大。实际上，只要控制热量摄入，多运动，哪怕天天喝啤酒，也不会导致肥胖。

有因果关系的事件之间一定会呈现出相关性，但反过来，有相关性的事件之间并不一定具有因果关系。

例如，统计发现雪糕的销售数量与溺亡人数呈现出明显的同高同低的情况，这是否说明商家销售雪糕的行为导致了溺亡人数增加呢？不能，它们只是相关性。真正的原因都是天气热。夏天一到，雪糕的销量升高，下水游泳的人数也会升高，所以溺亡的人数也就升高了。

请记住，你平常阅读到的绝大多数软广告，都是在用相关性来取代因果性，误导你。

想要认定有相关性的两个事件之间具有确定的因果关系是一件非常困难的事情，往往需要通过非常严格的科学实验，才能最终确定。

例如，在医学上，要确定某种微生物与某种疾病之间有因果关系，需要通过下面这四个步骤的科学实验：

一、能从病人身上分离出这种微生物；

二、分离出的微生物能在体外单独培养繁殖；

三、把繁殖出的微生物植入到动物身上，动物能产生和人类似的症状；

四、从发病的动物身上又能分离出这种微生物。

在生活中，我们想要找出某个事件的原因时，不要想当然地认为是那个相关性最明显的事件，你需要先找出所有与之相关的事件，然后再根据具体情况，设计实验逐一排除或者验证。

为收益最大化和损失最小化，在没有明确的证据时，我们不要轻易建立相关事件之间的因果关系。

思考题 如果你发现自己最近皮肤瘙痒的情况明显增多，你会怎么找原因呢？

懂得基本的逻辑规则

形式谬误：某个观点陈述中，因为结构上的缺陷而导致论证过程不符合逻辑的情况。

第一种形式谬误：真命题的逆命题不一定为真。

科学史上有很多伟大的理论往往一开始不被主流科学界所接受。这是一个真命题，我们能举出很多这样的例子。但如果反过来说：因为我的理论现在也不被主流接受，所以我的理论也是伟大的。这就错了。

第二种形式谬误：把整体具有的属性当成是每个部分也具有的属性，或者反过来，把部分当成是整体。

香蕉和黄鱼单独吃都挺好吃的，但不代表香蕉炒黄鱼也一定好吃。某某药酒中的六十七味中药，其中的每一味药材在药典中都记载着能治疗某几种病症，但不意味着混在一起就能包治百病。

第三种形式谬误：循环论证，把待证明的结论也包含

在证明的过程中。

有人对我说，因为你不相信上火，所以你看你昨天吃了那么多瓜子，今天就上火了吧，现在你总该信吃瓜子会上火了。这个论证过程中已经把所有吃瓜子产生的后果都归因于上火，因此这种循环论证可以说怎么都不错，也可以说没有逻辑。

驳斥这类谬误不需要你是某个领域的专家，只需要分析观点的论证过程即可。因此，当有人指责别人不懂不要乱说，或者说你没学过什么就不要批评时，这个人本身就已经不讲逻辑了。因为对于形式谬误，是不需要关心具体内容的。我们应当听清楚别人批评的到底是什么，再判断他批评的内容是属于形式逻辑上的批评还是对于专业内容的批评，这时候才能继续说他有没有资格批评，否则就很容易变成人身攻击。

非形式谬误：除了形式谬误以外的逻辑谬误。

诉诸结果——用一个观点成立或者不成立的结果好坏来证明这个观点是否成立。

举例：如果全球变暖是人类活动造成的，那么人类就不要活动了，因此，全球变暖不是人类活动造成的。

稻草人谬误——故意用一种错误甚至是滑稽的方式说出别人的观点，然后再证明这个观点是错误的。

举例：有人说，现代医学是头疼医头脚疼医脚。实际上，我们都知道你如果头疼去医院做检查，很有可能是神经系统出了问题，现代医学要治疗的是你的神经系统。而一个人脚疼，可能是痛风，这时候的治疗方案跟脚完全没有关系，而是要减少嘌呤的摄入。说现代医学是治标不治本的，基本上也是同样的逻辑谬误。现代医学只有在实在找不到“本”或者是知道“本”但无法治疗的情况下，才会转求能够缓解症状。病理学、毒理学等寻找病因、病原的研究是现代医学最重要的研究方向。

简单归纳——在统计学上，样本太小，或者样本不具备广泛代表性，是不能得出结论的。

举例：有人说我每次鱼刺卡喉咙，喝一口醋马上就好了，所以就得出喝醋能软化鱼刺的结论。个人的感受不能得出普遍的规律，实际上，喝醋是错误的治疗方法。

万能定义法——随时用结果来重新定义原因。

举例：在西方国家，有一个对应的俗称是“不是真正的苏格兰人”。有一个故事是这样，一位叫哈密什的苏格兰人在报纸上看到一个英格兰人犯罪了，于是说，没有苏格兰人会做这种事。结果第二天，报纸上登了一个苏格兰人也犯了同样的罪，哈密什没有承认自己的观点是错的，而是说“我的意思是，没有真正的苏格兰人会做这种事”。这样一来，他就永远不会错了，因为犯错的人都不是真正的苏格兰人。

举证责任倒置——让对方来证明“不可能”，逃避举证责任。

举例：很多人会以没有证据证明某个命题是假的，来论证某个命题就是真的。这是把证据的缺失当成是证据不存在的证据。比如说，因为不能证明某种UFO现象是已知的任何自然现象，就当作是外星人飞船的证据。实际上，举证责任应该是提出非凡主张的一方，不能证明不存在可不代表必定存在。另外，绝大多数情况下，想要证明不存在，在逻辑上没有可能性。

把无知当证据——自己没看见或者不知道，就认为肯定是假的。

举例：有人说，我真的难以想象，凭二十世纪六七十年代的技术，人类就能登陆月球；我实在难以相信，古人怎么可能建造出金字塔这样的庞然大物。这时候，比较耿直的一种回应可能是，这就是你没有成为科学家的原因吧。

把偶然当必然——尽管一系列偶然的事件有可能导致一个不好的结果，但论证者会无视这种偶然性的概率，无限放大可能性，以最后导致的可怕后果为证据，来反对某个观点。

举例：某个小学生上课的时候尿急，老师说，如果人人都像你这样，那我的课还怎么上？类似这样的论证还常见于某些管理部门逃避自己的责任，无限放大偶然事件，以如果人人都怎样来踢皮球。

对人不对事——反驳某人的观点时，不关注观点的内容本身是否有理，而是转而指责这个人的人品。

举例：有人说应该保护知识产权，反驳的人就以“谁没用过盗版，你也一样”来反驳。

诉诸无关权威——一个科学家，哪怕再著名，只要脱离了本专业的领域，就和常人一样有可能犯常识错误。

举例：生物学家或者化学家发表与理论物理有关的观点时，就不见得比普通人更可信。

虚假两难——论证者会设计出一个其实并不存在的二元选择，人为制造非此即彼的两难境地。

举例：你不讨厌我，说明你爱我；你不仇视日本人，就是精日分子；你不转就不是中国人。

思考题 “科学家只是没有找到转基因玉米有害的证据，但并没有证明转基因玉米是无害的，所以转基因玉米不能吃”，请问这个论证属于哪种逻辑谬误？

知道什么是类比，什么是逻辑推演

类比论证：把观点的论证过程建立在比喻上。

逻辑推演：用形式逻辑的方式来论证某个观点。

问题：人类是否可以和外星人沟通？

最常见的类比论证：人类不能和外星人沟通。因为这就好像人类和蚂蚁无法沟通一样，在外星人眼里，人类就是蚂蚁。

这种证明自己观点的方法其实仅仅是一个类比，没有任何逻辑，因为没有讲出为什么可以把人类比作蚂蚁，把外星人比作人。这才是真正需要论证的观点，却没有经过论证，就直接当作结果来用了。

又比如：虫子都不吃转基因食品，人吃了能没事吗？这也是一种典型的类比论证，并不是有效的论证，因为把人类比为虫子，这个前提就不成立。

再比如，把一个国家类比成一个公司，把原子类比成小球，把阴阳五行类比成数学模型等等。用类比得出的

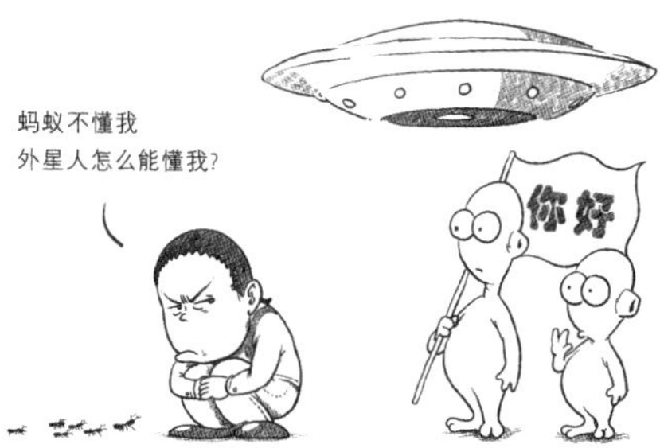

结论，往往错误的居多，大多数情况下，都是不恰当的类比。哪怕是最恰当的类比，也只是为了帮助理解，并不是有效的论证。

而用逻辑推演的方法来证明人类可以和外星人沟通的方法是——

先建立不证自明的两条公理：一、数学是这个宇宙中普适的规律，二、智慧文明都能掌握基本的数学知识。

如果你同意以上这两条的话，那么我就可以说，外星人能够和人类沟通。怎么沟通呢？就是通过数学作为信息传递的中介。

假如你不同意，我们就要回到这个论证的起点，讨论数学是不是宇宙普适的规律，智慧文明是不是都能掌握基本的数学知识。我们先把外星人是否能和人类沟通的问题转换到这两个更基本的问题上，就这两个问题达成共识，再讨论外星人的问题。

这就是用逻辑推演的方法来证明。

逻辑推演有可能不够严密，存在漏洞，但并不会妨碍这种证明方法本身的可靠性。它和类比有着很大的区别。

逻辑推演是值得推崇的论证方式，而类比是不可靠的论证方式。

思考题 请分别举一个类比论证和逻辑推演论证的例子。

了解谁主张谁举证的基本概念

举证责任：一个观点的提出，有时需要证据，有时不需要证据，需要证据时就称为举证责任或举证义务。

这原本是一个法律术语，但是在日常讨论问题时，这个概念也十分重要，否则就容易出现抬杠的情况。

例如，警察在指控一个人偷东西时，举证责任就在警方。任何人都无须负有自证清白的责任（义务）。

在日常生活中讨论问题时，一般来说，提出“存在性”主张的一方负有举证责任，而反对方不负。

例如，有人提出主张“这座桥是我设计的”，那么就必须由他拿出相应的证据来证明自己的主张，而不是要求别人去证明“这座桥不是我设计的又是谁设计的？”。

同样的道理，如果有一方主张“金字塔是外星人建的”，这一方就需要拿出证据，而不是要求反对方举证

“金字塔不是外星人建的又是谁建的？”。

不只是事和物的存在与否，主张“因果关系”存在的一方也负有举证责任，而反对方不负有。

例如，主张“吹冷风能引起感冒”的人有责任举证“吹冷风”和“感冒”的因果关系。而反对方，也就是主张不存在这种因果关系的人，可以不举证。

另外，正反双方首先应该对什么样的证据有效达成一致的判断标准，否则还是会陷入抬杠的情况。例如，在讨论吹冷风与感冒的因果关系前，应先对什么样的证据可以被视为有效证据进行讨论。假如反对方“不论主张方举出任何证据，都表示不采信”，那同样也是一种抬杠。

思考题 请问在讨论某种药物是否具有疗效时，提出什么主张的人负有举证责任？什么样的证据是有效的证据？

了解科学共同体是怎么回事

科学共同体：广义的概念是对所有认同科学方法、科学思维的科学工作者以及科学传播者的统称；狭义的概念是按照不同学科专业分成的一个个从事科研的组织、机构、单位等。

科学共同体虽然没有总部、没有主席，但它又是一个确确实实存在的共同体，它最早的雏形可以追溯到十八世纪，形成于十九世纪末。

科学共同体的游戏规则是所有科学工作者边玩边定的，但游戏规则也不是一成不变，只是进入二十世纪后，科学共同体的规则就已经非常稳定了。

这套游戏规则就是科学研究的基本范式和科学论文发表的基本原则。所有遵守这套规则的人都自动成为科学共同体的一部分，不遵守这套规则就自动退出。

科学共同体可以按学科分、按国家分、按地域分等等，但是不管怎么分，大家遵守的游戏规则是一样的。最重要的是，所有成员都很容易沟通。在科学共同体中，成员通用的语言是数学。

科学共同体的核心是科学家群体，它的外延现在也扩展到了各类科学传播者。科学共同体也有很多的行业组织，例如中国科学院、美国科学院、马克斯·普朗克学会、世界卫生组织，还有像欧洲核子研究中心、美国航空航天局这样的科研单位，也包括全世界大大小小的实验室、大学等等。

科学共同体的观点表达，主要是通过在科学期刊上发表论文，以及各个权威机构出版的白皮书之类的正式书面资料。

科学共同体的作用主要包括科学研究、科学交流、塑造科学范式、承认和奖励，以及科学传播。

科学共同体是人类文明火种的守护团，是科学技术大

厦的缔造者。它们不但要确保文明之火不会熄灭，同时也要确保科学这座大厦的每一块砖都是可靠的，后人可以放心地直接拿前人的成果来用。

科学共同体最重要的一条规则叫同行评审。无论科学家的名气有多大，凡是没有经过同行评审的观点都不能成为科学大厦的一块砖。

思考题 你觉得科学共同体在未来有没有可能分裂成东方科学共同体和西方科学共同体呢？为什么？

能区分哲学思辨和科学思考

哲学思辨：用纯粹的理性思考来研判一个命题。

科学思考：把哲学思辨的结论仅当作一种假说对待，

然后设计实验去验证这种假说。

命题：黑丝袜为什么能增加女人的性感程度？

对待这个命题，哲学家可以用纯理性分析来给出一个答案。例如，根据亚里士多德的“种加属差”的分类法，黑丝袜属于丝袜这个大类，而丝袜与裤子、裙子、普通袜子比较，具有更好的塑形能力；黑色的丝袜相较于其他颜色的丝袜，它的优势是显瘦，还能把肤色衬得更白。因此，黑丝袜的优势就是，在种差的意义上，塑形能力最好；在属差的意义上，既显瘦又显白。

以上这种思考方式可以称为哲学思辨，而下面则是科学思考。

科学思考的第一步：调研前人的研究，方法是到论文库中检索相关论文。很遗憾，没有找到有价值的前人研究。

第二步：设计实验来证实或者证伪该命题。

在设计实验之前，首先对命题中的每一个概念下定义。例如，性感的定义：对一个人所引起的代表性冲动的生理性反应的程度。

实验举例：给模特拍摄两组照片，一组是穿黑丝袜的，一组是不穿丝袜的。寻找一百名成人作为被试者，样本的随机性分布越大越好。将被试者分成两组，一组称为实验组，让他们看那组穿黑丝袜的照片；另一组称为对照组，让他们看那组不穿丝袜的照片。测量每一个人在看照片时的血压、心率、呼吸、体表湿度（出汗）以及海绵体

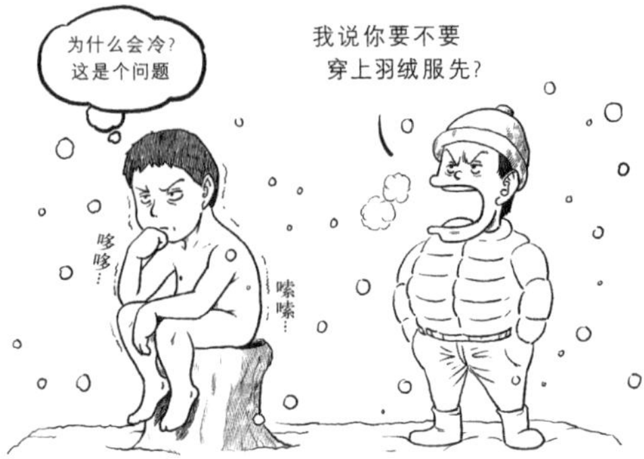

血量等等生理指标。让每个人再填写一份问卷，例如，你愿意花一百元请她看场电影，花三百元共进烛光晚餐，还是花一万元一起海南游?

假如实验结果是该命题为真，则继续设计实验进一步探究原因。

第三步：通过哲学思辨，假定黑丝袜增加女人性感程度的原因是—— 一、让模特的腿显得更长，二、让模特的皮肤显得更白，三、长腿和皮肤白会增加女人性感。

第四步：分别设计实验对以上三个假说进行验证。如果假说不成立，则循环“提出假说再验证”的过程，直到验证所有合理假说为止。

科学思考初看上去效率很低，甚至有些迂腐。但是，人类正是因为这种看上去低效率的思考活动，在短短几百年时间内所取得的智力成就，就远远超越了过去数千年的成就之和。

科学思考是人类文明的一次重大升级。历史上，没有任何智力成就能与之媲美。

思考题 命题：为什么男人秃顶会降低对女人的吸引力？请用哲学思辨和科学思考两种思维方式谈一谈对这个命题的看法。

能明白经验不等于规律

规律：满足指定的条件时，某个事件必然会出现，这被称为客观规律。

经验：个人通过主观感受获得的认知。

规律是客观存在的，不以人的意志为转移。而针对同一规律，不同的人可能总结出不同的经验。个人经验与客观规律之间往往有偏差。

例如，同样看待日食、水灾等自然规律，古人根据经验，有说是帝王不仁所致，只需勤政即可免祸；也有说是天狗或神明显灵所致，只要敲锣打鼓即可驱赶。但这些经验都不等于客观规律。

再比如，现代医学发现，感冒是自限性疾病，通常一周左右会痊愈，这是一个客观规律。但人们通过主

观感受，会得出“洗热水澡好得快”“用被子捂汗好得快”“喝烫的姜茶好得快”等等经验。这些经验虽然很符合不同人的主观感受，但是它们不等于规律，现代医学通过严格的临床试验发现，这些经验并不具有普适性，所以它们不等于规律。

科学思维要求人不要轻信自己的感觉和经验，哪怕你自己认为感觉和经验有多么的真切，也不能完全相信，而要相信严格的逻辑推演和受控实验的数据，用统计的思维考虑问题。简单概括来说，就是要相信逻辑和实证。

经验能够在一定程度上帮助人们认知世界，例如东方的阴阳五行学说和西方的四元素学说，都属于典型的经验性理论，它们代表了古人的智慧结晶，也曾经帮助古人解决了很多问题，但毕竟没有揭示真正的自然规律。

只有摆脱对经验和个例的迷思，我们才能发现真正的客观规律。

作为现代人，我们需要知道，经验有时候能够帮助我们找到规律，但经验不等于规律。按规律办事要比按经验办事成功率更高。

思考题 请问“冬病夏治”是一个经验还是一个客观规律？请仔细回忆自己有哪些一直深信的经验其实尚未经过严格验证。

知道大样本随机双盲对照实验的含义

大样本： 研究对象的数量要足够大，足够的意思是符合该项研究领域通常需要的数量。

随机： 研究对象的选择以及分组要符合随机原则，尽可能覆盖各种情况。

双盲： 测试者和被测者都不知道被测者在实验过程中的组别，以及其他一些有可能会对研究结论产生影响的信息。

对照： 被测者至少要分成“实验组”和“对照组”，有时根据情况还要增加“控制组”等。

大样本随机双盲对照实验是一种很重要的科学研究方法，也是国际公认的检验药物有效性的金标准。

大部分人都有这样的经历，得了感冒，但没有去医院，甚至没有吃药，结果没几天感冒就好了，这是因为感冒是自限性疾病，它们会自愈，类似的常见病还有很多。为证明这病到底是“自己好的”还是“治疗产生的效果”，必须有人和你进行对照，分别观察吃药和不吃药的结果有什么不同。

为了排除“人和人不一样，有的人病好得快，有的人病好得慢”的影响，就需要用数量尽可能多的一批人来测试，也就是所谓的大样本。样本数量要大到什么程度才算是大，不同的研究对象有不同的标准。一般来说，三十到五十个是最低要求，有些研究甚至要求几千个样本才算大。

样本不单要大，还要有随机性。不能A组人都是青少年，B组人都是中老年，那样A组人吃药自然就会好得快些。可以用抽签的方式将人们随机分为A、B两组。

但以上三条原则依然无法排除安慰剂效应，也就是日常生活中我们常说的心理作用。这种效应甚至可以让一群注射蒸馏水的人认为自己打的是止痛药，并觉得疼痛感降低。所以要让A、B两组人一组吃真药，一组吃安慰剂（外形和真药一致，比如装着淀粉的胶囊）。但是人们后来又发现，如果给药的人知道哪种是真药，哪种是假药，也可能在观察病人时产生偏见，甚至无意间向被测对象暗示了药的“真假”，所以，需要对所有直接参与实验的人隐藏组别以及真假药信息，即发药和评价的人只知道A药和B药，却不知道它们中哪个是真药，哪个是安慰剂。

大样本随机双盲对照实验不只是科学的方法，更是逻辑的方法，除了被广泛应用于现代医学检验药物有效性，也能研究类似“哪种红茶更好喝”“哪种葡萄酒口感更好”这类问题。

思考题 请设计一个实验来验证“二十年陈的茅台比十年陈的茅台口感更好”这个命题的真伪。

能判断一个观点是否具备可证伪性

可证伪性：一个命题在逻辑上是否有可能被证明是错误的。

这是科学哲学家卡尔·波普尔在二十世纪中叶提出的一个概念，在科学哲学的发展史上有重要的意义，理解这个概念，可以让我们更加理性地看待各种不同的说法。

一个命题可以分成“逻辑上有可能被证明是错的”和“逻辑上没可能被证明是错的”两种情况。例如，以下这些命题有可能被证明是错的，只要找到一个反例就可以证伪了：

人是不会死的。

在任何参考系中，光速不变。

现代人是从类人猿演化而来的。

这些命题，有的已经存在反例，例如“人是不会死的”；有的尚未找到任何反例，例如“光速不变”，但并不意味着一定不存在反例。这些命题的共通性是：有可能找到一个反例来证明命题错误。因此，这些命题被称为“具备可证伪性”。

以下这些命题不可能被证明是错误的，找到再多的反例也没用。

人人都会死。

鬼魂是存在的。

人类终有灭亡的那一天。

这些命题的共通性是：你哪怕找到再多的反例，也无法证明该命题是错误的，因为命题的陈述形式已经决定了它不可能被穷举证伪。

波普尔在此基础上还提出了“可证伪度”的概念。可证伪度就是指一个理论被证伪的可能性的程度。一个理论如果完全没有可证伪度，就不是科学理论，而是非科学。假如一个可证伪度为零的理论声称自己是科学，那么它就是伪科学。反过来，一个理论可证伪度越高，它一旦被证实，可信度也就越高。

例如，爱因斯坦提出广义相对论时，做了一个很容易被证伪的预言：在日食时，可以观察到星光的偏折现象。爱因斯坦的理论所冒的被证伪的风险极大，理论的可证伪度极高，在这种情况下，他的理论一旦被证实，那理论的可信度就极大。

这个例子中的星光偏折实验，就是波普尔所称的“判决实验”，这也是波普尔提出的重要概念之一。

因此，一个理论如果胆敢称自己是科学理论，那么就必须要能提出一个判决实验，而这个实验的结果有可能直接判理论的死刑。

下次你遇到有人说自己的理论可以解释一切，你就直接问他：你能不能提出一个具备可操作性的判决实验来呢？

思考题 请说明下面哪几个命题具备可证伪性：

· 有人可以未卜先知。

· 太阳系中可能存在尚未发现的大行星。

· 外星人存在。

· 外星人不存在。

· 天下乌鸦一般黑。

· 存在不需要水的外星生命。

（本文插图：琛子）

我家的四季

法殷洁

有祖父祖母一起生活的日子。

新年头上

大年初一醒得早，总是被别家的开门炮仗炸醒的。所谓开门炮仗，就是新年第一天家家户户起来开门就要放鞭炮，几通二踢腿的炮仗，再加一阵噼里啪啦的磺鞭，各家门口硝烟弥漫震天动地，由此吓鬼煞迎新春。因为祖母信耶稣的缘故，我家是不放开门炮仗的，但是再高的围墙，总也隔不住四周人家放炮仗的热闹，大年夜的关门炮仗，年初一的开门炮仗，耳朵边炸着一夜睡了，耳朵边炸着一天醒了，就此跨过一年，新年头上了。

门一开，财富婆婆就上门拜年来了，每年都是她第一个，每年都是如此。进门开口就喊：拜年，一家罗门拜年。手里就捧一个篾笸箩，笸箩里放荸荠、乌菱、橘子、柿饼、长生果、硬糖、雪片糕大致八样物事，算作上门来的节礼。祖母也忙着回拜，一早预备下的一包黄糖，或者还有一包大前门烟，或者还有一瓶酒，或者一些什么吃物，当作“回盘”就放进财富婆婆腾空的笸箩里。另外就是固定的，祖母再拿一个红包，红包里最少也有五块钱吧（我们小孩子的压岁钱是两块，而且是大年夜晚上枕头下焐上一焐，第二天还要给没收的，真正到手的只有一两角），一并回礼给财富婆婆去。

财富婆婆是住离我家几十米远的邻居，八十年代了，她家还住着个单间的草棚棚，是我们整个雪堰街镇我见过的唯一草屋，真正黄泥夯筑的泥墙，上面层层稻草覆顶。之所以叫财富婆婆，是因为她有一个一起生活的儿子叫财富，我们都称其财富伯伯。财富伯伯是个手艺不怎么样的街上剃头佬，所以命里总不见财富，一辈子光棍，没结婚，就守着老娘住着茅草屋过。穷惯了的人家，也就得过且过的母子俩，跟我家很好的关系，所以我家也一直有体恤，祖父剃头只找财富剃，而且祖母每回也总多给钱。而新年第一天朝起，也就年年成了惯例，财富婆婆就端个笸箩来拜年，而祖母一如既往放重重的回盘礼。

新年新势，祖父母一如既往早起，炉灶上热腾腾煮东西。财富婆婆过来拜年千恩万谢走了，我们小孩子也都穿衣起床了，被父母招呼着都归灶锅头去，大灶头沿上一溜小汤碗早就预备下了，大人小孩一人一碗百合吃。这百合不是可看的百合，而是可吃的，就是片片瓣瓣一球茎剥开来的，洗干净了糖水煮，是我家大年初一必吃的，也是一年里唯一吃一次的。百合百合，百片百瓣之合，糖水煮熟透，吃起来酥软，还有就是苦，小孩子的舌头味觉里，是糖水压不住的苦，苦死了。于是大孩子带头小孩子学样都会偷巧，假装出后门口“摇饭碗”（意指一边走路一边端着饭碗吃），站在驳岸上瞅着后面没有大人张见，赶紧把半碗百合往河里一倒，调羹刮刮干净碗底就算吃完了。

百合吃完，汤碗归灶间，祖母又是碗碗罗列，大人小孩每人一碗枣子吃。这红枣是要隔大年夜煮的，一晚上焐窠里就烂熟了，早起再上炉灶加热，总是蒸腾开特有的枣子香气满灶间，吃到嘴里就全是甜了，因为枣子本身甜味，而烧煮时还要分外加添黄糖的，甚至是蜂蜜，所以总能一甜甜笃嘴，连枣子带汤水都吃干净。小时候大年初一吃百合吃红枣总不解意，苦就是苦煞，甜就是甜煞，大人也没讲太多道理，直到以后自己也大人了，才慢慢领悟这民俗家常之中的深意，这先吃百合是苦，而后再吃红枣是甜。百合搭红枣，先苦而后甜，所喻人生也大概应该如此。

吃完百合和红枣，然后用完团子（有馅的米粉团子）点心（点心在我们那里是早饭之意），祖父首要一个严肃任务，就是带领我们小辈祭祖。小房间对着太公太婆（太祖父母）的墙头画像三拜九叩，一张四仙台上瓜果糕点供品，祖父在地心上放个草蒲团带头，随后我们几个孙辈乐着轮流学磕头，党员身份的父母只边上三鞠躬，信耶稣的祖母就在门口交手守着，也是表达适当肃穆吧。祖父便是先苦后甜，年轻时做学徒开药店，一房妻女都夭亡先苦够了，以后再后一房妻女孙儿满堂，活到八十六岁就只是甜了。而祖父的父亲我们的太公只活到六十岁，少年丧父成家养儿育女也多苦事，先苦而未见后来甜多久。先苦而后不得甜的人多了，先甜而后苦的人也不少，所以祖父一直很知足，得甜一天就是多甜一天。

新年里就是吃吃喝喝，八零年上下还是缺吃缺喝的年代，新年里能够比较尽情吃吃喝喝就是全部的幸福。顿顿吃荤，碗碗有肉，而且这顿吃完了下顿照旧，而且连续一个新年里。在油嘴滑舌的一顿与一顿之间，不用上学不用写作业，小孩子还可以尽情玩乐，没电视只有收音机的年头，买鞭放炮是一般人家孩子的专功。我家信耶稣，不放炮，就看人家放炮，就瞧人家热闹。最最的热闹好瞧就是新年上此起彼伏的结婚送亲，四乡八里都凑着年节嫁奴女（女儿）讨新妇（儿媳）。我家后门外就是雅浦河，河对岸北街头又是一条穿镇的主道，每每有听到鞭炮或者锣鼓响，小孩子赶紧出门张闹忙（看热闹）去。

一条雅浦河南北向，对岸雪堰镇北街也是南北向，南来北往，新年里天天络绎不绝的送亲队伍。大年初一还少些，因为乡间规矩年初一都要安身家里的，年初二开始就要走亲戚，所以往往也就是吃喜酒的日子铺排开来，年年新笋成少竹，岁岁粉桃结青果。现在娶媳妇送亲都是轿车，还要讲好牌子的轿车，以前送亲，近途的就是步行走路，远途的就是坐船，船是水泥机帆船，发动机头就装在船的屁股上，啪啪开来一路动静，怀里婴儿的说法就叫作“叭叭船”。

送亲的规矩是逢桥放炮，逢热闹处放炮，走街串巷放炮，所以不论南来北往，送亲队伍一到雪堰街镇边缘，就先一阵鞭炮响动。然后担头挑头的队伍迤逦而来，多少总也要几十人，多少箱，多少柜，多少木头木脑，夜壶痰盂马桶，洋机（缝纫机）三五牌闹钟都开始必备，还有辆脚踏车（自行车）推着不骑着，上面也扎红布贴红双囍字以示属于财礼。对面岸上锣鼓响器敲打过去一队，这河里机帆船啪啪又过来一队，河面上炮仗冲天更是声响开阔，露天船舱里也是人头济济，大红双囍贴满大小家私。于是沿河和小孩子一起看热闹的女人们开始啧啧赞叹：“啊呀呀，来（这）家人家交关（以‘性命交关’截半，来表示‘非常’之意），比过（那）家人家还要结棍（也是厉害之意），看个被头（被子）总有廿几床的。”

结婚送亲总也是人家游街夸富的过程，除了那些箱柜家具，最夺目炫耀的就是一床床红绿缎面的新被头，豆腐干叠起，四五床摞成一驮，两驮前后一挑，居然两挑四驮，居然三挑六驮，居然四挑八驮，估计这一世里再不用做新被头了。大人们数几多被头，小孩子就争看新娘子，穿衣基本黑白青灰素色的年代，红衣鲜鲜的新娘子总是最好认的，新官人（新郎）就基本湮没队伍中。我们那里没有新人胸口绑大红花的规矩，新官人就算穿新衣，但新年头上人人都穿，所以即便新人也显不出新来。在旁观者的眼中，新娘子的长相如何，自然也有一通大攀比："新娘子体面（好看）否？""来个新娘子真个体面的喏，比过个新娘子交关好了，厾（丢，音同督）出去十七八个麦塄头（田埂）。"

看新娘子是小孩子新年里每天的乐事，就是每天上午，一忽岸上一队新娘子过去了，一忽河里一船新娘子又过去了，有时岸上这头新娘子由北向来，那头南向亦有新娘子队伍过去，就是炮仗对炮仗，嫁妆拼嫁妆。河里也一样，一船新娘子南来，一船新娘子北往，船头冲船头交错，炮仗也是要迎头响。悲催是生死不论时间，管你是否过年过节，有年年初几就是岸上几多新娘子来去，河里几多新娘子来去。转头河里又是几声惊天动地炮仗响，人家船都是红头红脑过去，他家船却是白头白脑过来，到近来看花圈白幛孝子贤孙一团哭死人船，船是开往钱桥火葬场（无锡所在）的。也是穿街过镇逢桥放炮，迎头就是人家的喜气洋洋送亲船，老远见了忙不迭避让，追加一通磺鞭大炮仗，急急如律令，阿弥陀佛百无禁忌。

有新娘子，必定会有吃喜酒，新年头上忙着赶来赶去，多也是上亲友人家吃喜酒。吃喜酒当然就要随份子，赚死工分死工资的年代，这春节里往往就是填补人情债，关系疏随喜两块，关系近随喜五块，一年头要去吃喜酒的结婚户头多了，人家都要弄穷。一般结婚喜酒，我们家就是母亲父亲代表出席，祖父母不抛头露面，父母出去也惯例要带个小孩同往，也总只带一个孩子同往。多了就不体谅主家了，同样一只红包，却带四五个孩子，小孩屁股小也是屁股，总也是坐位置多吃多占，白白消耗酒席桌头，添多喜事人家负担。

我家规矩始终是长幼有序，所以被父母带出吃喜酒的机会总只有老大，最早是年纪最大的大表哥，后来大表哥回宜昌姨父母身边，吃喜酒就只是我哥的份。除了吃喜酒，新年里还有就是走亲眷吃便饭，我家还是那个规矩，祖父母不奔任何地方，一切父母亲代表，然后带一个最老大的孩子同去。唯一的例外是去三里外的南山下上涧看望父亲那头的祖母（父亲是招女婿，我们孩子随姓母亲姓，所以平时叫的祖母其实是外祖母），那是全家老少一起，我和妹妹都有资格去。

你有出外走亲戚，当然也有亲戚过来走你家，这新年头上祖母最要忙的，还是亲戚朋友请吃饭，划好请客户头，算好请客桌头，定好请客日头，然后就是一天到夜的忙头。请客吃饭其实就是做人，祖母总有一句话说：“我们做人啊，总覅有事有人，呒事呒人。”许多的人际关系，就是要做在平时。如今我也人情世故，经常性延客弄局，提前邀请，预约时间，一切算排充分，到时临时变故客到客不到，终于体会到做东请客不易，实在就是件最吊人心机烦扰的事。

家里新年头上请客，大人同样也要算排烦恼，因为家家都在走亲戚，又户户都要待客人，这天你有空他有忙，那天他有闲你又忙，见缝插针安排下吃饭时间，首先就是繁累。好在我家算好人家一般白天出外走亲戚，也是总归昼间（中午）一顿请吃饭，所以一般性请客就是吃夜饭，总是黄昏头上招呼着客人到家来。苏南冬季的天色晚得早，五点多就阴了吧，客人陆陆续续也就结伴到了，坐一坐喝点茶就上菜上桌，到八点多总能吃罢，然后趁着夜色又一轰散。

家里请客最早就是一张吃饭台子八仙桌，被请的大人只能五六位，因为父母还要陪桌算两位，加上带来的小孩子吊台角（在桌子的四角安排角凳坐），也就济济满一桌。有时实在一桌上来的客多了，就要分外将张小台子（一张竹制的矮小桌子）安排到大台子前面，同样大桌上的菜式小碗小盏布，小孩子、未结婚的半大孩子围着坐吃。以后祖母终于买到了一张大圆台面，底下有四方横档，正好可以合扣进吃饭八仙桌，这一下就可以坐人多了。台面上多少菜都能放得下，四周大人十个十二个再多小孩也坐得下，不仅轻省了万一人多位置难坐的顾虑，而且同样一桌还能多请客，五六桌客可以并成四五桌，就节省了新年请客吃饭的顿数。

每年都有固定的客：西街舅家（祖母的娘家）一家老小一桌一顿；祖父母药店旧同事（比较亲近要好祖父母退休后还一直来去的）大人小孩一大桌一顿；母亲小学同事（也是平时关系比较好一直照应热络的，当然校长教导总务领导们都要请）老师们安排一桌一顿；祖父这边三房三公公家四房四公公家的儿孙辈（两家亲戚太多，自然也是平日走得最亲热的，偶尔也有祖父的小妹姑婆家的儿女过来过节）不定对象也要安排一桌一顿；然后就是我家最亲近的邻居陈家一家大小加之父亲的小妹小姑家一家大小（就住离我家百米之隔的龚巷上）两家拼起来一桌一顿。除了西街舅家、药店还有小学，其他都会有些不固定对象拼桌，有时客人多些，有时客人少些，有时还要预备临时的客人加桌，所以计算下来，祖母这年头上总要事先预备下七八桌的请客食材。

家里请客吃饭，就是整个年头（正月十五为止）见缝插针安排，有时时间凑对，五六桌连天着轻易摆完，祖母就大松一口气，这此后的年就可以过轻松了。有时时间凑得不巧，就要这天请一顿，隔天再请一顿，拖个两三天又请一顿，到得这年头几乎完了，那学校的老师都开始上班，好不容易终于请完最后一顿。家里请客吃饭，祖父母照例是不上桌的，祖母要看灶头烧菜，自然不愿浪舍，白添多一个位置占。而祖父则是六十岁药店退休后就回家避世，此后二十几年轻易不出门见人，有人上门也不轻易露面见客，哪怕是其他几房的亲兄弟姊妹子弟，一贯也是避见，所以但凡年上家中夜来待客，祖父要么也随祖母缩在灶间，客人进门前去打个招呼即可，要么索性早早收拾了洗屁股洗脚，躲到房里上床睡觉去。

祖父母不上桌，我们小孩子自然也不得上桌，要么在灶间待着，馋着祖母的灶台沿顺出锅的热菜热汤吃，要么就是后来大了，几个缩到家里的大房间，围着一台收音机听广播里说书。刘兰芳的《岳飞传》《杨家将》，《岳飞传》里最扬眉吐气的是八大锤大闹朱仙镇，《杨家将》里最喜气的是寇准寇莱公，和最能解气的拥有一条打皇鞭的八王赵德芳。再有就是单田芳所说的《隋唐演义》，第一条好汉李元霸，第二条好汉宇文成都，第三条好汉裴元庆……而“马踏黄河两岸，锏打三州六府”的隋唐第一主角秦琼秦叔宝，最后只同尉迟恭合排了第十三条好汉。就像《岳飞传》里有牛皋，《杨家将》里有孟良焦赞，《隋唐演义》里的喜丑人物就数三板斧的程咬金：劈脑门啊、小鬼剔牙、掏耳朵啊……哈哈哈哈。

家里最早的大收音机是父亲买给祖父的，那时祖父的耳朵还不特别背，能听些新闻，我们小孩子就“靠福”，有时没时每天定点听评书。对了，以前听收音机不叫听收音机，而是一个很物理的名词，叫“听半导体”。半导体收音机总是金贵货，一天到夜电池也费钱，都要省着听省着用，就怕小孩子乱拿乱放碰坏，祖父用木板给收音机钉了个外盒，所谓“收音机龛龛”。长方扁形，右侧的一头塞进去，对应收音机的调频指针栏，木盒也抠出一块空窗，这样右侧的开关扭动，里面的位置也能一目了然，当然喇叭发声的地方相应也要掏个圆孔。祖父总是精益求精，木盒外头还要蒙纸覆面，从头到脚地包，木盒里头也要贴糊恰到好处，半导体恰恰放入，轻易不会滑脱。就是这样，我们使用起收音机还要小心，不能单手提，要双手捧着。整部《隋唐演义》，最铺排场面的是李元霸锤震四明山，单田芳天天在那里出线索，一路路人马一路路走动，十天半个月天天说书半小时，天天最后预报：这才要李元霸锤震四明山。结果整个年都过了，李元霸这锤还没能震起来。

小孩子不上客人桌，是家里一直的规矩，一则就是老礼数规矩，一则还是以前物质艰难请客不易家长不轻易让小辈白占桌席，再后来我们也长大了，再后来下一辈就都独生子女了，众人独宠之下，旧老规矩早就不攻自破。不过我们小时候只守规矩，外面客堂桌上吃酒吃菜再热烈，只能忍住馋在房里待着，饿总是饿不着的，因为客人到来之前，祖母总事先在灶间烧些东西给我们点饥的，然后终于客人酒也足了饭也饱了，寒暄着送出门口都去了，祖母将剩菜归置归置重新热下，再烧出一盆汆鱼汤，小孩子们呼啦都上桌吃了，祖母也端个饭碗坐下来，忙饿了半天的肚子也赶紧要填，这时总九点多了。

春天光

“老小（小孩）巴（巴望）过年，大人怕过年”，年节难过，还不清人情债，不过好过难过，这年一过正月半，几声炮仗最后响罢，也就彻底过完了。印象里过年总不落雨，偶尔落雪，化雪天湿漉难走。不过多数都是好天，干干爽爽冷冷的，日头底下一晒就暖和了。正月一过上二月，天上的雨也就淅淅沥沥开始下了，雨是落一场暖一场，田里的麦苗返青，野草野菜的也就滋滋润润地发了，真个“春天光”（春天）了。

可以卸冬里大棉袄的时节，也就到了“挑马兰”的时候，尤其几天雨势下来，田地里水汪汪的最能发生。家家户户大人小孩都出门挑马兰，一个竹篮一把凿头（木把手持的小铁铲子），野地里遍找去。马兰多长田埂上，总是遇着雨欣欣而发，挑马兰就是凿头连根抠挑，将整棵马兰从泥里起出来。个把小时随寻随挑，虚虚实实也就大半篮，然后赶着黄昏前归家，河边码头上顺带洗一洗，到家直接新鲜下锅。马兰焯水马上冷水逼凉，整得干干索索，剁碎了加糖加盐加味精拌上即可，当然最最不可缺少要加麻油。家里规矩，小孩子不许出外弄得泥脏，祖母也是不会独自出去转田挑马兰的，所以我家吃马兰多是市上买，或者亲戚邻居送来，也就吃两顿尝个鲜头吧。顺便说一句，家家户户挑马兰，挑着挑着田埂上就稀了，除了一处，坟头上的马兰永远是最肥的。

地里出马兰，山上也就能出蕈了。“蕈”就是野蘑菇。父亲家是在离雪堰街镇几里外的上涧，背靠一座南山，南山上一年春秋两季出蕈，父亲从小就学得捉蕈。父亲家穷，贫农，十一岁上就死了父亲，弟兄姊妹六个（一姐两哥两妹）全娘一个人拖，日子过得不是紧，就是苦，很苦很苦。尤其到了那三年饿肚皮日子，像母亲这边小康家里也以吃糠饼为美，父亲家里不用说是难过绝透了，就是靠这山上出蕈。父亲说：“天天就是山上捉来蕈，我家娘一锅子汤水煮了，往里撒把盐，我们吃了就上学去。”这山上三年的蕈，就是全家活命的吃食，父亲后来用功，考上大学，无锡城里工厂工作，娶上我妈当入赘女婿了，每年每到春秋，凑着节假日还是乐意上山捉蕈。

捉蕈就是一个会者的活，野蘑菇有毒没有毒，从小跟大人言传身教学到就寻常，而对于外人来说，那可是性命交关，轻易不敢尝试的。每回周日父亲要出门捉蕈，就骑他那辆永久牌脚踏车，车把上后座上挂好几只大篮，去就是半天一天，回来总是各篮都满，香喷喷特有的野菇味道弥漫全家满处。祖母随后就忙开，拿个软毛板刷坐天井里刷蘑菇，去根茎上的泥土，然后过水洗沥干，就拿着下厨去。少许的油锅热了，蘑菇连伞连柄整个下下炒，稍许一落就添水添酱油，酱油要浓要多，也是锅里稍微滚一滚就起了。这是我家专有的酱蘑菇，酱油汁里泡个隔夜就入味了，早饭端出一小碗下粥下泡饭吃，蘑菇可以将眉毛鲜脱。出蕈的季节，父亲每个周末都有兴致上山去采，祖母每回同样酱出，大罐子积攒下来就是可以吃长久，直到几个月下来剩最后一些了，蘑菇放久了咬嘴里就有沙子感，秋天又到了，山上又出新鲜的蕈给父亲捉。

还是老大优先规矩，自行车只能多坐一个小孩，所以父亲上山捉蕈，总是只带着哥哥去，我小时候只得一次随着，而且不是春天是秋天。其实老捉蕈都是经验，出蕈所在一般都在松树底下，而且茅柴不能过旺，又要通风又要避荫，蕈窠就在那里老出老长。我总是没法学会父亲那般识蕈，只记得两种蕈，一种是鸡血蕈，伞头就是外翻鸡血浓红，最多味道也最鲜，父亲最乐意采到。还有一种叫大面菇，白白的，能长很大，父亲说，往往一个山头能看到另一个山头上白白的，就是这种蕈了。捉蕈就是用手，松树底下一窝子找见了，大大小小挨个拔根捉到篮子里，还是伞在上柄在下的生长姿势（这样泥沙就不落伞背的缝纹里），篮里个挨个虚放着，是千万不能使劲挤压的。

我随父亲上山捉蕈那次是上初中了，去处就在常州通往无锡的锡宜公路闾江的二湾上，上头就是父亲老常去的据点之一。到山上寻到那一窝松树底下，果然是捉到些蕈的，父亲那时就感叹：包产到户以后，这集体的山也就没人管了，以前总要到时劗茅柴的，现在任由疯长，这蕈也就不好出了，到哪儿到哪儿都绝了窠了。这些我都随耳朵一听，那天最是记忆犹新，父亲突然屁急屎来追，就地头拣了几片大叶子，急急躲到树丛里面屙野屎去。再早些年，父亲上山捉蕈另有奇遇，居然采到了一棵灵芝，回家晒干，祖父煮了一回水喝，煮完的灵芝晒干还原样，就家里的抽屉一直闲放着，兴许现在还能够翻找出呢。

出马兰和出蕈的雨势一停，桃花也就盛开了，当然还有满天地的油菜花，于是就到了三月三。三月三，雪堰桥照例会有三天节场（庙会），又是一个人来客去时节，街上人家家家户户待亲戚。我家三月三是很少接待亲戚的，就是除了年节无奈，祖父母一向门户里最烦乱热闹，稍微远一些的亲眷轻易不上门讨扰。祖父那头的三房亲戚自有接待，祖母那头的亲戚也有西街舅家，而父亲那头的亲戚附近小姑家也有落脚。总之人家的三月三，大人小孩拼着劲狗欢喜，我家照例平常来过。节场是东南西北街铺陈开，连到我家河对岸的小学操场，再北向过怀德桥去的中学操场。祖母不赶热闹，总在节场正式日子的前一天下午，各头各处的棚子也已经扎搭好了，她去绕着各处转一下，手里有得买了点便宜，或者什么都没买，就回家了，以后三天节场再不去轧那个闹忙。

三月三节场就是轧闹忙，公家的供销社，私家的走贩，混杂一处连棚搭铺地做足三天生意。车水马龙人山人海，一进那个阵去就是随波逐流，人不走，人流带着你走。到了节场正日子，连平时清静的河对岸小学门口都是沿河棚铺，所谓“店肆蝉联商槎猬集”，幸亏铺头只设到东街直街，从不牵连到北沿河我家后门口来。祖父母怕出门，节场的正日子父母亲还是要带上我们转上一转，转也是人轧人人流裹挟，东一处西一处瞎看。肯定会在甘蔗摊上给每人买一截甘蔗，然后又买小孩子年年惦记吃的罗大饼（一种拖油面饼）。罗大饼就是一个“油”字：拿着油手，溜溜滴下来油脚；吃着油嘴，沥沥挂下来还油了衣襟。然后就要被母亲凶一句：“介不用心，衣裳弄油着不晓着难洗？下回再不和你家（你们）买着吃。”

节场是从天亮大早到夜来八九时点灯，一早到晚的人多生意多，日用百货到农具工具到游玩小吃，外地的商贩本地的店铺，算是难得的琳琅满目大而全。往往还有马戏团杂技团或者“卖拳头”卖药的临时来结场，五花八门夸张极致吸引小孩子趋之若鹜，新鲜好奇吊着心想看。记得有年就是在小学操场后面的拖车厂桥脚下圈了个类似马戏场，一转篷布严严实实给围起来，门口就花花绿绿地张大海报，上面写有“世界上最大的奇珍异宝展览”“四龄童独斗大蟒蛇”“少女光有头没有身子也能活”之类。父母熬不过我们纠缠就买票给进去看了，世界上最大的奇珍异宝展览就是一转摆些橱柜，大乌龟大蛇大老鼠之类半死不活里面。然后就是站着个圈看表演，一个小孩子穿着像个哪吒，脖颈里绕条大蟒蛇出来，头尾那么规矩（稍微）摆弄了几下，四龄童独斗大蟒蛇就算完了。然后几个人再推一个四方柜子出来，柜子顶上顶着个小姑娘头，也笑也眨眼，头后还开着一朵向阳花，还没看明白怎么回事呢，柜子一推又走了，这就是少女光有头没有身子也能活。

然后居然就没有什么然后了，父母领着我们几个出门直呼上当，懊恼一张门票要两毛钱，就这么响声没有就没了。其实真正的新奇好看也未必就花钱，有年也是节场来了个马戏团，也是拖车厂桥下扎营，棚子扎得严严实实，几匹演马戏的马就拴在棚子外的围墙底。我们那里有养鸡养狗养猪养羊养水牛，像马这样的大活物总少见，大人小孩都围绕去看。马蹄能踢人，在靠近与不敢靠近之间，突然一匹马的肚下起了动静，一根长棍就忽地长大伸将出来，长长长长几乎能够着地了，哗地一下水声，一泡马尿就射了地上一摊。然后再是缩缩缩缩缩，那棍子就此缩回到肚子底下，不显山不露水的一条。个个都是弹眼落睛目瞪口呆，大人小孩屏住气看这奇异活剧，“卵（屌），卵，马卵”，终于小孩子大呼小叫狂笑不已，而大人们尽严肃羞涩，有得嘴说没得话说，拉着小孩子赶紧走，却也一路偷笑去吧。

三月三，三天也就忽个热闹散了，整个雪堰街镇摆节场的所在，空留下就是兵败如山倒的狼藉，几天清除不去的垃圾。小学中学放三天假又开学，如果节场日不巧碰着下两天雨，那么小学中学两片操场就都踩成了烂泥地，深深浅浅天干了还要好些时日才能再踏平。这三月三前后也是油菜花盛时节，最最应景就是晴天好日照，空气中干索索满鼻头空气油菜花香，然后满耳朵嘤嘤嗡嗡出菜花虫虫，满目里田野空中飞舞成片。我们所说的菜花虫虫，可不是一般所指的菜花青虫，菜花青虫是爬油菜叶子吃油菜的害虫，菜花虫虫其实就是一种随菜花季发生的野蜂，专门采花授粉的益虫。

管它害虫益虫，小孩子应节的儿戏又来了，我们每到学校放罢夜学，趁着西山日头还在高照，就翻墙头落壁头地到处捉菜花虫虫。每人定是手拿一只透明玻璃的小药瓶子，找着人家的墙壁砖缝小窟窿，将瓶口对住那洞口，掀开一露缝，然后一根稻草销将进去。稻草秆软硬适中，往里左右探掏，果然惊动了里面活物，爬娑爬娑就往洞口逃将出来，出来了，出来了，赶紧把稻草抽取，玻璃瓶口一合而上，那虫一下就冲入瓶中。这一只菜花虫虫出来，展翅奋足就死顶透明的玻璃瓶底突不出，不忙慌，不着急，瓶口再掀启条缝继续插进稻草秆，几销之下，一洞里接二连三又能爬出几只蜂儿来，蜂拥都自投罗网到我的瓶里去。

菜花虫虫是野蜂，长大我再回想，奇怪它们就不像养箱的蜜蜂屁股头长刺，不叮人，所以我们能够捉着玩。它比一般所见的蜜蜂个头大些，但绝对比那专门钻木梁长着根黑长刺针的爬蜂（黄蜂）小型许多，蜜蜂基本是群居一起过的，爬蜂总是一个人打洞单过，长大我还奇怪，为何这田地也成群结队的菜花虫虫，却是瞎过的？往往白天到处采粉采蜜，到夜了，就飞人家墙头去找临时住所，一条缝隙一个窟窿，只要能容身钻进去避开风雨，就是个临时的家。

就像父亲捉蕻一样，哪儿必当出蕻哪儿必当蕻多，父亲多年经验有数，我们捉菜花虫虫也老经验，每天固定几个所在固定去捉，一个是隔壁邻居李贵生家的西晒窗台上，北角上方有一个口小里大的砖缝窟窿，里面总能多钻进几只蜂。一个就是财富婆婆家的茅屋土墙，土墙头好打洞也容易生洞，往往就有很多捉到菜花虫虫的机会，不过这里要冒一个风险，被财富伯伯撞见了就要吓："嘿，再耙，再耙墙头就要塌落了。"油菜花开得太多太盛，菜花虫虫就出得太多太繁，往往我找着我家附近的几所房子巡视，一个个固定所在遍捉过去，有些洞大天生就出多，有些洞小天生就只能待一个两个，好笑有些赤裸黄砖就是烧砖时落了个小凹口，清清楚楚就见一只蜂儿缩在里面当住所，那就顺手轻易捉来了。

捉菜花虫虫都是在邻居家的壁头上捉到，我家的墙头是不出菜花虫虫的。因为邻居家的房子多是八十年代初建的，那时都拮据，起屋草率，黄砖屋架子竖起来，墙壁都是裸砖不涂石灰。而我家是老房子，房屋外墙都是石灰草筋粉死的，即便有几处没粉墙头，那一式青砖也是规整平滑，墙头砌来严丝合缝，而且勾缝的灰浆都是掺了糯米打的，板结如铁，轻易钻不出缝。而邻居家的新房子用的是黄沙砌砖，黄沙粗，颗粒又多，手指抠着就能酥掉一块块，所以最能钻菜花虫虫。有缝洞的所在就出菜花虫虫，有时我先一轮巡查过来，一圈转下来又回到先前的窗台上去，再稻草往里一探，嘿嘿不出所料，里面又钻新的蜂儿了。

捉菜花虫虫是用透明玻璃小瓶，装不下几只蜂，或者以我们小孩子思想的“人道主义”考虑，那小所在蜂儿挤多了不舒服，所以小瓶瓶捉到了，赶紧要将它们移到家里的大瓶瓶里去。家里的大瓶子也就是几只广口的大药瓶，不过少有透明，而是茶色半透明暗了不少光的。塑料瓶盖照例事先去灶下用火叉烫几个孔，这是给蜂儿透气用的，不然就会闷死。小瓶的小口对进大瓶的大口，上下倒几下，新蜂儿就都钻了大所在，往里再放进一两簇菜花球，这样的食物也是要为它们着想好的。如此菜花虫虫抓得多，即便再多几只大瓶瓶，往往一只瓶里也要住进一二十只蜂，就在里面玻璃瓶壁上爬来爬去，挣扎着探顶盖的透气孔，到夜里开灯来看，它们就不睡觉，还是在花间叶间爬来爬去。

第二天起来看，昨天捉的菜花虫虫还活跃，爬来爬去不停，就要想法子把旧油菜花取出来，再新油菜花放进去，它们吃好过好。不过再好再好，只要到了第三天头上，原本金黄褐色的蜂儿明显萎靡了，不仅不再努力爬动，全身都在发灰发黑，瓶子盖打开还发臭，这是病了。这天傍晚运道奇高，居然捉到一只“医生”菜花虫虫，就是尾巴屁股不是一道黄一道黑，而是一道白一道黑，仿佛医生的常色（其实应该就是一类白化的基因突变），于是忙不迭捉到大瓶里给生病的蜂儿看病，总有好了吧？总有好了吧？转天再看那瓶里，早先的许多菜花虫虫都缩团死在瓶底了，而且瘟病能连带，昨天还鲜活放进去的医生蜂儿，一夜之间就灰落了，屁股上的道道白已经不白。

在小孩子极度缺乏玩具的年代，许多自然的天出地产就像菜花虫虫一样，都可以成为可玩可戏。不过现在意识下，小时候的欢乐游戏其实也是作孽，一季里每天捉虫死虫再捉新虫入旧瓶子，几十几百生灵很容易就玩消耗了。现在再想来，为何这菜花虫虫没能长出根自卫的尖刺呢？就像蜜蜂，一只捉了，成群结队就扑上报复，所以也就没人敢玩。而菜花虫虫不仅没刺，还一个个独立地野过瞎过，一个被捉到其余就四散，怎就从没能进化出抱团呢？其实这菜花虫虫中，就像偶尔会出白化的医生蜂儿，也能产出一两个带刺的，外表看着和其他虫儿一似，你一如既往用小瓶对着捉，它从缝隙死命钻逃，你赶忙用手去堵。啊哇，一下就被蜇着了，痛得赶紧甩手，蜂儿就跑了，不过一个刺还落你皮肤里，一动一动还往里拱，后面连着白白肚肠呢。痛啊，罪过人罪过人（可怜可怜）！

黄梅头上

菜花虫虫一阵风就消失了，油菜花也开败结籽了。记忆是只要一过五一劳动节，天气就直接真的暖了，头绳衫（绒线衫）彻底摆脱，除了早晚偶尔要着罩衫（外套），出门尽可以穿小布衫（衬衫）了。五四青年节跟小朋友无关，六一儿童节才是所爱。不过，不像现在的家长，每到这天就巴着要哄孩子们开心，以前这类官节根本跟大人无关，他们只想着，哦哟，农历头上算是五月初五，端阳到了喏。

端午节人家就包粽子，我家是祖母一个人开始忙，浸箬叶，淘糯米，洗赤豆，弄馅心，然后就一只大匾作底，半篮潮发糯米主料，一盆子赤豆，一盆子肉（牛肉），一支筷子，一把棕绳，祖母坐下半天忙碌。祖父也是一只大锅刷净预备，同一批赤豆素粽子裹罢，就赶紧上炉灶开煮，大半锅粽子，上面再煮进不少鸡子（鸡蛋）咸鸭子（咸鸭蛋），一锅子咕嘟咕嘟尽量煮长久，尽量煮入味。粽子煮久了糯米味发开来，而粽箬香又能杀进去。鸡子鸭子煮久了，整个粽子汤水也要沁入蛋壳中，红的鸡蛋壳青的鸭蛋壳，最后都呈煮熟箬叶的栗壳色，蛋肉都袭了粽子叶的青草香。

小孩子的玩戏就又开始了。街上供销社买个两分钱的铁钩针，家里寻一团纳鞋底的粗白线，蜘蛛结网般一点一点钩起，类似渔网的结法，一根总绳，一串网眼铺排，差不多大小就左右圈起连结成个筒形，下面聚起线头结底，就成了个小网兜。小网兜可以放鸡子鸭子，上面的总绳一牵，就是一个圆圆的蛋兜，俗称“鸡子袋袋”，总绳可以做成缩扣，手腕上一套，拎着随处招摇。做鸡子袋袋是针线活，本是丫头家做的，但是到我们那个年代就不分了，家里大大小小小孩都做，其实钩针钩起来也很简单，做成鸡子袋袋也就自己用，所以人人都是劲道。

还是物质匮乏的年代，一家却还几个孩子，所以逢年过节有些吃食都要定量分配。这鸡子鸭子也是一样，我家五个小孩，后来两个表哥离开了就三个，每回就一人分到三四个鸡蛋外加一两个咸鸭蛋不等。分到了鸡子鸭子就装网兜，鸡子袋袋可大可小，鸡子小些可以两个装一袋，大鸭子就一个独袋袋。家家户户的孩子都分到鸡子鸭子，除了比多少就是比大小，尤其鸡子袋袋装着上学校去，那就是同学间的相互攀比大赛。当然首先是比你多我寡的数量，一个孩子一个节可以分到七八个鸡子那是不得了了，当然这也往往是父母少生的独养儿子家，而且家庭工薪阶层相应富裕。不过鸡子体量总也攀比不过鸭子，鸡子多总也不如鸭子多稀奇，当然喽，还是这位独养头儿子同学，那回居然惊世骇俗地拿出了个鹅子（鹅蛋），个头大来赛过两只鸭子，所有人只得空艳羡甘拜下风。

数量体量上的攀比只是初步，接下来的“斗子”才是拿手好戏。所谓斗子，就是斗鸡子斗鸭子。两个人相对，手里各拿着自己的蛋，“一二三”朝向对方相碰，两蛋相碰总有一瘪，一方蛋裂壳瘪的就是输，输了的蛋要归赢方所有。当然在学校的教育环境里，赌博是万万不允许的，所以我们的斗来就多是精神胜利法，把对方给斗破了，就已然是大赢家，破蛋自行自主缩去，再换另一同学的蛋来斗。蛋蛋类似，却也蛋蛋壳子厚薄不同，有时一个蛋子就天生骨头强硬，斗一个蛋自不破，斗两个蛋还不破，结果一圈下来七个八个还能不破，几乎斗遍天下无敌手了，也叫人钦佩不已甘拜下风则个。

但既然生而为蛋，不会因为你百战不殆就会供起来，最后结局总是要被人吃的，所以常胜将军主人最后就要斗胆，逾越体量以鸡子挑战鸭子，跨级别进行比赛。“啪”的一声，自杀身亡，这常胜蛋也就得以葬身主人腹中了。斗蛋的规矩就是鸡子斗鸡子鸭子斗鸭子，鸡子鸭子斗输了要吃，斗赢了同样要吃，只是可能的话，赢得多的蛋子吃起来更香些。其实就是小孩子心理，经过上阵斗过的蛋，不论输赢，吃起来总是要比平淡无奇往桌上磕破蛋壳来吃要有趣。所以后来同学都一窝蜂，拿着自己的鸡子鸭子找那个独生子同学的大鹅子去寻死，争先恐后自取灭亡，以小卵击巨卵，下场可见一斑。

说起来，其实粽子是很不好吃的，当然运道好能吃到肉粽子里有大肉块两说。像家里一般裹最多的赤豆白粽子，白糯米没味，尖头上的几粒赤豆看着色彩，但吃起来也没一点味，终究要蘸一蘸白糖吃，好吃还是糖的甜味。煮的时间再多的鸡子也是这个道理，鸡子就是白蛋煮熟，和粽子一起煮久了，最多添多点粽香。鸭子就不一样了，本身就是咸鸭蛋有咸味道，然后锅里煮久了，蛋黄就能够出油，吃起来别有一番味道。而且鸡子和鸭子还有一个区别，鸡子不咸，所以一旦破壳打开，蛋不吃就容易坏，是放不隔夜的；而咸鸭子就不一样，往往开了吃一半，留着一晚上，转天还是能吃，甚至实在吃得把细（节省），吃多一礼拜都无妨。所以就有一个笑话常说，吝啬鬼一个咸鸭子过日子，每天以为佐餐，舌头上舔舔咂咂能一年。

吃鸡子鸭子，小孩子除了钩鸡子袋袋，另外还有自制一法宝，也是吃鸡子鸭子必备，就是用一根粗黄铜丝，一头锤子敲扁形成个勺状，一头就老虎钳夹着弯起做一个把，俗称“鸭子耙耙”。鸭子耙耙自然是吃鸡子鸭子用的，一个蛋在手，要先对着光找出它空虚的那头，然后用鸭子耙耙的把头对准“噗”地凿开个小口，然后用鸭子耙耙的勺端一点点扒壳开出个较大口子。那时可不像现在磕剥了壳几口就吃完，而是用个鸭子耙耙，探伸到这口子里一点点掏挖着蛋肉吃。首先肯定是蛋白，然后是蛋黄。鸡子是蛋白好吃，蛋黄干噎喉咙。鸭子是蛋白空咸，而蛋黄出油酥香，好吃到不得了。

所谓“捉着着贼连夜解”（老鼠留不得隔夜粮之意），

男孩子再多的蛋，心心念念着不能自已，一两天总能吃精光。而女孩子大不同，她有步骤多耐心，鸡子分天挨个吃了，再轮到鸭子吃，一个鸭子还分天吃，所以往往男孩子早蛋尽袋空眼睛白瞪白瞪，女孩子且还藏着掖着私货呢。母亲就跟我们讲故事，她那个被祖父从四房抱来要做继承儿子后来供到大学毕业却又跑回本家的没良心兄弟，就是出头出骨的“坏”，自己的鸡子鸭子早吃完了，偷看着母亲姨妈在床底下的盒子里还有暗藏不少，也不来偷你，也不来抢你，就每个蛋都给你偷偷敲了个洞，你这下不吃就再留不住了吧，专门肉麻（恶心）你。

鸡子鸭子再省再把细吃，吃吃也是快的，倒是一气裹了许多的粽子，总要吃上个八天十天。我们那里也常规矩，每家端阳都裹粽子，裹了总要笸箩一箩给邻居亲戚送些去，去时对家粽子也就出锅了，于是再一笸箩人家的粽子端回家。粽子吃着时，家里大明堂（天井）那棵葡萄开始结球成形，祖父同着我们一帮孙子糊的纸袋子，父亲凑着假日晴天都给葡萄包上了。葡萄袋子很多都是用祖父看旧的《参考消息》做的，就那么方方鼓鼓挂在半天上，葡萄叶丛里斑斓阳光，大大小小粗细别致的墨字，不知是飞过去觅香的一只粉蝴蝶识得，还是爬过去拉屎的一条大青虫识得。“包葡萄”过后再凑个日子，去龚巷上把父亲的小妹夫我们的小姑父给请了来，背着一个药水喷雾器，带着硫酸铜的药瓶，兑水稀释了，就给葡萄喷上药。都是农忙时节了，小姑父就是插着空来，药水打完赶紧走，饭是决计不肯留下来吃的。

家里春上照例要捉上一窝小鸡，有时可能凑在三月三的日子，祖母便从节场上捉回十几只。回家放一只小竹匾，一天几次剪些青菜叶子细碎给喂，毛茸茸的小鸡就圆头圆脑地啄吃，吃饱了屙，鸡屎就拌在吃的菜叶上，好在小鸡小，屙下来的奶屎不臭。夜到小鸡就要归宿，祖母是用一只稻草扎的小米囤，小鸡捧着往里放，小鸡叽叽喳喳，挨着稻草的暖和就缩起慢慢噤声了，稻草还吸水，一夜天屙了不知多少摊屎的米囤底，太阳底下晒晒就干爽了。

小鸡长得快啊，转眼圆乎乎的身体开始出翅出膀，变得“尖头把戏”（形容长得贼头鬼脑）起来，一只小匾肯定容不下了，于是换一张竹箩，就是坡底、边沿比较高帮的一种坦箩，小鸡在里面爬上爬下，走个坡整个箩晃动，弄弄不稳就跌一跤。再长就可以下地了，大明堂的砖地撒着欢地到处跑，小屎点也落得一处一处，好在小鸡还小屎还不臭。

小鸡新捉回家，每只头上都要用红药水“点红”，红红的头顶黄绒毛上分外一个点，不知是何道理讲究，到底还是避瘟去病的意思吧。不过再辟邪再辟邪，就是一个概率，十几只小鸡总要病死弱死几只，长到大小不等就夭亡了。

还有一个就是雌雄的概率，卖鸡苗的商贩总有经验，给出的小鸡绝多是将来能够产蛋的鸡婆。所以小鸡长长长长大来，娘胎里带的绒毛落脱，七零八落就长出硬毛来，下巴的“肉多头”（鸡肉垂）头上的鸡冠头都红长出来了，慢慢雌鸡雄鸡的样式也就能够判断出来。不管是雄鸡还是雌鸡，此时长出的都是青春鸡，伸颈长腿稀毛癞痢，也变得敏感易惊，一个风吹草动拔腿就跑，细脚伶仃且是飞快。以后再看到一些半大鸡，回想自己少年青春期时代，发育过速身体也是麻秆细长，唇上毛茸茸乱出胡髭，就如同那才出毛的小鸡一般，所以人们对于这个年龄的少年有个特定称呼：半斤头公鸡。

不论半斤头的公鸡还是母鸡，长到一定时候，简单的鸡窠收不住，再高的门槛拦不住，就必须要归栏了。或者用鸡罩（竹编的罩篮子）罩起来养，多少鸡和鸡食盆就放里面；或者就直接放小明堂的鸡棚里，和陈年的老鸡婆混养在一起。只要是动物，就会有等级竞争，鸡也是有阶级的，老鸡婆嘴老气大，一个不如意就啄起不作乖的新鸡，鸡棚里一阵扇翅逃窜，“咯咯”疾叫，兜转在鸡棚的狭小空间。总之，作为鸡们从小被人宝贝似的爱惜就此一去不复返，作为鸡们可以随意家里撒欢天地的自由也就此一去不复返了，圈养的母鸡由此慢慢养成怯懦脾性，但凡来个人对着一轰吓，赶紧双翅耸起趴在地头一动不动，任由你来活捉。而不用再长大多少日子的半大雄鸡，不会下蛋光会打架就只有一个下场，白浪费粮食赶紧杀了吃，哪怕需要打鸣报晓，也只留住一只足够了。更何况，即便你家没有雄鸡唱三唱，人家隔壁有公鸡，一早也能够报声到你家里。

新年捉的半大鸡到时要归棚，其实还有一个道理，就是开始农忙双抢了，新收的麦子都要晒场，之前家门口随意进出的散养鸡只这就太快活，一向只是吃糠咽菜的嗉囊可以尽吃粮食了。农人总是以粮食为最金贵，所以各家各户都自觉，纷纷将自家的鸡鸭栏关起来。当然也有专门贪小利的，见人不备又把鸡只给放出来，偷工摸夫白占一肚子便宜，也会有因果报应，哪天鸡鸭被人打杀了臭在一角还寻不见。我家是城镇户口，家里不种田，也就无所谓农忙，不过到时学校统一放“忙假”，小孩子还是乐得多贪几天不用读书尽玩。双抢双抢，抢着收熟麦，抢着插稻秧，一个时间不赶紧，轰隆隆的“阵头”（雷）一打，黄梅雨天就赶上来了，麦子不好干，秧苗还难插。

“黄梅头上”（黄梅天）就是落雨，连天连夜连绵不休地落雨，雨也不见暴风骤雨，而是淅淅沥沥经久不竭。我是一年四季各种天色里最喜欢雨天的，尤其春秋不疲不倦的细而密的落雨，其次就是这黄梅的落雨，落来就是天沉沉的不知是晨不知是昏，时间就永远地持续下去。不两天地就滋润透了，明堂的墙墙角角开始出青苔，再两天就完全蔓延，地砖缝攀出来绿了一格一格。我家高屋高墙的檐头水始终滴着，日长时久几十年，沿墙的地砖都规则地被打出凹坑，光滑如磨的，都是工夫啊，时间虚耗自然成。

祖母适时就开始做酱了。半锅子黄豆煮了，趁着热搅拌面粉裹成团，一张竹匾搁去家里荫角处，自然就开始发酵发霉。霉头长到又绿又臭，半个月的黄梅雨也就停了，于是一匾霉头分散两三匾，搬到外面大太阳晒。霉头晒干晒喷香了，就酱油盐的和水下酱缸，糊糊黄黄的好似屎的一坦缸，以后整个夏天就天天太阳底下晒酱。不过也有意外，“小暑头上一个响，半个黄梅倒过来”，好不容易做好的酱缸，没晒上几个日头就不得不家里阴着了，不经过太阳晒的酱缸不出天然，再阴在那里再霉长出白毛，那成色就很不好了。

继续的黄梅天我还是很乐意，因为已经七月份暑假了，再不受上学下学走泥泞的苦楚了，天天坐在家里的客堂门口看外面的下雨吧。明堂砖地上晒了两天日头被卷起的苔藓，一潮一软重新着地，又滋滋润润地长开了。墙脚砖缝砖角的还疯出细杆的野草，祖父的两大盆朝天辣椒才开的花都被打残了，叶子猝猝和隔壁小明堂的落汤鸡一个样式。对墙的那些乱砖堆上也蔓开植物，就是鲁迅笔下那种可以随意野生的何首乌，还有枝枝叶叶不知名的别的花花草草。然后百脚（蜈蚣）蜒蚰爬出来了，癞团（蛤蟆）田鸡也爬出来了，最多就是蜗牛，大大小小子子孙孙都繁衍开来。

蜒蚰，就是大家所说的鼻涕虫，小孩子间就有口耳相传，说蜒蚰是最怕咸的，于是会用树叶子包着（软软腻腻滑滑的怕恶心弄上手），弄到一块干地上，然后灶间的盐罐头端了来，一勺子盐盖它身上。果然有一物降一物吧，蜒蚰就很快扭动抽搐，是盐杀到它身体里了，居然最终是能将它化成一摊水的，一如金庸小说里的化骨粉。金庸是浙江人，和我们雪堰镇相距也算不太远，或者他儿时也有此恶作剧，无端端弄蜒蚰弄死。

再有就是我们又有别称“癞壳包”的癞团，别的时节里都不见，到夏一下雨，无端端地就出来日夜叫唤了。没事它缩在葡萄棵的石围缝里面，雨下大了白天就敢于出来蹦跶。我家一直做药医的，癞蛤蟆眼睛头上出毒汁（蟾酥），是很好的一味药，所以中药店一直有项工作，就是到时要捉癞团“刮癞团”。刮完了癞团还要放生，一则来年还可以捉来再刮，二则癞团本身和田鸡一样，学校教育里是被标为吃害虫的益虫，所以我们就不会像作弄蜒蚰一样作弄死癞团。顶多了，外面雨水打了阴沟一时排出不畅，天井里都积了大水，我们折了许多纸船纸军舰纸拖船在水里开，捉住了你只到处瞎蹦的癞壳包，一个掀倒白肚皮朝天，你就挣扎翻身大扑腾，搅来一水面的船翻舰沉。

热天头里

和三月三捉小鸡差仿不多辰光，祖母就要收拾家里的菜地塄了，种各色菜籽，搭黄瓜棚，牵丝瓜绳，以后发芽发棵的上肥浇水精心侍弄。等到黄梅雨季一催发，不论丝瓜黄瓜紫茄青椒，通通拔棵疯蹿，开始结实长果，第一批收成随即上了桌。

每季都有它的节令菜，春天光除了马兰，时鲜好吃就是毛笋，田里的出产还是不多。到夏天光就姹紫嫣红，家家户户的菜篱笆里应有尽有了，番茄是生的好吃，黄瓜也生啃可口，丝瓜就是炒鸡蛋，茄子最难吃了，祖母每天晚餐必做一大罗碗（大汤碗）冬瓜汤，里面放豆瓣榨菜丝虾干，咸咸鲜鲜的，半凉半热喝下，最是解暑。

夏季里的吃食还是太多，西瓜香瓜葡萄桃子。桃子是家乡特产的山上水蜜桃，大个的有香瓜那么大，皮薄肉软水头足，一口咬下，汗衫背心上掉了汁，母亲就又要凶了："这桃子迹淖是洗不干净的。"家里买了两个个大西瓜，是上昼（上午）祖母听着街上有贩西瓜佬赶着去买的，东拍西拍人家给挑了肯定好的，祖母再央药店的旧同事给帮忙送回来，当即把一个洗了，就放灶间的水缸里先窨着。待到小孩子饭后一落昼觉（午觉）睡醒来，祖父就拿刀开始杀西瓜了。一开开个左右各半，一半放竹橱，留待夜饭后乘风凉时吃，一半再片片薄切，依次大人小孩分得一片两片。西瓜分得有限，我们吃来也就分外贼劲（比喻吃相难看），红瓤尽光了，那厚的白皮瓤还要啃三分去，冰窨的西瓜甜哦。

夏季里的吃食还就是太多，空早（一大早）祖母又上街买菜去了，回来篮子一提嘻嘻笑：“哦哟，今朝真个巧，买着点银鱼喏，看看看，还新鲜透佬（佬，是方言里惯常的语气拖词）喏。”太湖有“三白”，白鱼白虾银鱼，一条银鱼小小，就身子透明白的白，两侧眼睛墨赤黑的黑，买回个半斤把，就是上百条滑滑一堆，炒鸡蛋最好吃。再有另一个晨间，后门口有人主动兜上门了，就是一个扁担两头各挑个篮头，是个卖田鸡佬（这个“佬”不同上面，就是“的”，卖田鸡佬，即卖田鸡的）。田鸡多少脚扎一起七八个一串，五分一角就是一串两串，祖母总要两串，转头祖父就拿去杀了。

田鸡是人家夜里稻田里照火捉的，趁早走街串巷半明半暗不声张地卖，卖到人家手里的田鸡其实都是斩了头剥了皮的，不过田鸡神经坚强缘故，没头没皮还能够蹬腿不已。祖父再拿来杀，就是要给去肚肠，还有剪去四爪，肚肠爪的随手丢一边的鸡棚里，老鸡新鸡抢着啄吃。弄净的田鸡就大腿反驳到身子后，像似个罗汉拜佛样，祖父再去洗些咸菜斩碎了，同着田鸡一起烧。咸菜烧田鸡，祖母是从不碰的，只由祖父来做，祖母信耶稣，对于类蛇的光溜溜生物都嫌恶。田鸡田鸡，味道赛过鸡，鲜，加上咸菜就咸鲜咸鲜，好吃。

暑假里小孩子就是吃吃荡荡过得最好不过日子，平时要在学期里，每天睁眼不开，睡不醒懒上学，而暑假一开始，不用催到时醒，一个念头就是提扳网，灶间问祖母要两个热烫“面来块”，串上网底的竹签子就下河滩头。所谓“面来块”，就是调糊了面粉，用勺一团团地下到泡饭锅里，面团经热自结块，叫“面来块”，用作鱼食再好不过。而我们之前一直用的是蛤蜊（野生小河蚌），就是河里摸来蛤蜊，拿石头把外壳敲碎了，取了肉串竹签上做饵。蛤蜊肉腥，好引鱼，不过水里泡久了也容易失味，鱼不来吃。而面来块不同，祖母在其中略微杀了点盐，所以煮出来面块特别板结，水里泡久不会散，而鱼又喜欢吃，实践证明扳鱼最好用。

扳鱼就要用扳网。两根等长钢筋弯成个半圆弓形，十字交叉上面绑绳，下面正好四头扣弹起一张四方网的四角，也要铁丝缠绕紧，就成了一口扳网。扳网中间分置几个竹签，竹签可签鱼饵。扳网十字架上牵绳，人就提着那绳下河岸，一晃一荡把网下到河里去，然后岸头攀住了绳子耐心等，五六分钟就可以起一网，收获不收获马上见分晓。所有的工具或者技艺都是个进化过程，蛤蜊肉换成面来块是进化，而扳网的钢筋架子，原来就是两个竹爿做的，就像弓，更有弹力。但是竹爿没分量还有浮力，所以四角还要垂铁砣子，而用上钢筋就一劳永逸，分量足够沉，荡悠起来也能够远，一荡一荡直接能放网放到河心。家里有大小好几口网，那塑料丝网都是哥哥亲手织网，拿来织网的竹梭子，也是哥哥亲手削制的，小孩子好玩乐，就能够穷尽他的学习动手可能。

每天早起的头一网，铁定要放到离家几十米外的河运中转站的码头上，那时有人家上码头淘米了，淘米罐水（淘米水）是最引鱼的，过了一夜的鱼儿都肚子空极了，河面上看着就是无数影子。头一网开扳了，一半垂在水中的牵绳要慢慢提，然后猛地往上收，那网沉沉的一下出水，就是网兜里活蹦乱跳，无数的鱼儿白鳞闪光。鱼儿一下受惊蹦跳，运道好的就跳腾开来，又一下蹦出网去，河水落下逃出生天，其余就被兜底一伙拉到岸头来了。每天清晨头一网开网鱼，往往就是收获最多的，鳑鲏头肉鲴郎杂鲫头土花头，有藻虾（河虾），偶尔还有穿鲦头，甚至有一回哥哥一提网，里面出了个老大黑东西，没等提上岸，就四脚飞快扒着网口翻下河去了，是只团鱼，就是大家俗称的鳖，王八蛋它爹王八。

鳑鲏头长得身扁，就是一种野生小鳊鱼；肉鲴郎长得肉棍，就是野生的小草鱼一类；杂鲫头却不是鲫鱼样，而类似于现在观赏鱼缸必养一两条的清道夫，小小的鲶鱼样式，是专门贴壁游的；土花头和杂鲫头长得像，不过个头就大了许多。穿鲦头像柳叶梭长形，也有柳叶那么长大，专门河面上穿来穿去，一般要用丝网拦，或者吊钩钓，扳鱼的扳网轻易难捕到。后门口的一条雅浦河，通太湖也通长江，江鱼湖鱼河鱼往往互出入，河里的各色鱼类识得不识得的太多。比如有一种膨鼓鱼，只要一碰触惊动，浑身就能够鼓胀成个圆球，其实就是野生的小河豚。

早晨下得头一网，一天里的扳鱼也就开始了，我一般就用两口网，一口放我家驳岸的这头，一口放驳岸的那头，然后要隔个十来米不停沿河岸转移，南头远最远到不到一百米外的村码头，北头远最远到一百多米开外中转站码头还过去。扳鱼的黄金时段就是一早跟一晚，还有就是午饭歇昼太阳正中的一天最安静时。早晚的鱼多鱼密，头一网能够几十条，而扳网大小也不过四五十公分的平方。慢慢十几条几条的就稀了，后来就是一条两条，下网就不值当了。所以到中午我们就歇昼，不过还是会下一网在河里，躺在家里专门用给小孩子夏天乘凉的板上，耳朵听得河里的机帆船有时来无时去地经过几回，哦，要起来扳一网了。田里农人都要避荫的午后这个时段，扳到的鱼往往不多的，但是必定大，就是一条两条的鳑鲏头，一条也抵过三条的大。

也有天上突然一落阵头（雷声）响，午后没来由一场大暴雨，那下在河里的网也足够时间了（时间久反而鱼吃食跑了），于是冒着黄豆的雨头冲上驳岸收网，收上来鲜鲜溜溜就是老大两条。身背上都有漂亮花纹的花花鱼，这鱼有个特别，总是一条稍大一条略小，它们是成对成双生活的夫妻鱼。花花鱼捉到，就像膨鼓鱼一样金贵，是不舍得就拿去喂鸡的，而是家里鱼缸里养起来，养得好的话，也总能活个十来天。小孩子河里每天扳鱼，基本上就是特别的养一养，其余鳑鲏肉鲴郎之类喂鸡吃，藻虾么直接塞嘴里，嚼了生吃。或者哪天扳了很多的大鳑鲏大肉鲴郎之类，祖母也会特别用心，挤了鱼肚皮洗净，剁碎和菜，给我们包馄饨吃。

我们都是所谓的好人家乖佬小（乖小孩），再怎样贪扳鱼都脱不过门前的两个码头去，而有些农村人家细佬，一暑天就以扳尽雅浦河中鱼为己任，天天日日就见从早到晚拎着口网，河这向河那向地沿河一路去。一手就是一口扳网，一手就是一只铁皮水桶，赤膊光脚浑身晒到油黑发红。往往就是大中午头冷清无人行走的外界，孤独独大太阳底下天地之间尽他一人，不知疲倦也无人管束，是我们这些所谓“街上佬小”不可想象的自由自在。

“棒冰，赤豆棒冰，奶油棒冰。”一块拍板不停地拍响叫卖，也是同样孤独一人，一辆一块木板装了四个弹珠轮盘的拖车，拖车之上一个木箱，木箱之上一半翻板，翻板打开棉胎，棉胎里所藏就是冰棍，俗称棒冰。棒冰最早是要从太湖里的冰厂批发的，后来我们雪堰街上老晚也有了自己的冰库。卖棒冰的分两种，一种是骑自行车比较专业的，脚踏车快，去的地方远多也赚钱肯定多。一种就是要帮家里补贴家用的，半大男孩子弄个简易拖车步行来去太湖里（二十世纪七十年代初围湖造田出的地盘）好几里，每天一到中午头沿街叫卖，赚钱肯定最辛苦。赤豆棒冰两分钱，奶油棒冰三分四分钱，路程远再保温得当，卖出手时总有些软化了。赤豆棒冰就是糖精和水，吃起来甜腻，不过就是冰阴，小孩子最贪这爽口。

小时候看徐悲鸿的画册，总画一题材，叫作“日久如小年”。大暑天大日头的午后总是最漫长，外面死晒太阳，出去干什么都不成。记得偶尔有过一次两次，大表哥带着我们偷逃出去野，一直到锡宜公路上沿马路瞎走，一路拣知了壳。对了，这天气里夜来田鸡乱叫，日里就是知了没完没了响天。绝大部分时候我们就老实家里，祖父躺在后门堂的竹躺椅上拦着门，不依我们出门贼心。或者在穿弄风的背弄里，或者在穿堂风的客堂上，就地搁上两块木门板，或者再多铺一张席，躺也好滚也好，我们瞎睡瞎玩时间也就过了。

然后半下昼（半下午）了，外面的村码头上就开始出动静，村上的小孩子来煞不及下河洗凉浴（游泳）了。“大日头底下洗凉浴，皮要晒脱落。”大人永远对于我们异于别人家的管束，就煎熬着时间耐心等吧，等着太阳再西斜去不少，失了十分的热力，母亲终于放手恩准我们出门。一般人家小孩，一两岁上就父亲兄弟领着下水，三四岁肯定个个浪里白条了。而我们家孩子学会游水都晚，家长把细生怕呀，我学会游水总有三四年级了吧。赤膊上身光着条短裤，河里一扑腾去，那就是另一个世界。水里一没头，睁开眼睛看黄烘烘的河水，雅浦河总不见太清澈，有个两尺深东西就模糊，不过我们手脚并用，河岸摸鱼摸虾摸蚌都是可以的。

大人生怕小孩瞎弄水是有道理的，雅浦河是武进港的交通要道，一天到晚机帆船拖船的经过，机帆船轮船都是发动机螺旋桨，小孩子洗凉浴又必定喜欢“杂水性”（潜水），一个猛子下去，不提防那边船却过来了，被打到的概率还是有的。有一回哥哥也是如此，夸口一个水性就能“杂”（潜）到河对过去，果然下去了，半路上听到机帆船响近，就想着赶紧要出头，结果头上一顶就是水泥船底，吓得赶紧再下潜。其实老话说的，欺山莫欺水，再好的水性，再老练的水手，有天也会阴沟里翻船，就死在水里的。往往一个夏天过来，每年也不时听到哪里哪里淹死人了，所以祖父母父母永远对我们抱有警惕，千万千万我们下河去了，母亲就立驳岸上看着，到时间就喊：“好了啊，要出来了啊。”直到后来我们都上中学大了，大人们才彻底放心，随便我们去了。

夏季洗凉浴的玩乐真个多的，可以杂水性，可以抱着石头过河，就是水里抱上一块大石头，双脚踩着河底，一步一步走对岸去，那就要屏气屏得长的。再有就是来往的船只，一部机帆船啪啪啪地开过来，两岸几十上百的小孩子就一拥上了，纷纷攀住船帮的防撞轮胎挂靠而去。最孩子头勇敢的直接去到船尾，就是船只螺旋桨的上方，攀住船尾的铁架子，拖住了大呼小叫，身底就是螺旋桨的白浪翻滚，一丛人被拖拽着乘风破浪。这时船上弄篙的女人就最是哭笑不得，一堆小孩攀住船危险，还纷纷有心要往船上翻，所以东一头来赶，西一头来轰，终于出了百米开外要出街镇地盘了，大伙一轰脱开船，四散到两岸去。眼见那头反向而来，又一部机帆船开来，大伙又是一拥而上，一路顺风船又带回来。

好看就是拖船船队过来了，前面一部拖拽的大轮船，后面一部接一部牵着七八十来条拖船。眼见前船后船上已经挂了许多小孩了，那是南街头的小孩也老远挂过来，到这东街地盘轰的都散了，这边小孩子又接续，几十上百的攀船而上，好似电影里的铁道游击队。一般的玩乐无妨，小孩子还做坏事，眼瞅不备顺手偷些船上的东西，往往就是西瓜船，滚一个就河里去，船上人忙煞不及。还有一种坏事就是顺船一直出镇去，一两里外上人家的农田了，总有一些闲地人家种些瓜啊果的，夏天里最好吃的是一种甜粟（类似甘蔗，很细小杆的）。船带到了就脱开上岸，看着四下无人拔了几棵赶紧跳河里，然后耐心等着来船再捎回。我和哥哥曾经也有过一次不成功作案，贼手贼脚才要行动，就被人发现追赶，还是一个我小学的老同学，丢脸丢到死啊。

洗凉浴各种幸福，但有一样最是恶心人，你这边游着水突然闻到一股恶臭，定睛找着一看，一只死兔子发胀着光肚皮漾过来了。再有就是专门人恶心，你一伙码头边上游着，那家女人一贯讨惹厌，拎个尿屎马桶就过来搪了，真个少见出有。

我们在河里游泳，母亲在家已然忙开了，首先要弄热水揩床，家里总共五张床，就是起码五张席要擦。我家的床上用席也有一定规矩，春天过来天转热，先用一种普通的草席，草席有凉意，又凉得不甚逼寒。天再热热就换一种蒲席，这蒲席红绿间色，是姨父海南出差带回来的，总要比草席来得更凉意些。天再大热就再要换上篾席，竹篾席是最凉意的，也最不容易沾汗。然后大暑过后天转凉，再要撤篾席换蒲席，然后再撤蒲席换草席，如此几番折腾。

母亲一张张床席擦了，枕头席也擦，我们白天里躺的木板也擦。然后就是打水拖地板，吊水把大明堂的地给泼了，泼下的水很快蒸发，太阳晒下烘烘的地面随之也凉快了。然后洗罢凉浴回家的我们就纷纷搬椅子搬凳子，有时连同小桌子一起搬出去，夜饭就一家老小坐着天井吃了。吃罢晚饭就躺椅竹椅凳啊板的大家一起明堂里乘风凉，祖父总要讲些古吧，一个笑话：穷瞎公公和聋婆婆门板当被头（被子），夜来贼用裤子当袋子偷米，再用个米瓮当裤子，结果被头撞落了公公牙齿，贼骨头跌破了裤子。

我们也听半导体说书，也看天上的移星（流星），那不像移星一忽而逝，却也在天上移动慢慢走的，就是人造卫星了。夏天里蚊子总是多的，蒲扇拍蚊子，点圈蚊烟香熏蚊子，腿脚手臂上还被叮得一块一块。地头上还出一种长手长脚的跳虫，我们所称“骆驼虫”。还有一种土狗，比弹蝍（蟋蟀）略大，看到就赶上去一脚，啪一声肚肠爆响。这时祖父就催眠了：好了呀，夜了呀，阴凉阴凉了，都进去困觉吧。

八月半

每每暑假将尽的某天黄昏，河对岸小学操场与中学操场间的怀德桥上，就有人鬼鬼祟祟地烧火点香，一些个路头码头同样有人焚香作祷，这就是“烧狗屎香”了。阴历七月三十，地藏菩萨生日，烧狗屎香实在又是“烧九四香”，狗屎同九四谐音，这“九四”是张士诚的奶名，被朱元璋杀头后老百姓总要祭奠祭奠的。烧香拜佛当年都判为迷信活动，也确实只是迷信，无论九四狗屎香也好，祭地藏菩萨张士诚也好，老百姓总要找个由头保佑保佑自己才好。不过我们小孩子总知道，这狗屎香都要烧了，那这暑假也就真的尽了，学堂就要开学，又要每天上学收骨头（形容小孩子有了管束）了。

烧狗屎香是七月三十，很快学校一开学一晃，就八月半，中秋节吃月饼了。一般的月饼就是“卖家月饼”（指商店出售月饼），而我们的雪堰桥当地，家家户户还要自做饼。祖母还是老规矩，提前一日家里样样准备好。先要灶上烧一锅糯米饭，饭好后舀到密编的筲箕篮里风凉，冷好后一半白饭下酱油糖之类调味，卤成就是甜咸鲜。祖母就开始做饼，一团白糯米饭手心窝成个窝，筷子夹一团卤糯米饭当作馅心放入，然后双手团团包成个饼，形状就和普通月饼差不多，这就是糯米饼了。糯米饼只是一种，祖母还要面粉调面团，手里揪来一团团，同样手心窝成窝，然后边上早就预备下青菜馅料，一筷子夹入，捏捏弄弄又搓成个球，然后放到竹匾上一点点往下压，前后左右压压压压就摊大了，有一个吃饭大碗那么大，这就叫作菜饼。

祖母还要做另外一种饼，也是用的面粉面团，不过下的是芝麻馅。芝麻是祖母早间上街上药店，央着旧同事用研药的研船研细的，做馅照例要加些白糖，同样包入面团里。跟做菜饼一个样式，放匾里用手掌压压压压扁，然后再加一根擀面杖，前后左右更加压扁摊大摊薄来，总要比菜饼再大上个一壳（一圈）。这芝麻馅饼做成就是软的，马上上大灶头的大锅来熯，祖父在灶下帮烧柴火。说到此还有一个旧掌故，当年祖父药店退休了，祖母还在药店上班，所以家里烧饭之类大不便，祖父就开始帮手灶间烧烧弄弄。那旧时代，虽“解放了”，男子主义还是重的，尤其像祖父本是一个家族的大家长，男儿家要去弄女娘家生活，说出去都是难为情。结果几房的妯娌间闲说闲话都有了，祖父就一句话：“奴娘个来来（祖父唯一用的骂人话），哆（雪堰方言，同啥、什么）个烦里不清爽，我自家高兴，关你家的屁事啊。”祖父和祖母差着大年纪，十七岁，祖父且乐意宠着祖母呢。

芝麻馅饼热锅里一熯，就熟了一面，再锅铲翻过来熯另一面，两面熯罢就出锅了，灶头沿边小孩子都盼急了，一人抢着一张就吃。这饼又大又薄，熯透了就是香脆，中间芝麻糖馅化开了就是甜，一咬大口嘴里嚼来就是嘎嘎响，我们称之为“硬壳壳饼”。那菜饼也是同样放到锅里熯，这做菜饼的面团跟做硬壳壳饼的面团应该是略有不同的，里面和了点菜油，所以锅里一熯就滋润出油，里面的水分菜馅也潮起。所以这菜饼出锅，依旧保持软软塌塌的，比硬壳壳饼小，所以也厚，一口咬去饼的软馅的香就是满嘴，三种饼中这菜饼是我最喜欢吃的。糯米饼同样锅里熯，因为本身饼皮饼馅都是熟糯米饭，所以熯来只要两面略微金黄就可以了。糯米饼吃来就是香咸鲜，糯米本身又是发胀物，所以最容易饱肚。

中秋节还是要备卖家月饼，常规的苏式广式月饼，还有父亲专门从无锡城里清真食品店里买回给祖母吃的素月饼。月饼都是油纸包包一筒几个，最早我们小孩子还分不到每人一个，是祖父拿刀出来切，一个月饼切成四尖块，每人取一块明堂中望着天上的亮月吃。祖母说个笑话，说以前家里药店的隔壁就是南货店，南货店到节师傅就要做月饼，大面缸就是赤着膊揉面，汗水淌淌滴，什么鼻涕之类都一把抓，看着就要多腻心有多腻心，所以祖母后来是怕吃卖家月饼的，道理是什么都眼不见为净。祖母做的饼总是最干净不过的，硬壳壳饼就是凉了干吃，菜饼是要加热再锅上熯一熯吃，而糯米饼放久了再吃，就要上蒸锅蒸，一蒸形状就塌软了，吃的味道也软塌塌，没那新鲜可口。

与八月半相近，就是官假的国庆节，十月一号，学校照例要放三天假，父亲工厂也放假，这可是一年里除春节之外的最大假。小孩子便是接了暑假过来的余兴，终于得机会又是一轮玩，这一玩就是夏日的田鸡蛙声一片渐湮没，床底墙角听取弹蝍声此起彼伏了。小孩子的儿戏都是应时应节的，春里捉菜花虫虫，夏里捉知了，秋里就是捉弹蝍，到冬里总什么都不出没什么玩了吧？一个竹箩罩加一把米，还可以捉麻雀子。

捉弹蝍有意思是因为弹蝍可以斗的，家里弟兄之间，出外伙伴同学之间，一个纸盒子木龛龛或者小菜罐头，装着就是宝贝似的养。弹蝍就出在门前屋后的砖堆乱石间，唧唧唧唧听着大响亮，找准所在就开始搬砖移石头，一点点工程开发下去，终于见到底了，最后一块砖石搬开，那什么腾的就蹦了，赶紧不煞去扑拿。结果好，那生灵都是活性，一蹦两跳又钻缝，隐到堆里又不见了，于是再要一番搬弄石头。其实这就是一种唯目标论的笨法，往往累死而不得其一。我们一般采取的是扫荡法，就是如同春上捉菜花虫虫一般，一般能出弹蝍的固定所在，乱翻搬石头砖头找去，往往十中有一二，弹蝍反而抓得着。

尤其是家里大明堂的葡萄稞下，大小黄石垒起个土围，大致夜来有听见叫声，第二天就是翻动去，几下就几只弹蝍纷纷蹦出了。抓一头弃几头，终于有一只空手逮住了，结果拿开来一看，屁股上长了三根针，是个“三针子”，母的，不会斗的，抓了也是白抓，真是倒霉。再有翻开一块石板，底下就一动不动伏了一只，是弹蝍，不过又黑又小妖怪样，这也是大家避之不及的，这叫“棺材弹蝍”，就是不吉利的，也是不能抓的。哈哈，终于功夫不负苦心人，抓到一只了，手心捏住软软凉凉的，打开看就是屁股头两根针的，是只好斗的。捉弹蝍考究的，就有专门装备捉弹蝍的纱罩子，铁丝圈圈一罩一个准，弹蝍不容易被捏死。我们就空手抓，也就要尽小心，一不小心碰落了一只大腿，可就成了残废没用了。

不论是用罩子捉，还是就空手捉，出外捉弹蝍总要做一个工作，就是用纸折装弹蝍的纸管。方法很简单，撕张作业本纸，可以再平均分成三四条，然后一条条卷成个筒状，一头捏扁了折起，这样七八管做好放口袋备用。到时弹蝍捉到了，就取出个纸管，开口的一头吹口气给吹饱满了，弹蝍就往里一塞抖进去，这头也是一捏一折封了口，口袋里一装继续找下一只。捉弹蝍就为斗，斗弹蝍还要预备引弹蝍的草，田地里就出一种弹蝍草，就是顶上像发报机天线分几叉穗的一种野草，高高长长一蓬蓬长得很兴盛。走去拔了一根出，将几个穗一条条地翻下来总拢在手里，然后齐着慢慢往下拖拽，这几穗的中心就被一点点脱出来，现出一撮细白绒绒的絮毛来，这去掉穗的一杆絮毛，就可以用来逗弹蝍了。

两只弹蝍放一只平底的陶罐泥罐或者搪瓷罐里，两只都茫然不识所在，一头一尾彼此不搭理趴那里。就用弹蝍草来逗引，絮毛碰触碰触触须，从后赶赶它的尾巴针，几下就将两只弹蝍调至头对头了。可是弹蝍吃饱了撑着，一时提不起兴趣找人敌对呢。就还用弹蝍草逗，弹蝍草絮毛直探到弹蝍的牙口上，几撩拨就见开牙了，两个大钳照着絮毛就是咬。这边牙口逗开咬，那边牙口也逗开咬，终于两边的弹蝍都鼓起了翅膀唧唧发声，粗大后腿发力踏蹬，战事一触即发扑上两厢就斗到一处。人跟人的战争残酷，动物之间的搏杀也是凶猛，弹蝍有力就是两只大钳牙，还有两只大蹬腿，一眨眼几进退，开牙照准要害处死钳一下，只见地头就落了一只毛大腿，残废了一边的弹蝍落荒而逃，甚至直接蹦跶起，越出罐沿难有觅处。

小孩子们儿戏，大人们总有弄弄不完的忙碌，秋收大忙也就将近了，人家先要侍弄自留地，棚上的瓜啊果的该摘的都摘了，又要新的一垡秋冬菜种植了。祖母也总是有忙没忙地忙，最后一垡的长豆荚荚收了，锅里盐水煮了穿起来晒干，冬里可以煮菜煮汤吃。还有就是黄花菜，祖母总只种那几丛，一夏天开花也能收一些，同样晒干了备着过年配菜。黄瓜棚拆了，丝瓜棚拆一边，一条藤沿到我家那棵香樟树上的那一丛，还挂着不少老丝瓜呢。老丝瓜长得真粗大了，开始发黄变枯，家里每年也总要收上几个大丝瓜筋，备着洗碗搓背用场。还有就是我们小孩子的收成，暑假开始前学校老师就每人发几粒蓖麻子，交代回去种了，秋收的时候一并收了再交学校去，学校也是要再上交去，蓖麻子出油，专门可做空军的飞机润滑的。

我回家就把蓖麻种在大门外两只粪缸的里档，因为自家的菜地塄有限，一年四季常吃的菜都种不过来。冒着臭去挖个坑，蓖麻子撒进去，盖上土浇点水就成了。果然不用多久就出芽，再勤着多浇几天水就发棵，一发还发两三棵，等到再长粗壮些，此后就再不用人管了。蓖麻两三个月就长很高大，蓬蓬勃勃的一丛，果然也一簇簇地结果了，开始是嫩绿的果，慢慢就发黄转硬包皮裂口了，露出里面本色的蓖麻子。到时候就将蓖麻采了，蓖麻子剥剥聚起来也有一大捧，回头就欢欢喜喜地交老师听表扬吧。至于学校积少成多得来的不少蓖麻，究竟如何上交去，是完全义务免费的呢，还是能得到小小一笔收入，就不得而知了。被采了蓖麻的蓖麻棵，还是会一径地疯长，有一天祖父心血来潮，就一把斫刀给连根砍了，就撩地上晒干，回头挽了当柴烧。

外面祖母田地里忙，家里母亲就房间里忙。我的记忆里，就像只要一过“五一”就夏了，只要一过“十一”，天就忽地转秋了，心理暗示似的，大人小孩就必定要穿小布衫（衬衫）。我家的穿衣也是一年四季规律替换的，就以我男孩子为例，最寒的冬里就穿大棉袄，就是一件滑棉袄，外面再加一件罩衫。棉袄里面还加一件无袖的棉背心，棉背心里面就是头绳衫（毛衣，绒线衣），头绳衫里面又有头绳背心，再里面就是一件卫生衫（秋衣）。下半身就是棉裤罩裤，里面再加一条头绳裤，贴肉再是一条卫生裤（秋裤）。头上或者戴一顶鸭舌头的棉帽子，或者就是鸭舌头的头绳帽子（而女孩子多戴一种两根长辫子的头绳织的风雪帽），脚下就是一双棉鞋。

然后随着天气不断转热，棉背心去掉了，头绳衫头绳裤去掉了，然后棉袄棉裤去掉了头绳衫头绳裤又穿上了。终于头绳衣裤都去掉了，卫生衣裤外面空落落滑穿罩衣罩裤，终于卫生衣裤也去掉了，而棉鞋也早换作单布鞋，帽子也早换成鸭舌单黄军帽。然后五一节一过，上身就穿小布衫了，里面就配一件汗衫背心。而下身更简单，短裤外面空落落一条单裤。再“六一”后大热起来，上身就要改着短袖衬衫，下身就是西装短裤，一身精神出门，人家大人就要纷纷啧啧称赞：“个小官人多少（多么）体面法。”然后就是大热头里了，早晚上身还穿个背心，中午热透了，索性光膀子赤膊，光一条短裤跑来跑去吧。脚下要么就是凉鞋，要么就是拖鞋，还有祖父亲手做的木屐，要么就是索性赤脚了，太阳晒得滚烫的泥地上一跳一跳踮着脚走。

祖母负责我们的吃弄，母亲负责我们的穿洗，夏季的短衫短裤纷纷洗晒收起来了，秋季的长衣长裤纷纷取出来晒用。用了一夏天的床席，终于草席蒲席篾席三样都取下来洗晒好，便一类归一类卷筒起来，里外覆报纸扎紧，丢床顶上去了。床上改铺床褥顺单（床单），薄被头（薄被子）厚被头（厚被子）都要定，所谓“定被头”。旧时不像现在有被套，被褥要防脏，就要定被单。上头一块花色布做面，底下就一块白布做里，四周再用一种色布做围，就用纳鞋底的大针来定，外面的面里面的里统一成个被套，就叫作“定被头”。定成的被头就像老式的桌子做法一般，中间一整块，四周一圈围，四角还有对斜的接缝，母亲不知要花多少针脚。被头的被罩两头布经常挨颈根（脖子），也就极容易脏，所以个把月到时就要换洗，于是再要拆被头，随即另换布单来定被头，母亲总是有工夫忙的。

秋天光

秋高气爽，天头的半空中悬起一只鹞子（风筝），也果真是一只老鹰形状，静静地静止在那里，一动不动就是半天去。这鹞子在春上的三月三就见过，那时是飞在小学操场那头，拖车厂的上空也是一待就是长远。耳听得嗡嗡的机动之声，一只飞机模型就沿河开将过来，然后绕个大圈又飞回去，目的所在是中学操场那头。中学里是有一个专能航模的老师，几年里逢着好天，放学后的黄昏头就遥控他的飞机试验，雪堰镇头飞来飞去也算作一景吧，不过有天就折了，飞机呜地一下栽跟斗，落地不知在哪里摔零碎了。远远见着操场那头几个人立即匆忙起来，性急忙慌山长水远要绕过来寻吧。在寻常人的眼里看来，这老师是不务正业，不过没两年，老师就上调，到无锡城里的少年宫任职去了。

街上地盘青上市了。地盘青就是俗称的金花菜，新鲜的才地塄上下来，祖母总还要嫩头里厢掐老头，有着一番拣弄。地盘青就清炒，所用料酒却不是黄酒而是白酒，白酒一蒸发，菜味更散出特殊香味。记得所有的素菜中我是最喜欢吃地盘青的，每天一顿两顿吃都吃不厌，不过后来进城后，吃地盘青就不及以前的好味，一来城市商贩累赘容易将菜放老，二来父亲做菜勤快却没个拣菜耐心，但是地盘青我还是喜欢吃的。除了地盘青就还有蛳螺（螺蛳），祖母市上买回家来，祖父用个老虎钳子，挨个将蛳螺屁股给钳了，然后放盆里清水养，最后水面之上要滴几滴菜油，油性能催发蛳螺吐泥，肚肠里的邋邋遢遢。早间的蛳螺养到中午，取出来沥干下，就直接下油锅炒了，无非葱姜蒜，还有酱油醋糖，还有料酒，红烧汤汁汁一大罗碗（家里最大一种的粗瓷碗），放到桌上，一家老小啜着吃吧。

水乡的小孩子从小习就，一个蛳螺捏手里，尖着嘴对头一啄蛳螺肉就啄出来，连盖带肉带尾巴肚肠，口中舌头一抵牙齿一取，蛳螺肉卷进舌头，螺盖肚肠推出牙齿，轻轻一唾出嘴外。随后又拿一粒不巧，一啄两啄都啄不出个肉来，便将蛳螺重回汁碗浸一下，然后不马上头上去吸，而是掉转到屁股头，对着被钳了口的蛳螺屁股先啄一下，然后再掉到头上去啄，果然一啄一个爽性，蛳螺肉出来了。一般来说，从小吃惯蛳螺的小孩子就可以左右开弓，一口一个且啄得快呢，而且总能随即螺盖螺肉螺尾巴肚肠分离，一人一碗蛳螺都消耗得快去。所以现在有外国朋友见我们啄蛳螺，就像看我们吃葵花籽一样都深以为奇，这一啄一啄也太伶俐了，道："你是只鸟啊？"

再有，小孩子吃蛳螺总还另有一功，就是对着蛳螺尽啄，但啄下来螺肉却不急就吃，而是一颗颗聚到碗底头。等一碗饭吃尽了，碗里却堆了一堆的蛳螺肉，这才张开大嘴将所有螺肉一口下，满满一大口吃嘴里那个嚼头那个咬劲，那才叫作杀杀足足的满足感。其实物质紧张的年月，吃口蛳螺这种不是大鱼大肉的小荤也是满足。祖母总是挖空心思，每天昼饭（午饭）夜饭两顿，菜式上桌弄点荤。菜场去罗罗刮刮人家卖的手掌宽小鱼，家来煎煎煸煸也好吃。或者见到收市了，人家的一拨拢发白烂虾，给点零钱也就要了，回家韭菜里一炒也是好吃。说到底，蛳螺蛤蜊都是肉，祖母总有心给家里人分外调些口味，有时实在不出法子见荤，就韭菜炒个鸡子吧，鸡蛋其实也是肉。

说到鸡子，小时候于我是有一段秘史。就是我从娘胎里带出来的隐疾，小肠气（疝气），医生看了说：不妨，长长就会好的。结果长到几岁上了，还是长长不好，整天捧着卵裆皱眉头苦相。有人就给母亲荐了一个秘方，说生石灰子可以医治。于是祖母每天到半下昼，就锅里给煎上一个荷包蛋，也总背着我的几个哥哥们，偷偷把我喊灶间去了。祖母就手拎起一只半烫的荷包蛋，直接往我嘴里塞了，直说："赶紧，赶紧，到小明堂里去吃。"小明堂在灶间的小门外面，最是避人，我心知是独占了大便宜的，老实作乖就赶紧出去赶紧嚼。荷包蛋油香，边边角角都炸脆，蛋白嫩蛋黄酥，一口两口三口痛快啊，啊呀再一口，"嘎嶝"一下苦也，生石灰子咬到了，味道真个奇苦无比。不过一段时间来每天如此，母亲祖母也交代了这是医毛病的，所以情知必然如此就硬着头皮再嚼上两口，然后连吞带咽下去了。然后祖母帮忙擦擦干净油嘴消灭干净罪证，装若无其事回前堂上去，哥哥们都瞒不知。

也就因为是贫乏的年代，鸡子已然是紧俏货，谁家小孩都不得天天吃随便吃的，记得我那个偏方治病，荷包蛋总也有吃了一打两打，至于用场不用场，反正我自己清爽。姨妈家两家孩子团起来养一共五个，祖父母总难做得十分不偏不倚，包括节假日父母领着谁出门去，谁能去谁不能去，都是要一番斟酌。当然不能够去的为大多数也不大冤枉，而有幸唯一能去的就是独“仙”（运气好之意），闷声发财偷着发癫（偷乐）吧，不过有些到时后果，当然也必然要自负。比如有年就是二表哥临要去湖北（小时候和我们随祖父母，以后就上湖北随他父母读书）了，父母亲就特为带他上了回无锡玩，河对岸小学操场怀德桥下的轮船码头晚上回来了，大表哥和我哥留心时间上码头去接。这是我父亲后来一直的说法，说大表哥和我哥，就一左一右夹着二表哥，然后一边用手打他一下头：“你倒有到无锡去白相的。”那一边也用手打他一下头：“你倒有到无锡去白相的。”如此一左一右一路打回了家。二表哥也不丝毫抵抗，就贼秃兮兮一路尽打尽笑，便宜已然占尽有种打罚也就自认了。

其实吃螄螺是不分时节的，一年四季，只要有人愿意下河下湖耥螄螺来卖，就有得人家的螄螺炒来吃。秋风起，蟹脚痒，吃毛蟹却是大致有个季节的。七月尖脐（雄蟹尖肚皮壳）好吃，八月团脐（雌蟹圆肚皮壳）好吃，这里的七月八月都是阴历，阳历的话就是九月十月上了。其实现在的吃蟹规矩都是被阳澄湖的大闸蟹瞎喧的，老早的话就没有什么太严谨，就像我们热天里洗凉浴，树根驳岸下毛蟹摸多了也就煮来吃，有得白来食吃就不错了，哪来那么多的瞎死规矩？不过这些也就是瞎吃蟹吃，真正吃毛蟹总有个大致上市时，就是太湖里的大毛蟹开捉了，有人市上贩了，或者跟卖田鸡一似，有得专门上门来兜了。

那时的毛蟹都是取大致个头，草绳七八只一扎来卖，扁担蒲包挑挑一担头，人家过门就停下吆两声，主家有人响应了就落担头。一扎毛蟹几铜钱？顶多也就几角，祖母不多不少，要就要下两扎，有个十来只。关于吃蟹的记忆我总不多，可能是小孩子小，螃蟹又是硬壳吃起来繁难，弄不好还扎嘴。还有就是小孩子的味觉不比成人，吃螃蟹是种历练，要咂得出腥后的鲜，一盏薄醋喂出的回甘。小孩子往往就贪肉多肉肥，而瘦瘦角角的蟹腿吃来几辛劳，唯一就是蟹壳掰开了还见两块白肉，但也是一口没。所以吃蟹滋味往往就是大人的事，或者说一个人成人后的事，那时候才会有耐有心，逐腿逐节逐步地将着螃蟹各件分解，于最后蟹身蟹壳的搜肠刮肚中完毕一功。

快吃毛蟹叫作“牛吃蟹”，多吃毛蟹就叫作瞎吃蟹。吃毛蟹最好就是一吃两只，一般先瘦后肥，因为肥的能把瘦的滋味盖了，再多吃就腻了，而且毛蟹性寒食多生病。我吃毛蟹从来都没找见过鲁迅笔下的法海老和尚，倒是“蟹蝴蝶”从来就做的。所谓蟹蝴蝶，就是要专取雄蟹的大毛钳头，是一死一活的两个钳嘴，趁着螃蟹未凉，将那可以活动的钳嘴反向慢慢扳拔下，连着钳嘴就会从钳壳里拖出一块薄薄的白片，形状似羽翼。钳嘴，钳嘴中段的螯毛，下端的翼片，三者就似蝴蝶的一半。毛蟹是有两个大钳，所以左右各取一个活钳，然后两个背向就着螯毛拼凑一起。那螯毛是泥里水里饱蓄，分外的杂质黏性，两个活钳对捏住直接贴到墙头，上面是两片展开的白翼，中间毛茸茸的身体，下面两角尖头的触翅，活生生就是一只蝴蝶。

祖父爱惜家物，做下的蟹蝴蝶不允许直接往白墙头上贴，我们弄张纸弄个板贴一贴，过时也就丢弃了。而我们常去玩的三公公（祖父的三弟）家里就不一样，他家的房子矮，木地板客堂的上面就个阁楼，所以楼下的木梁也低，我们过去就能见着，那木梁就一列粘着，逐年的蟹蝴蝶排成了队。螃蟹和蛇一样，一个壳固定住身体，随后长大了，就是要蜕皮脱壳的，这一点虾也一样。往往我个小孩子实在没事，秋冬河水浅了，露出大截的河滩来，我就喜欢到河滩头去拾铜板。这河虽然七十年代才开过一次河，河底给翻了个个，但从古到今经年的积存还有，最多就是捡到旧方孔铜钱，偶尔也有银钱，民国的外国的都有。我现有的私藏里，还一直保留着一把青铜刀，小小的好似关公的青龙偃月刀，不过只有刀身没有刀柄。还有一个花纹的铜簪子，还有一把铜折刀，不过刀身也朽开钉了，而刀刃部分也蚀半了。说来怪，现在我一年中也往往有一两次奇梦，就梦见又家里河滩头拾铜板了，拾拾还东一个西一个大运气，而醒来才知一场空。

有时就河边去，发现浅水里趴了一只长脚虾，有运气一下包抄就能捉住，没运气就见它一弓身退缩，就往深水里去了。那回运气好就见水里有两只大毛蟹，偷手偷脚过去一下捉，居然两个都没跑，都捉住了。真是怪哉，这两个蟹就是一个寻常硬壳壳，一个却是浑身一团软的。脑筋也不去大想，回家就上灶间去，把两个螃蟹往炉上的烧水壶里一丢了事，回头取出来两只蟹就都红壳了。掰开来这才发现，原来一个红壳就是空壳，是那一团软蟹脱壳脱下来的，白煮只有丢弃。而那团软蟹呢，掰不能掰揭不能揭，只得随便撕开来，又里面一团裹乱吃不能吃。祖父就在边头嘿嘿笑："你这样，好吃否？"结果毛蟹没能吃成，脱鞋光脚水里一泡，话说是寒从脚起，秋水凉着晚上就发寒发热了，一病就是数天，打针吃药难受归难受，不过不用上学了。

秋天里就不能落雨，一落雨天地之间就要为之寒一寒，然后太阳出来再暖一暖，接着又是一场雨落，又是整个世界为之寒一寒，整个天再晴明，也就有一种透彻感觉，仿佛冬里的棉袄不贴身紧焐，是抽着风泄着暖的。穿衣就要在小布衫外面着两用衫（罩衫，外套）了，不过有时上学放学奔跑起来还是会嫌热出汗，所以领子风纪扣总要解开，再解一个纽扣透透气。

斛稻（割稻）时节就此也到了，老天多也开眼帮忙，总要安排几个好日头，大队的晒场上总是机器轰鸣，轧稻机扬风机到夜还灯火通明，一下又有大夏春天的感觉。

我们家不种田，人家大忙我们家还是不忙，顶多母亲学堂里忙一忙，秋收了带着一队学生人马去帮农学农，去也帮不了斛稻重活，就假模假样帮着田地头拾个稻穗头吧，然后回家个个写篇心得作文。稻收差不多日子，遍野的山芋（红薯地瓜）也要收成了，这山芋早些时发藤时，山芋藤也是可以拿来炒菜吃的。祖母总是拿着嫩藤藤半篮子，早上后门头矮凳一坐就开始拣了，拣山芋藤见功夫，是要撕了外皮露出里面的嫩绿茎，然后掐成寸寸断。山芋藤就油锅清炒，加点盐清清淡淡滋味，就是一种原味的青头香，咬着脆脆好吃，这也是一道夏秋菜吧。

到出山芋的时节，除了市上去买，家里的太多山芋都是亲戚邻居送的，墙角里堆堆能够一大堆，出老鼠了还引偷吃，咬得一块是一块。吃山芋也就几个吃法，最简单就是洗干净连皮放蒸箩（小竹蒸屉）搁锅里蒸，蒸熟的山芋也就剥皮干吃，当然连皮吃还更营养。再有就是削了皮切成小块做汤山芋，这汤山芋又有两做，一种是滑汤山芋，一锅白水来煮，中间还可以加些黄糖，就是甜甜糖水山芋；一种是跟泡饭跟粥一起煮，和粥和泡饭煮稀烂，有时就稀得几乎无形，甜甜丝丝米里粥里，我家往往煮泡饭多。再有烘山芋，就是现在城市里多见的烤地瓜。烘山芋在我家比较繁难，因为我家多用炉子而不用稻柴大灶。烘山芋是要用上稻柴热灰的，就凑烧饭锅炒菜时候，几个山芋就垩去柴灰底下，就靠着热灰长时间焐热，一直焐在里面不用多管，后来吃完饭想起了，再用火叉将几个东西给灶洞里扒出来。烘熟的山芋外面皮都结了硬壳，掰开来里面烫烫的热肉，好的就是山上山芋红芯的，一口吃去甜且香，烘烘热到心里去。

每人口粮定额的年代，秋里总是把山芋当成半个主食，我家平常一日三餐的规矩是：一般昼饭烧个饭锅，中午就是吃饭；晚上一般就吃稀，就用中午多做的饭做成泡饭；而早上点心（早饭）肯定是吃稀，就用隔夜饭和隔夜的泡饭混烧成泡饭。到了山芋上市的时节，早上还是吃泡饭，不过会多上桌一样蒸山芋；中午的话照常吃饭，或者也会放上早上剩下的几个冷的蒸山芋；晚上就多样了，或者泡饭加蒸山芋，或者泡饭煮山芋加蒸山芋，或者就是汤山芋加泡饭加蒸山芋。总之就一季里跟山芋打官司了，山芋香，山芋甜，吃了山芋还勤放山芋屁，山芋屁来得臭，吞三间（屁臭吞三间房子）。

山芋好长产量大，光靠一顿两顿顿顿吃是吃不过来的，所以山芋往往要加工成山芋沱粉（淀粉），人家再来加工成束粉（粉丝）吃。这一加工山芋沱粉不要紧，那就设在河沿边的山芋沱粉加工点做事毛糙，用下的废水直接给排到河里去，于是个半下昼上，忽然听得外面有人大呼小叫："河翻了，河翻了。"赶紧奔出门外去看，只见大人小孩已然是成群结队，手里拎着篮提着网拖着盆桶，沿河滩一路捞起了鱼虾。这河翻一般是夏季闷热天多有的事，就是连天日照过足，水里缺氧严重，河底里的生物再也耐受不住，纷纷探头探身水面上了，有些就直接翻肚奄奄一息了。这山芋沱粉水下到河里，就是人为制造出一次河翻，那脏水流到哪里，哪里就是鱼虾水府兜底翻转过来，活便宜沿河人家白拾着，纷纷抢来捞腥捞鲜。这秋里河水不急，河翻一时还不得就稀释下去，往往一连好几小时，到夜了还有半大孩子心心念念，提着个灯照着岸头沿河捉。

河翻的原因多种多样，以前大队种田艰苦，给田地施肥，多也天然肥料，所以要尿屎积肥，但是食不多屎不多的年代，那人也好猪也好，屙出来的尿屎也不见多肥壮。何况田多而肥少，一家的出屙尿屎要充公也要私用，谁都不愿自家的自留地抛荒的。所以像我家没有田种垩壅（粪水）尽多的，大门头两只粪缸总遭人惦记。再有就是中小学校，除去暑寒假之外，几百上千学生一天到夜，出屙的数量也是巨大。往往就是相邻的北街大队分趟去挑垩壅，挑下来垩壅是换钱还是换物，总不得而知，记得有一年就是换了两只羊给小学，随即摆开架势在礼堂里杀羊，那夜来教师热热腾腾聚餐。所以第二天学生们纷纷唱歌，说“吃屎先生吃屎先生”（本意指老师没用，学生教不出好来，同样还有骂吃屎爷娘的），这下可真个是吃屎先生了。意思是老师聚餐吃羊，而羊是用学生屙的尿屎换的，不就等于老师吃尿吃屎了。

种田除了辛苦挑垩壅施肥，还要主动来积肥堆肥，比如夏季里要弄绿肥，水葫芦河花郎（水生植物）要聚塘来垩肥，就是让植物烂出肥料来。到冬里河里塘里的水都浅了，就要挑河泥挑塘泥，因为河底塘底的烂泥肥力也大，可以直接挑着施田里，所以早先的种田总是一年到头不歇的辛苦。八十年代分田到户之后，各家各户种田就农肥农药用得多了，往往一季就是施两遍肥，再杀两遍农药，田里一共不用弄几天，余下时间都可以打牌赌博了，我家的粪缸垩甕这时就要专门央人来挑了。而碰到季节水满为患，农田里开沟一排水，那又是农肥又是农药的水就泄河里去，雅浦河河翻也就最寻常事。更兼后来街上不少工厂开了，有时就是一开闸，整个河面血红的水淌将过来，十几年各种污染越来越严重。所以到后来说来，就根本没有什么河翻了，因为一条河里的鱼虾早就死绝，再是什么肥啊药的下去，也翻不出什么活物来。

冬寒头里

菊花开后天就真的凉了，那时候人家种的多是菊花，我们的小学校也是，旗杆底下的花坛，簇簇的菊花就生长开，三季里枝叶常绿，一季里鲜花怒放。祖父除种菊花辣椒花之外，还就是弄了好几盆芍药，这芍药是夏季开花，都说芍药是小牡丹，开的花虽说没有图片里的牡丹大花朵那般艳丽，但花骨朵的一球球，粉红五彩的，也是妍丽。大明堂的葡萄总是要黄叶了，世界路上（天地间意思）

的许多花树到时候了，都要开始败叶了，尤其小学门口沿河的那一排梧桐，叶黄叶枯的萧瑟，一夜风起就全数落了地，河对岸看过去的世界，就一下光秃秃的败落。父亲凑着假日总还要忙上一回，就是给家里的两棵葡萄藤剪枝，许多细枝都修去，只余粗壮的老枝头。剪完葡萄，还要在葡萄棵底下刨个坑，弄些实一点垩壅垩进去，如此就算是给葡萄添肥力了。明年春来一吸收，葡萄藤就枝枝叶叶地好长，新藤新枝又蔓延开，到处结葡萄。

天一阵阵冷，衣服也一件件加，很快就棉疙瘩多（形容棉衣穿得肥）了。棉袄里面再加头绳衫，头绳衫织来不易，所以母亲总会给我在里面着一件翻领衫，领头一直翻到头绳衫外面，这样就能隔开脖子的汗渍弄脏。而母亲他们大人们则另有做法，就是从商店买或者自家请人做许多假领头，也就是一件标准衬衫的脖肩部分，手臂做两个挽套，胸脯两爿也是纽扣扣结。假领头可以各花色，天天换新鲜，好似天天换新衣般，所以那个女人也如男人穿衣青灰一色的年代，女人们还是出自本能地贪好，母亲的五斗橱抽屉里就备有一堆。

我一直有一件绿头绳衫，说是绿，其实是深绿和银灰横宽条的间色，不过总体看来就是绿色。从我很小起就有了，母亲每隔个两三年会帮我重新拆织一次，自然每织一次我就又长大不少，每次也就要重新添多些头绳（绒线）。母亲织头绳衫总要在暑假闲时，要绷头绳绕成绒线团，然后一个布袋或者一个篮头装着，走着带着从早到晚偷工摸夫地织。织起个领子往我头上套套试试，说："正好否？不卡喉咙否？"然后织好个胸脯又给我套一套试，说："适意否？不紧身否？"然后织一段又让我试，说："短否？长里厢还要加点否？"每回试都是织线的长竹针带着尖刺，我总要先闭牢眼睛，以防戳到了变瞎子。

关于我的这件绿头绳衫还有个笑话，就是那时我真还小，三四岁上吧，周末父亲城里回家来了，然后转天下午又要脚踏车急赶厂里去。我就心里恋大人不舍吧，怎么就会后面大致方向跟着去了，要从我家门前的北沿河一直到东街头，然后过一座文成桥到街心去，再北街一路过小学，就从家里后门口的河对过一直过去怀德桥上中学操场那头。家里人晚些就发现我"摸落"（小孩子摸不到路自己走丢了之意）了，河里井里都看不到，最害怕就是"拐子"（拐卖人口的），弄个小孩不知拐哪里去，就是哭没处哭去。邻居亲友都出外寻，祖母发动起整个药店里人都去寻，结果最后在中学还要过去的唐桥一户人家找到，天已经很夜了。

后来的说法一直是"唐桥的痴婆子家里"，就是家里出有一个疯婆子的，那家人看见哭哭啼啼寻不出方向的我就收留了，然后喂吃喂喝，然后就脱衣服睡觉了，结果我不言不语不哭不闹，就是捂住了里面的那件绿头绳衫死活不肯给脱。人家看着那么小孩子，穿那么好一件头绳衫，就猜到：这应该是街上哪家好人家的佬小吧。那些年太多贫困，吃饭都不能饱肚皮，穿衣能饱暖就不错，许多人家成年人都穿不出一件相对完整好衣裳，平常都是补丁累补丁，而我那么个小孩子，就穿了件已属奢侈的头绳衫，花色还那么考究好看，所以人家总能一眼明。而以后大人们对于我的笑话在于：就是那么小一点点大的细佬，就晓得宝贝自己的头绳衫，坚决不肯让人脱了去，还是就懂得了自己的头绳衫金贵，自然拼命爱惜啊。

我的冬来标准装束是：头上总有一顶鸭舌棉帽子，棉帽子总要带耳朵的，翻下来就可以遮耳朵；然后脖子总要围一条围巾，有时母亲织的头绳围巾吧，有时就是机织的卖家围巾，棉布头也是暖暖软软的；上身就是一件棉袄，棉袄罩衫都是灯芯绒布做的，也都是祖母自己在洋机（缝纫机）上踩的，记得最早一直有一件咖啡色的，后来还有青色的，总之随着年龄大来也一直找灯芯绒布料来做；下身就是棉裤，棉裤罩裤就是普通的青色灰色平布，还有卡其布，后来出了劳动布，也就跟再后来的牛仔布料差不多，特别耐磨耐洗耐穿；脚下就是一双系带棉鞋，棉鞋也是祖母做的，自做的鞋帮，自纳的鞋底，最后祖母总要再上街去央皮匠，给串鞋带的孔眼打上铁扣，然后给布鞋底前后钉上皮掌，这样一双鞋子就能经穿不少。

对于小孩子来说，一年里最难过的还是冬天，就是冷，冷得身体没有抵抗力，手上脚上就是红红的冻疮。冻疮一开始红块痒，慢慢就是积水迸坼（开裂）烂，又痒又痛又不能挠，一冬天尽是苦楚。手上防冻就戴手套，一般就戴一手掌一大拇指的开爿棉手套，弄根绳子脖子上左右吊着，戴手套脱手套都方便。再有就是半截头的头绳手套，五个手指都能伸出来的，方便上课写作业，不过手指头也就容易冻。脚上生冻疮就是脚趾脚后跟最严重，小孩子一天到夜脚棉鞋里焐着，到晚上鞋肚也能尽湿，尤其是一副鞋垫子，就像水里泡的，大人也一样啊。所以每天临睡前母亲最后一个任务，就是把许多鞋垫弄到灶间的炉子旁烘上，潮垫子一烘，热脚汗臭就蒸出来了，酸酸滋滋扑鼻味道。

其实那年月人们一年四季的衣服花色都不多，冬棉衣夏衬衫，长袖衬衫短袖衬衫白色灰色居多，棉衣罩衫也就青灰色。祖母的棉衣罩衫也就浅灰或者灰青色，母亲还有些小花球球图案的罩衫，或者就是那种圆点花布。再有时实在落雪风大，就一条长围巾包上头，半个脸都挡住，只留两个眼睛出。父亲冬来的穿着，较之街镇上一般人家的男人要特殊些，他是大学生出身的工人阶级，厂里做是技术活，虽然老底子也是种田贫下中农，但终究后来习就了不少文气，所以头上总戴一顶工厂统一派发的鸭舌工人帽（反特电影看多了，小孩子又称之为特务帽），青色的灰色的不等。而脚上就穿一双老开皮鞋，也就是那种耐穿的工人皮鞋，当然后来考究了，就穿标准样的系带黑皮鞋。

关键是父亲的上身，往往冬里会穿一件长风衣，也是厂里的标配，黄灰色的，那风度只有后来的后来了，电视里播《上海滩》人人为之发癫的许文强才有的。

回忆起来，家里冬里只有祖父的穿着才是最有意思的。头上就是一顶老头毡帽，这毡帽不是语文课本里那种绍兴毡帽，而是一种筒状帽，两翻翻起来，拉下来就是一个帽顶加老长的长筒，中间开一道窄缝。如果不翻翻直接套头上，正好露出眼睛，而头部其余全挡住，可以直接去做抢劫犯。祖父上身就老实穿件棉袄，棉袄罩衫也就暗灰，最耐得住脏的。两个衣袖还要套上袖套，这样橡皮筋箍死了手腕，袖管不进风，就是保暖。关键是下身，一条棉裤外面，祖父会拦腰系一条作裙（做活的围裙），也是青灰颜色最耐脏的。这作裙必须长，一直长到祖父的棉鞋面上。这作裙还必须宽幅，祖父依身来围，足足可以围上一身半，一根腰带扎紧起来。这作裙里层外层还厚，缝起还有些百褶裙的样子，祖父走路起来一摆一摆还摇曳。

说起裙子，那时女人夏季也是有穿裙的，要么通长的连衫裙，要么江姐式的半身裙。连衫裙要么小花的要么白的多淡颜色，半身裙就是黑色吧，或者青色，反正也多是素色。小女孩就会宽限些，可以穿花花绿绿各色裙子，最是体面总是一条大红裙子，头上扎大辫子扎两个蝴蝶结，那就是宣传画里跑出来的了。而反之如果大姑娘穿上这么一条触目的红裙子，在人的感受里就刺眼地妖娆了，背后总要被议论不甚正经，闲话传得快的。在我们当地的言谈里，是把女人的裙子不论长短都称之为“妖裙”（可能是腰裙的误称），看着一个女孩过来了，说：“来（这）个毛丫头着件妖裙，样当头（样子）稀好看。”

而祖父也是保守，有个十来年习惯家里没人穿裙子了，八十年代以后母亲也开始时髦一下下，夏季添多了一条半身裙，上身白衬衫，下身黑短裙，百褶起来还是稀好看，祖父见了就嘟嘴：“着条妖裙，活难看。”不过他是不把自己冬里穿的作裙当作妖裙的，他着着灶间里一天到晚忙看炉子。这作裙耐脏，煤尘锅灰碰碰弄弄都无妨。这作裙还厚还长，其实还就能够挡风保暖，整个腿部给围拢起来，年纪大的人就不容易受到寒。

田里晚稻收罢，一年里真正到了农闲了，祖母总是时不时地，一年隔个一年吧，家里又要请裁缝了。

家里老老小小的衣裳，最早总都要请裁缝做的，后来父亲给买了台熊猫牌洋机，一些简单的短裤衬衫罩裤罩衫之类，就都祖母摸摸索索学会做了。但是一些个棉货料子衣裳之类，那些要见功夫的，祖母还是不敢就上手，要专门请到裁缝来。请来裁缝都是当地口碑好的师傅，一个师傅带上一个徒弟挑着洋机担头就上门来，这农村的许多匠人师傅平时也要务农种田的，只有冬来农闲了，才是抽出大空来上人家做私活，这一做一般就要两天三天。

往往时间有限，而人家一家大小积攒要做的衣裳又实在多，所以裁缝师傅总要起早贪黑些，开工的头一天天不亮一早就出门赶到主家。主家也是早起预备了，烧粥烧点心，然后上街去买油条麻糕（大饼），师傅到来正好用点心，尽快吃罢就铺家生（工具）开始工作了。家里的吃饭八仙桌，再从浴锅头（浴间）把木门板卸下来，底下两张长凳摞上正好高度，拼凑成一张大案板。我家这浴间门板一直派用途，比如祖母要做鞋，夏季趁着天热易干就要浆鞋衬布，一些个平时积下的零碎布头，一碗面糨糊，刷了布头就往门板上贴，一层层浆，一层层贴，贴在那里厚了阴干，到晚上就可以揭下，然后依着鞋样剪了，做鞋帮做鞋底做鞋垫都可以。

做裁缝总在家里的吃饭客堂里，分外再灶间拎来只煤球炉，一来就是升温裁缝不至于冻得手僵干不起活，一来就是衣裳做着总要使上熨斗，老式的熨斗都要靠煤加热的。裁缝师傅开始就是看布料，主家交代各种各类布，做大做小做衣做裤，一一都要分别。然后就是老老少少各自用皮尺量身，话说是“裁缝的尺，量人不量己”，一边量一边就要用划粉在布料上写下记录，手记更多心记。然后师傅就要一块块布开始画样，心里有数目，粉饼划来就快速，但也要半天工夫，多多少少的布料全数画好。师傅在这边画，那跟了有两年也算老练的徒弟就开始裁剪，当然还是要挑着比较简便的来剪，或者师傅就手先剪个几件条，然后徒弟赶紧上机踩吧。

好师傅未必就带出能徒弟，有时徒弟就巧，学上个年把就能帮上大忙，师傅带着上人家做活就轻省，碰上个笨煞猪徒弟，就是活倒霉了。记得那年家里请木匠，就是师傅领了个木徒弟，说是已经跟师三年了，结果五斗橱做起来，一只只抽屉最后塞进去还塞不活络，气得师傅恨不能拿个刨子来打头。再有就是一个笨徒弟笑话，说早起到主家吃点心，笨徒弟吃了一碗粥再吃一碗，不过生怕主家眼多说你饭桶，于是汤汤水水一碗尽盛多，歪歪险险边走边吸端上了桌。结果回头要被师傅死骂："你贪心不煞，一碗尽着贪满活难看。你就不会干干索索撩（捞）个大半碗？吃得实在十足，到时一上昼尽管多吃开水，水到肚皮里干粥一混，不抵你再多几碗的光水薄粥？你个笨煞鬼啊。"

都是笑话，都是实话，一家人家请趟裁缝不易，吃的喝的工钱都是好花费，做人要会懂体谅。比如一天开始，早起裁缝到家吃点心，然后做活做到半上昼，主家又要预备上昼点心，烧两个水潽鸡子一类，稍微吃了再做活，差不多十二点就吃饭。待匠昼饭必须有鱼有肉，一条整鱼一碗红烧肉，这午间那鱼便是无论主客一筷不动，客人就吃两块红烧肉，其他鸡子素菜尽吃。然后饭后继续做活，又到半下昼了，主家又要街上店里去下碗馄饨什么的，就是下昼点心。吃罢继续做活到老晚，就吃夜饭，这回还是有一碗鱼一碗肉，不过这餐肉就没人碰了，那鱼开动，但也只吃一面。

裁缝夜饭后自回家，第二天照旧一早到来吃点心，然后吃上昼点心，然后吃昼饭。这顿午饭还照昨日一样式，上桌有鱼有肉，不过肉是少了几块，而鱼已然翻了个身，看着还是整鱼一条，然后这顿还是只吃两块肉。接着就是下昼点心，接着再要吃夜饭。如果一趟裁缝两天工做罢，这晚上主宾就可以敞开肚皮来吃，肉尽吃，半边的鱼也可以尽动。如果是三天工，转头还有一天，那么半条鱼肯定不动，而肉也是少吃为好。一切要待最后一天工罢，最后一顿依旧上桌有肉有鱼，一切主家面上好看，一切客人暗守规矩。都是嘴不说开的暗规矩，是旧年代里心照不宣的人际讲究，如同好裁缝的手段，有些衣裳做来面料光鲜，而其中的里子，就要帮主人家藏着掖着，用些差一点的料子也无妨。

做裁缝师傅，最见功夫就是做料子衣裳，尤其是男儿家的呢料，不论是呢大衣还是中山装样式，都是要挺挺刮刮见轮廓。领肩之间要做硬衬，胸口膛还要板猪鬃，最后都要老师傅一针一线亲手来做。往往三天下来其余简便的都做定了，最后还剩一个袖管几个纽扣洞，先把最后待匠夜饭吃罢填饱肚皮，灯下老师傅接续开夜工。一件呢中山装，外套一件长呢大衣，那风范就如同画像中踏遍青山人未老的毛主席，是男人春节出客见人的最讲究。我总记得那年请裁缝，祖母是将自己一件多年的羊皮毛袍子给拆了，弄出还完好如新的整羊皮给祖父改做了一件派克大衣。这羊皮袍子总是祖母年轻时祖父给置办的，样式都是民国的，我就从没见她有穿，改了祖父穿，冬来裹着真暖热。后来祖父去世，送火葬场去烧，要到另一个世界里去了，风俗总讲究几层几身的穿着，最外面就这件派克大衣。

年三夜四

落雪狗欢喜，麻雀子肚里一包气。冬寒头总要落两场雪，早年的冬天总觉着冷，落的雪也大些，有时断断续续落个两三天，然后雪停了。落雪天不冷烊（化）雪天冷，太阳一出雪白世界就开始变烂泥世界，而且是白天化开到夜又冻结，路滑就容易跌跟斗，要是还未放寒假的话，上学放学一路尽是苦楚。不仅路上结冰，我家的屋檐头也结冰凌砣，一根根倒刺长长挂满两排屋檐，祖父总想着要拿根竹竿打打下，不然那凌砣落下来也能打伤人。

我们家所在的东街大队一下热闹了，是大队里抽鱼塘，就在大队的石场上剖蚌分鱼呢。大队集体制的后来，生产队也要搞副业弄创收，否则光靠田里点出产，一年到头做死做活做不出多少，社员就太苦了。鱼塘就在我家大门口一眼看过去的东面，平地里开一口池塘，一边的塘头筑坝，挖开就可以卸水入雅浦河。用抽水机轰轰抽一夜水，到第二天鱼塘就见底了，男女老少也不顾忌点冷，拿渔网到处去围鱼。收获的鱼就家家户户分，塘底里还养大蛤蜊（河蚌），蚌壳里是下了种的，女人们就刀啊盆桶的忙碌起来，剖蛤蜊拣珍珠，这珍珠是可以卖上钱的。我家不算社员，所以没资格分鱼，不过总也有邻居分到鱼了，拣一条两条个头大像样的，要紧也送上门来了。

农村上人过年，就是田里塘里的自产自出吃用，而城镇户口的我们家，一切都凭国家的配给。国家经济略见好转，街上供销社里的供应也就大充足，有肉有鱼再加不少副食品，都要年前差不多一个月陆陆续续抢着排队采购了。不过年头还有些时日，眼前顶要紧的还不是备年货，而是雪堰桥地方上过年前的惯例做团子。所谓团子，就是米粉做的带馅心的团子，而米粉要以糯米和比较不糯的籼米按比例搭配而成。每年总是秋收以后，亲戚家送来新出的鲜米（这里要说，街上的粮站只供应国家统一调配粮，所以我们所有吃国家粮的，其实一年到头只能吃是陈米，甚至是陈年到隔年隔年再隔年的米），糯米籼米各有，祖母也用些陈米掺和吧，家里筲箕篮淘好沥到大半干，然后就央人口袋背着上街上的粮油加工厂去轧粉。

粮油加工厂油菜籽出了就榨菜油，麦出了轧麦，稻出了轧稻，还有就是深加工轧面粉米粉。后来大来就是我陪祖母去轧粉，粮油加工厂进去一股特有的豆渣饼味道，还有就是一刻不停的加工机器轰轰声，许多的管道皮带还有转轮，公家私家等轧粉的户头总是很多，要按时间排队。祖母总是好人缘，加工厂的负责人殷勤，其他人家也愿意让着先插队，毕竟“老大势势”（形容年纪大了）呀，所以往往用个小半天，就可以轧妥粉回家了。轧好的粉背回家就摊两三只大匾里晒，太阳底下要晒到干晒到透，不然放久就还潮出蛾子。晒粉往往就是祖父的工作，专门用一只大蛤蜊爿爿（蚌壳）作为扒粉工具，定时出去将粉划抄几个翻身。

过年做团子是家家户户的大事，要全家老少齐上阵分工合作，祖母提前两天就要置办一切辅料，比如做绿团子和粉的“绿头”要买，绿团子的“细沙”（赤豆沙）馅要煮，做青菜团子的菜馅要斩要拌，做萝卜丝团子的萝卜丝要刨要拌，这些隔夜里或者一早上都要预备妥当。做团子也就在家里的客堂里，玻璃大门一关暖热堂堂一屋，几张长凳搁起几张大匾，祖母在个盆里开水调好米粉揉团搓长摘成段，母亲领我们就粉段再搓成球，会做团子做团子，不会做团子学做团子。太小的孩子做不像样团子，就分配别样工种，比如做成的团子各散匾中，要一人专门负责将团子集中摆放到小蒸箩里，这人也要负责端着生团子送灶间蒸。

灶间蒸团子就祖父专门负责，两只炉灶通通开启烧热锅水，生团子送去就直接蒸箩往锅里摆，一边上一蒸箩团子已经蒸熟，有人就专门要端着往客堂里送。出锅的蒸箩死烫，要拿两块潮布托住两帮来端，端去就直接上一只空匾，那里也专门要人帮拿团子。空匾里面事先洒上凉水，有专门一碗凉水预备边上，拿团子的人也要先手上蘸蘸凉水，然后去拿热团子才会不至于烫着。热团子就是滚烫，手上凉水很快就会抵不过，所以往往蘸下凉水拿两三个团子，然后再要蘸一下凉水。团子就是圆圆的坟头形状，挨个排列到大匾之中，一蒸箩团子拿完，再要往团子上面洒些凉水，甚至一把破蒲扇给扇风赶热气，这团子就容易凉得快。而拿完团子的蒸箩垫底的薄布就沾了面粉，要扯了丢一边，然后一块才凉水里新洗出的薄布再垫上，重新端到做团子大匾里备用。一共七八个蒸箩，预备十几块薄布，专门还要个时不时去小明堂就着井水洗薄布的。

我家做团子基本三种馅心，最多最标准的是青菜馅，会打些鸡蛋进去，后来也多斩些牛肉。再一种就是绿团子，就是细沙馅的，专门很甜的。再一种萝卜丝馅团子，基本是萝卜丝酱油卤，是咸鲜味的。青菜白团子，就是一个坟头或者馒头形状。细沙绿团子，因为那粉是专门用绿头和的，所以就是绿颜色，生粉时还是粉绿，经锅里一蒸，就是特别墨绿了，一个绿坟头。萝卜丝团子也是白团子，不过为了和青菜团子有区别，专门要做成尖鼻头的，就是白坟头特意搓出个长尖尖，有点大蒜头的样子。如果有分外，多加了别的什么馅心，为示区别，这团子还可以做成捏鼻头的，就是在坟头之上捏一下。还可以做成塌鼻头的，就是在坟头之上按，形成一个往下的凹，酒窝似的。

江浙许多地方都有吃青团子，就是我们叫的绿团子，他们专门作为清明节食，拿着供死人的。我们则另有习俗，只在春节过年之前来做，一做还几十斤米粉几大匾，那热团子出锅放匾里，晾凉了还要专人来翻身，将团子侧身挨紧排，这样缩出来面积空间，就可以多放一倍的数目。团子好吃，像秋里的山芋一样，回头可以蒸着吃，也可以滑水煮着吃，还可以粥里泡饭里烧着吃，且百吃不厌，是我们整个年节里早晚的主食。往往就是年前十天左右就做得了，放阴干了存到家里的两只大陶绿缸里，以后年前年后几乎一个月天天吃，直到最后，碰到天气潮湿团子表面长霉了，祖父拿水刷刷干净，蒸了煮了照旧好吃。

做团子是年前的一档大事，团子做完，就要一本正经准备年菜了，过年前的最后一个周末，父亲总是大包小包一辆脚踏车载着回家来了，到家就是大鱼大肉地卸，早年总有一两个猪头，还有一两条定配的大鱼。大鱼至少两尺有余，多是草鱼，我们叫作“混子”。以后父亲做“星期天工程师”（星期天去乡办企业做顾问），年节里送上门的年货就更多了，往往是大青鱼，两尺一米的都有，而且各处送来就是好几条，来不及杀吃就只能下盐挂檐头。结果就是没经验，那鱼没有刮鳞就直接阴干了，回头再要洗来吃，那除鱼鳞就成了万难事，父亲就是拿个钳猪毛钳一片片地拔。

有鱼有肉还要有鸡，记得我家的鸭总是少做，祖母烧起一个油锅，提前两天就要炸长生果（花生），一大盆凉了拌上盐，就是一样菜式。然后肉要切鸡要斩，大鱼要剁成块腌，总之一天到晚地洗这洗那，灶间炉子上也一天到晚地煮这煮那。祖母心里总有个计算日子，小小年夜，小年夜，然后就是大年夜了，这大年夜就是合家老小吃一顿一年里最为重要的年夜饭。大人们忙，小孩子还是赶紧无担无忧地玩，过年规矩总是要放小孩子完全自由，所以母亲也难得歇口气，不再一天到晚逼着我们做功课学习。祖母信耶稣，家里从不放过年炮仗，不过架不住我们偷偷上街，去买些小炮小鞭回家偷偷门口玩。

有一种“刺叭子”，就是正反面的红纸，红纸里横竖一排排的火药芯，玩时撕一个下来，拿块砖头一砸，就是啪的一声。这刺叭子还可以作为枪子，就是一把削制的木头小手枪，前面弄个虚拟枪管，枪管后部缠一个子弹壳，子弹壳后部对准做一个弹力扳机。一个刺叭子卡到子弹壳屁股头，扳机一扳就是撞击，就听啪的一声冒烟，原理和学校运动会的发令枪一模一样。这自制的小手枪难得，一般孩子还是原始地土玩，东一处西一处地砖头砸响。刺叭子看着不起眼，实在很有些危险，有年就是过年完后，学堂又开学了，我的幼儿班张老师没收了几张刺叭子纸，随手就口袋里装了，结果那天中午回家吃饭路上，衣服口袋忽就着了，拍打过后取出一看，原来就是走路甩手摩擦，居然能够引着了其中的火药。

小孩子总是希望玩高级，后来我们也买市上的“搭炮”（摔炮）玩。那搭炮就是小小子弹壳大小，两头都是摔面，手里拿好了竖直往地面摔，一摔一个震响，可比刺叭子有劲多了，不过也贵多了。那时候小孩子手里零用钱有限，或者说家长平时根本不给零用钱，小孩子许多的小钱小钞都要自己拾废品拣知了壳去收购站去药店卖得，只有一年到头了，家里大人才意思意思，给小孩子预备下压岁钱。许多年我家小孩的压岁钱都是每人两块钱，大年夜一早母亲红纸包包每人一个发了。那两块钱也不是一张两块钱，或者两张一块钱，而是父亲从厂里专门领了一角两角的新纸币，而且是连号的，排好了放红包给我们发。一边发红包，母亲一边还说：“好好放好啊，过着年还要收回来，姆妈（妈妈）帮你家（你们）存出来（起来），大来考上大学用。”基本上就是枕头下暖上一晚上，明天年初一就要收回的，我家的压岁钱啊，对于我们小孩子，就是过年的炮仗，一放放一个空屁。

不过对于小孩子来说，能拿到连号的新钞票，沾一沾那钞票油墨的香气新头，也是愉快之极的，我就是一向死爱惜。记得有一年，大年夜早上领到了新红包，转头下午就打死找不到了，是丢了还是忘放哪里了？急得团团转，家里四处到处寻。后来把兄弟家人也惊动了，也是帮着门前屋后我能去到的地方乱寻了几周，母亲也是把我的棉袄棉裤里里外外翻了几遍，我就尽委屈了，生怕大人们另眼看我，怀疑我是故意藏钱瞎说瞎话丢了钱的。结果还是横竖不得其所，眼泪汪汪已经哭出来了，结果夜来吃罢年夜饭洗脚，母亲帮我脱鞋脱袜子，我的记性突然回来了。原来我就是拿了压岁钱怕丢，偷偷把红包藏棉鞋肚的鞋垫底下了，临时心机临时忘，转头就打死想不起。回头全家呵呵嘲笑，我的脸皮也是丢尽不能撕下来叠起来找个石缝藏起来。

刺叭子一两分钱一张，便宜还是要花钱买。搭炮五分钱两个，太贵了就没钱买。小孩子总是会留心到免费的玩意，就是人家的一串大磺鞭响罢了，散落一地的碎鞭碎炮，其中仔细去找，总能寻到许多未能燃响就直接蹦落了的。口袋里揣盒洋火（火柴），或者就偷一支祖父吃水烟的纸媒头来点，胆大就是一手拿个小鞭炮一手就对火，点着了赶紧往只玻璃酒瓶里一塞，啪地炸闷响，里面裹裹弥漫一瓶子的白烟，就从瓶口丝丝缕缕冒将出来。当然还是大表哥最聪明，索性凑钱去街上买了一条小串的磺鞭，回家就化整为零散拆了，兄弟们每人分一拨尽情来放。这大门口放几响，后门口放几响，一响去吓大明堂檐头的麻雀子，一响去吓小明堂鸡棚里的鸡只，咯咯咯咯鸡吓惊，咯咯咯咯我们笑翻。没道理炸鸡弄白相，引得祖父就要出来骂，不过“年三夜四”（意指过年前大年夜的那几天）不触怒，硬忍住不发火：“奴娘个来来，就吃年夜饭了啊。”

就吃年夜饭了，这年一家老小奇巧都能聚齐，连湖北的姨妈姨父都回家过年来了。大大小小就是围桌坐，公公（雪堰方言把祖父叫作公公）朝南坐，亲娘（把祖母叫作亲娘）朝东坐，爸爸姆妈（妈妈称姆妈）朝西坐，姨父姨妈（我们也叫他们爸爸姆妈）朝北坐。妹妹是和祖母一张长凳坐吧？大表哥哥哥二表哥都几向角牌凳（方凳）吊角坐？总之我记得我是和祖父一凳坐。祖父平常一年四季多多少少吃酒，过年来两个女婿齐聚，男儿家多了更要吃点酒。平常吃酒是烟酒店零拷的黄酒，过年吃酒是年中有人送来一直不拚得（舍得）吃的竹叶青酒，竹叶青是白酒，看着淡淡的竹叶青色，闻着也有浓浓的竹叶青味，祖父用筷头蘸一点让我尝一口，我一缩舌头咂，就是苦辣。

一席全部祖母做的菜，人未坐桌先摆冷盘：油炸长生果，水芹菜（水里焯过酱油白糖拌）四周一转剖开皮蛋，炸虾干片（姨父海南买回来的），五香牛肉（父亲城里买回来的），或者还有红烧素鸡凉拌海带之类两三样不定。热菜总有一碗青菜，然后上条红烧鳊鱼，或者一碗红烧带鱼，然后扣肉扣鸡（后来家里过年完全清真，就再没有扣肉了）。扣肉扣鸡往往就做多份，回头过年请客吃饭，一桌桌都要摆的。上一大罐头（陶罐）红烧牛肉，上一大盆碗咸肉烧茨菰百叶结。总还要加一两道炒头，冬笋炒大虾仁，或者茭白炒随便啥，然后总要吃到最后来，上一大罗碗的氽鱼。氽鱼就是草鱼青鱼块做得，那鱼之前嗒了点盐硬干，切成块烧总见硬相，嚼到嘴里成丝成缕，往往还有一股子清苦。那是大鱼网捕出水，然后运输各处，东家西家送到手，已然有些涸胆（苦胆涸出来）了，所以到家赶紧杀赶紧洗，无论如何多唾些唾沫上去抹能够消减胆汁，到底锅里去一煮，还是丝丝缕缕的苦意。

年夜饭的菜式，基本也就是年头上亲朋好友请家来吃饭的菜式，一切都是提前大量预备，除了一些青头菜叶头菜临时还有得补。还是那句话，大人怕过年，小孩子巴过年，顶顶巴望就是一顿年夜饭。

上桌看大人，大人看老人，祖父拿起筷来先随便样菜尝上一口，说声："吃吧。"马上一桌上齐动手，大手小手男手女手，各个筷头各处乱伸，啪的一声，小孩子的筷子不用心掉落台子滚落地，按照平常说法，就是穷相，吃饭的斋相一副贼劲相，要被大人凶的。这时祖父哈哈笑声："筷落地，吃不及。"都要说吉利话，一副筷子地上摸索出，布头擦擦赶紧再使开。不过年夜饭菜式再丰，再怎样无拘无束尽管敞开肚皮吃，小孩子肚量终究有限，大人肚量其实也是有限，就吃着吃着吃不动了，不过大人还吃酒，父亲还有姨父还要陪着祖父多说说闲话，多喝两盅老酒。

小孩子们都熬不住先下桌了，祖母先就收下些菜灶间罗（整理）灶头洗锅洗碗了。母亲开始弄脚盆倒开水，挨个帮我们汏屁股汏脚，早点上床困觉，明朝一朝醒，就是新年头上了。我和哥哥总是一被头筒，他的头是我的脚，我的头是他的脚，兄弟两个挨一起，母亲帮着被横头杀紧颈根，就不会觉着冷。当然喽，我们的被窝里还有个汤婆子，还有盐水瓶（医用吊瓶），母亲早两个钟头就热水灌满包布包好，分段塞在铺好的被头里给焐暖热了。枕头底下有新拿的压岁钱，床门前的角凳上有放着叠得整齐的灯芯绒新罩衫棉袄，一切都是新崭崭的，就做个新年梦也新簇簇的吧。

不到十二点，外头人家的关门炮仗就开始响了，砰啪的炮仗，噼里啪啦的磺鞭，我们就大半边面孔埋在被头里面躲着外界空气的寒冷白听响。啊呀呀，快点困着觉，快点困着觉，一觉困来就明朝了，就新年头上了，谁开眼头一个醒，就抢着头一个对外面的祖父祖母喊声“公公亲娘，拜年”，那么说就算抢着这新年头里的头一个头一了。

2013年7月28日

盛宴已过

醋 醋

杨振宁的最后一战。

The party is over.

杨振宁张开左手向上抬起微微摇了摇，加重语气补充翻译：什么意思？盛宴已过。

虽然九十七岁高龄，杨振宁也只需一根拐杖就能走路。他坐在沙发上，拐杖斜放在腿边。

台下，坐满了年轻大学生，一位男生站起来发问，脸上挂着愤懑、委屈与不解。

这是2019年4月29日，在北京雁栖湖畔的中国科学院大学（国科大）新礼堂发生的一幕[①]。

男生读研一，来自中国科学院高能物理研究所，未来即将从事CEPC（环形正负电子对撞机）的预研工作。四年

① 《杨振宁：盛宴已过》，科学网，2019 年 5 月 2 日

前，针对CEPC该不该建，杨振宁与男生的老师、高能物理研究所所长王贻芳之间爆发了一场大战。

从事高能物理研究的人，都指望这个项目上马，不然他们在剩下的岁月中将无事可干。

任正非曾呼吁，要加强基础教育，砸钱砸不出来科学家。令人啼笑皆非的是，当代最基础的理论物理，恰恰把希望寄托在砸钱上面。

作为一个超级费钱的项目，CEPC环形周长一百公里（北京五环路全长98.58公里，这意味着，隧道可将整个北京主城区包在其中），保守估计就得四百亿。第二期SppC（超级质子对撞机）耗资更是超千亿。CEPC-SppC，这简直就是物理学的三峡工程。

中科院高能所只是冲在前台的马前卒，背后的强力推手是国际超弦界。从2014年开始，国际超弦界就组团来中国游说超级对撞机项目，不幸的是，2016年他们遭到杨振宁的强势阻击，当年发改委“十三五”项目审批，CEPC只差一票未能通过[①]。

这位高能所的研一男生，从室友那儿听到小道消息，现在杨振宁不反对建CEPC了，于是怀着激动的心情抢到一张杨振宁的国科大讲座门票，想当面求证一下。

① 《专访｜王贻芳谈中国大型对撞机：有七八个地方政府很感兴趣》，澎湃新闻，2016 年 11 月 1 日

杨振宁第一句话就是，我的看法没有变，迎头泼了他一盆凉水。

杨振宁不仅一如既往地反对建超大对撞机，还劝这位男生尽早转行，高能物理“盛宴已过”。

不仅高能物理的盛宴已过，当代物理学的前沿，也是一片无际的黑暗。相对论与量子力学有多辉煌，当代物理学就有多黯淡。

2017年的引力波、2019年的黑洞照片喧嚣一时，那也只是验证了一百年前的爱因斯坦广义相对论。2018年霍金去世，引发社会纪念热潮，但在大多数人的印象中，霍金身残志坚，是科普畅销书籍《时间简史》的作者，而他的科学最高成就黑洞辐射理论，知道的人并不多。杨振宁的科学成就比霍金更高，但人们热衷的也是他的晚年生活。

一提到牛顿就会想到万有引力，提到爱因斯坦就会想到相对论，而人们关心霍金、杨振宁的生活而不是科学，不能怪大众猎奇，当年牛顿与爱因斯坦的那些事更生猛。只能说，当代物理理论不如前辈，普通人不懂相对论，总知道原子弹；不懂量子力学，电脑互联网总玩过吧。

当代物理又发现、创造了什么？

这是杨振宁的最后一战，他拯救不了当代物理，只是遏制危机爆发后的疯狂。

思想与实验联盟

2019年11月3日，第七届腾讯WE（Way to Evolve）大会现场，布赖恩·格林（Brian Greene）在台上拨动“宇宙的琴弦”。

作为世界最负盛名的超弦传教士，格林是多本科普畅销书的作者：《宇宙的琴弦》《宇宙的结构》《隐藏的现实》……孜孜不倦从事超弦理论的公众普及工作。面向台下听众，格林再次舌灿莲花，讲解超弦理论及其衍生品多重宇宙。

随后，王贻芳上台，从中微子实验讲到超大对撞机。

国际超弦界与中国高能所，还在坚持不懈。

自2014年造势，于2016年“十三五”规划遇挫后，他们期望在“十四五”规划上通过项目。2021–2025年是“十四五”规划，CEPC-SppC的造势要提前两年开始，2019年很关键。

纵观全世界的对撞机，LHC（大型强子对撞机）已是强弩之末，不会有新的发现了，别的对撞机能级太小，更加指望不上，全世界物理学家唯一的希望，都押在中国的CEPC-SppC身上。

这是人类世界中最靠近窗户的一群人，看窗外，漫漫长夜。

禁闭在一间密室的人，找遍钥匙无果，就会歇斯底里用力撞门，哪怕有那么一丝可能。不甘、愤懑、呐喊、无奈、绝望……这是物理学家的痛苦，普通人根本就感受不到这间密室。

事实上，就算CEPC-SppC顺利获批，要全部建成也得2040年以后了，他们中的大多数人，都看不到那一天，不过是给自己留个念想。2016年，霍金艰难地打出二百二十六个字力挺对撞机[①]。2018年，他溘然长逝。

王贻芳坦承，推动我国建设CEPC，是他在现在的科学岗位上的最后一桩心愿：如果我没有提，是没尽到责任[②]。

支撑王贻芳的情怀，全世界物理学家的希望，首期三百六十亿、二期超千亿的天量资金所为的，仅仅只有两个字——幸运。

CEPC唯一确定的科学目标，就是精确测量希格斯粒子，即所谓的上帝粒子。如果不能保证超越现有物理框架标准模型，那就跟测量牛顿引力常数的意义差不多，但是谁又能保证呢？

公认可以突破标准模型的实验，一是邻近核反应堆的中微子振荡，王贻芳在大亚湾核电站做出了突破性贡献；二是深埋地下屏蔽宇宙射线的暗物质探测，世界最深的实

①《史蒂芬·霍金教授谈粒子物理学未来与中国巨型对撞机》，“数理人文”微信公众号，2016 年 11 月 24 日

②《王贻芳院士：建造对撞机我用不上，但我不提就没尽到责任》，澎湃新闻，2019 年 11 月 3 日

验室——四川锦屏山暗物质实验室正在努力。

精确测量希格斯粒子突破标准模型，而希格斯本人还健在。奇怪的是，笔者在任何公开报道中都没有看到他站出来表示一下期待。

王贻芳也只是说，如果有所发现，就启动第二期工程SppC，把正负电子对撞换成质子对撞。这还是奔着物理界期待了四十多年的超对称粒子而去。

预言该粒子的超对称理论，最有可能突破标准模型，也是另一个野心更大的万有终极理论候选者——超弦的“超”的来源。

在数学框架上，超弦有望统一量子力学与广义相对论。它认为世间万物都由一根振动的弦组成。从最小的基本粒子，到最大的宇宙天体，无论是黑洞的本质，还是宇宙的起源，都要匍匐在超弦脚下。

但是为了满足数学自洽，人类付出的代价是颠覆我们的宇宙观。

在超弦的设定中，宇宙其实是一个十一维时空，我们只能感受到三维空间与一维时间，另外七个空间维度不见了，超弦给出的解释是被紧化了，空间就像一张膜，紧化就是将其卷起来，卷到了极小不能被看到的尺度。

一共有10^{500}种紧化方式，每一种都对应一个宇宙，我们的宇宙只是其中的一个，这就是多重宇宙的由来。

10^{500}这个数字有多大？想象一下1后面排五百个0，什么亿啊兆啊都是毛毛雨，我们的宇宙原子总数也就10^{80}个，相比隐藏的宇宙数量，连九牛一毛都不如。

2019年，美剧《生活大爆炸》全剧终。回顾第四季第二十集，格林亲自扮演自己，向主人公谢耳朵推销他的新书《隐藏的现实》。有人认为谢耳朵的原型就是格林，其实恰恰相反，其原型是粒子物理学标准模型奠基人之一谢尔登·格拉肖（Sheldon Lee Glashow），超弦的铁杆反对者。

没有什么现实可以被隐藏，编剧显然参考了现实原型，尽管有格林的推销，谢耳朵后来还是放弃了超弦理论的研究。

格拉肖的高中同学、标准模型的另一位奠基人斯蒂芬·温伯格（Steven Weinberg），抵挡不住终极理论的诱惑，选择臣服超弦，成了白袍巫师萨鲁曼。

标准模型走在量子力学的最前沿，也是当今理论物理的最高成就。标准模型的后继者是超弦。根据超弦的理论设定，要想撞出弦来统一四种力，需要环银河系长度的对撞机。科幻小说都不敢这么写。

温伯格选择“曲线救国”，致力于验证超弦的“超”，也就是超对称理论，它能将物质与力统一起来。爱因斯坦的相对论，把质量与能量统一起来，搞出了原子弹氢弹，物质与力统一了，那不晓得能搞出什么吓人东西。

超对称理论预言的超对称粒子没有超弦那么变态，理论上在TeV（万亿电子伏特）的能区就能撞出来。虽然这是地球人可以做到的，但必须建立巨型对撞机，需要成百上千亿的经费，LHC（其最大能级是13TeV）前前后后就花了一百亿美元。超弦与高能物理联手，意味着玄奥的思想与庞大的利益结盟。

这是一个很妙的组合，超弦永远无法被证伪，但如果局部证实，就能够屹立不倒。

超弦与其说是一个学派，还不如说是一个教派。

这可不是本文作者说的，超弦界自己戏称扛把子爱德华·威滕（Edward Witten）为Pope，也就是教皇的意思。

0.001%的胜率

1987年，温伯格主导美国SSC（超导超级对撞机）建设，希望撞出超对称粒子，以验证超对称理论。

时值美苏争霸，美国力求在军事、科技等各方面碾压苏联，对登月、“星球大战”这样的鸡血项目来者不拒，SSC号称能帮助人类解决宇宙起源问题，完成物理终极理论的梦想，里根二话没说就批准了立项。

当年温伯格报出的预算不多，只有区区四十四亿美元[①]。

转眼到了1993年，美国总统换过两茬，里根走了布什

① 《答王贻芳所长：高能所更该做什么？》，王孟源博客，2016 年 9 月 6 日

上，布什走后又来了克林顿。美国人搞工程费钱还费时，六年时间他们连安放对撞机的隧道都没挖好，就花了近二十亿美元，而总体预算更是飙升到近百亿美元。

这个时候苏联已经解体，美国人独孤求败，社会上下对鸡血项目不是很感兴趣。克林顿作为平民总统，更加关注提振国家经济，天天盯着政府不让大手大脚花钱的国会不干了，几轮听证会后硬是叫停了SSC。

美国超弦教一片哀号，所幸当时欧洲搞了个大型正负电子对撞机（LEP），隧道是现成的，只要把正负电子对撞机换成强子对撞机就好。超弦教找到欧洲核子研究中心（CERN）时任总干事卢埃林·史密斯（Llewellyn Smith），向他分析物理界天下大势：美国佬不干了，执牛耳者唯有欧洲。

双方一拍即合，1994年圣诞节前夕，CERN批准了欧洲大型强子对撞机（LHC）的立项。对于超弦教来说，就算LHC是世界上最大的机器，也只是个迷你版的SSC，其环形周长二十七公里，不到SSC的三分之一，但有总比没好，而且根据理论推测，LHC的能级可以撞出超对称粒子，足以满足超弦教的需求。

格林很兴奋，在2004年出版的《宇宙的结构》中，断言LHC开机运行后能发现超对称粒子。

由于选错焊接工艺，2008年9月LHC开机后九天，超导电磁铁的电路就烧坏了。其后用了一年多才修好，但是只能以原设计能量14TeV的一半7TeV运行，这一阶段维持到2013年。即便如此，超对称理论的原始参数空间已经有99.9%被否定掉了。

2015年6月3日，LHC将能量提升到接近设计峰值的13TeV，仍未发现超对称粒子的迹象，99.999%的超对称理论原始参数空间荡然无存[①]。超弦教只好改口，称预估的能级是超对称理论与标准模型“自然结合”后的计算结果，没有撞出来超对称粒子，它们的结合方式可能并非“自然”，需要更大能级的对撞机才能发现超对称粒子[②]。

尼玛·阿卡尼–哈米德（Nima Arkani-Hamed）发扬了多重宇宙学说，是超弦教的后起新秀，2013年12月来华担任高能所前沿研究中心主任，做了国际超弦教的中国内线，负责联络组织各种活动[③]。他在二十多年前就说过，1TeV就能看到超对称粒子，后来被实验打脸，又改口称得100TeV才行，这差不多就是CEPC的升级版SppC的能量峰值。

没有理论预测，或者随意调整预测，谁知道多大能级才撞得出来，花费成百上千亿建造大型对撞机，只有

①《高能物理的绝唱》（一），王孟源博客，2015 年 1 月 10 日

②《全球9位顶级物理学家：中国到底该不该造大型粒子对撞机？》，DeepTech深科技，2016年9月14日，慕尼黑大学物理系Otmar Biebel教授

③《高能物理前沿研究中心揭牌成立》，中科院高能物理研究所官网，2013 年 12 月 17 日

0.001%的胜率，这还是瞎猫碰上死耗子的结果。

国科大讲座上，面对高能所研一男生的不满，杨振宁吐露肺腑之言："这个实验做完了以后，这个机器不能再做下去了，要造更大的对撞机，需要花更多的钱，至少要二百亿美元。""别的国家没钱，大家说中国有钱。"

"我知道我的同行对我很不满意，说我（的反对）是要把他们这行给关闭掉。可是这个对撞机要花中国二百亿美元，我没办法能够接受这个事情。"杨振宁说。

二十世纪八十年代，中国搞北京正负电子对撞机（BEPC），虽然没有提出什么宏大理想，但是对于实现什么样的科学目标可是一清二楚，李政道与丁肇中等华裔诺贝尔科学家也来积极推动这件事。而这一次，他们保持了沉默，丁肇中还是王贻芳的老师，高能物理界的大师级人物。2016年，据研究理论物理的中科院院士何祚庥透露，丁肇中问及王贻芳最近忙啥，何说他想把SSC搬到中国来，丁肇中立马就说："一点意思都没有。"①

撞不出超对称粒子，超弦教在物理界的地位岌岌可危，从众星捧月到千夫所指，有重蹈当年以太说覆辙的风险。

超弦教埋怨LHC太小了，如果按照SSC的规模，这些问

①《何祚庥：对中国建大型对撞机的意见》，"知识分子"微信公众号，2017年1月25日

题都可以迎刃而解，他们把目光瞄向中国。

当今只有中国，才有这么大的财力与抢占基础科学制高点的渴望，才有可能上马这个超千亿的物理学三峡工程。

SSC复活的希望，在中国。

一票败北

2014年，国际超弦教与高能物理研究所联手造势，组团来中国游说。当年2月23日，在清华大学举办了一场“希格斯粒子发现之后，基础物理学向何处发展”的讲座，超弦教教主威滕、教主导师戴维·格罗斯（David Gross）以及其他几位超弦干将悉数到场，王贻芳在会上发言。

格罗斯曾经提出“渐近自由”理论解释强力，获得2004年诺贝尔物理学奖，该理论是标准模型的支柱之一。威滕是他教出来的最得意的弟子，两人都是犹太裔物理学家。

1999–2003年在任的CERN总干事鲁加诺·玛亚尼（Luciano Maiani）也在会场。有人问他，欧洲的加速器是怎么做到让各国都掏钱的？玛亚尼回答很干脆：我们说这是为了与美国、俄罗斯等国的加速器竞争。

如其所言，有亲历者回顾，那天本以为是高端物理学的科普讲座，好不容易早去抢了个座位，结果听了一会发现这是个电视购物栏目……各种推销。

推销员很多，商品只有一个，就是中国版超级对撞机，超弦教负责讲解宇宙起源等科学意义，以及对中国一片大好的国际形势，王贻芳负责说明具体实施。

一虚一实的组团差不多就此定型，以后凡有超弦教来华，必有王贻芳的身影。

2015年，格罗斯在《华尔街日报》撰文《中国的科学大跃进》，力挺中国超大对撞机计划，生怕他的文章中国人看不到，还特意让人翻译成中文。

忍不住多说一句，格罗斯如果懂得中国多一些，就会知道“大跃进”在这个国度里并不是什么好词。

2016年8月1日，国际弦理论大会（Strings 2016）在清华大学举行，还是那拨人马，还是那套说辞：世界物理中心将转移到中国，天下英才尽入彀中，溢出效应将让中国人受益无穷。

CERN计算机科学家蒂姆·伯纳斯-李（Tim Berners-Lee）发明的万维网www，是证明粒子对撞机溢出效应最常用的例子。万维网1980年就开始设计部署，1991年对外开放，最初是为了方便CERN内部协作，不关粒子对撞机啥事，与1994年立项、2008年开机的LHC更没有一毛钱关系。

群体合作总会产生偶发不可预期的溢出效应，可能是好事，也可能是坏事。炼丹也有溢出效应，那就是火药。

一个多月后，一场关于中国该不该建超大对撞机的争论成为公众话题，继而引爆全球。

2016年9月4日，杨振宁授权微信公众号“知识分子”发表他的署名文章《中国今天不宜建造超大对撞机》，刷刷刷连出七剑，剑剑穿心。

杨振宁列举的七条反对理由，涵盖了项目预算超支、影响民生经济、挤压其他科研经费、不能实现预期科学目标、即便有发现也无法实用、中国为欧美做嫁衣裳，以及展望物理学未来两个发展方向。

当天，王贻芳即奋笔疾书，洋洋洒洒六千言，一一反驳杨振宁的反对理由，第二天也通过“知识分子”发了出来。

尔后更多科学家卷入争论，遍布国内外，除奋战在第一线的新锐，还惊动了很多已成为江湖传奇的耆硕，其中就有当时还在世的霍金。

然而论学术成就，霍金也是这帮人中的小字辈。因为他们纷纷出来表态，乃至不少人惊呼，教科书上那一串名字居然还活着。

虽然场面火爆，公众看到的其实都是马后炮，早在之前来自科学界的争议，就让王贻芳的超级对撞机计划遭遇挫折。

2016年6月16日，王贻芳的团队得到科技部三千六百万人民币资助，用于CEPC的预研。但在当年7月，发改委“十三五” 项目评审，仅以一票之差，CEPC未能通过下一轮八亿人民币的资助请求。

笔者获得的消息是，五票赞成，六票反对。赞成的全是高能领域，反对票里五票是非高能领域的专家，一票是政府方的代表。

除了屁股决定脑袋的支持，其他无论是从科学还是政经角度考虑，都投出了反对票。

王贻芳完败。

枪手与剑客

一般情况下，科学家茬架，都是在科学共同体内找场子摆平，极少以菜场大妈的方式在大众媒体上吵个面红脖子粗。当然这些科学话题大众也听不懂。

这次有关对撞机的争论，能够在2016年形成一场物理学的世界大战，余波传到2019年，为吃瓜群众的日常八卦添加作料，一是因为对撞机耗资相当于一座三峡大坝，已不仅是一个纯粹的科学研究，而是涉及广泛的社会工程；二者更深层次的原因在于，现代物理学产生了深刻的裂痕，面临前所未有的危机，在科学共同体内，谁也说服不了谁，这样的争议往往就会扩散到大众层面。就如英国脱欧，保守党与工党谁也搞不定谁，干脆全民公投。

这个裂痕还得从爱因斯坦说起，量子力学与广义相对论不相容，爱因斯坦晚年致力于统一场论，试图将量子力学的电磁力与广义相对论的引力合二为一，无果而终。

这不能怪爱因斯坦太贪心，引力与电磁力的方程，几乎就是一个模子刻出来的，这一对不在一起简直没天理，初中生见了都想撮合它们。

引力方程：$F_{引}=GMm/r^2$

电磁力方程：$F=Kq_1q_2/r^2$

后来人们敲开原子核，发现量子力学除了电磁力，还有龟缩在原子核里面的强力与弱力，本来是一对力，如今变成四种力，都可以凑一桌麻将了。

这个时候杨振宁站出来，说咱们别管引力，先把电磁力、弱力与强力给统一了，为此摸索出一套基于对称性与群论的数学框架，叫作杨–米尔斯规范场论——杨就是杨振宁，米尔斯是与他一个办公室的研究生。

诺贝尔奖往往代表一位科学家的最高成就，但有极少例外，诺贝尔奖没有颁给科学家的最高成就。如爱因斯坦的相对论，杨振宁的杨–米尔斯规范场论，都未获诺奖，但都高于他们获得诺奖的那个科学发现。因为它们都是框架理论（framework），很难被实验全部证实，而与诺贝尔奖无缘。

这些科学家，往往是天才中的天才，巅峰上的巅峰。

在杨–米尔斯规范场论的框架之上，物理学家们建立起了一套基本粒子的标准模型，并实现了电磁力与弱力的统一，姑且将他们称之为标模派。标模派个个都是西部老牛仔，手提粒子对撞机左轮枪，对准他们预言的六十一个粒子，有如树起的六十一个靶子，枪枪命中，几乎个个十环。

由于是杨振宁提供的弹道机制，标模派每命中一枪，他的头上都会多一圈光环，其在物理学界中的地位，也愈加稳固和上升。

1994年，规范场理论发表四十周年，美国富兰克林学会颁给杨振宁“鲍尔科学终身成就奖”，颁奖词指出：杨振宁的规范场理论，可与牛顿的引力、麦克斯韦的电磁学、爱因斯坦的相对论相提并论[①]。

但标模派的成功很憋屈，其创立之初就先天不足，没有把引力纳入其中，后来又发现了暗物质与暗能量存在，我们可感知的六十一个粒子构成的物质，只占宇宙4.9%。另外，由于标准模型预言的大多数粒子都是高能状态下的粒子，无法独立存在于自然界，基本上不能实用，这也是杨振宁不看好对撞机发现的一大原因。

标准模型就像是一个金鸟笼，把人类禁锢在笼中。有史以来第一次，科学家对找出理论破绽的希望，胜过了证明理论的渴望。

然而讽刺的是，验证标准模型的实验数据与理论的预

①《杨振宁传》，杨建邺著，生活·读书·新知三联书店，2016 年 4 月

测，也是有史以来最匹配的，标准模型几乎牢不可破。这就好比玩密室逃脱，科学家们明知室外有室，他们疯狂地找齐六十一件物品之后，还是没有打开大门的钥匙，其失望可想而知。

这个时候，作为物理学的超哥，超弦教站出来说，我能把引力囊括进来，我带你们去找钥匙。

超弦教凭借的是一本数学版《葵花宝典》，一班人马手提数学葵花剑，人挡杀人，佛挡杀佛，好不威风。可他们有一个难言之隐。众所周知，要练就《葵花宝典》，“欲练此功，必先自宫”，凡踏入超弦教，此生就得与实验验证的硬气彻底无缘，而实验，才是物理学以及所有科学扬名立万的长枪短炮。

当初杨振宁提出杨–米尔斯数学框架，由于没有物理意义，被冰封了十几年，后来结合物理模型并被重整化（可精确计算）才成为神兵利器，帮对撞机瞄准射击扬名立万。

科学终究是热兵器的江湖，超弦教光凭一把葵花剑虚张声势，是走不出黑木崖的。超弦教教主威滕拿遍了几乎所有的物理学大奖，甚至连号称数学界诺贝尔奖的菲尔兹奖都拿过，就是独缺一个诺贝尔奖。

标模派是痛苦的枪手，超弦教是不甘的剑客。

2012年，超弦教找到俄罗斯互联网投资家尤里·米尔纳，搞了一个基础物理学突破奖，奖金三百万美元是诺贝尔奖的三倍，堪称科学界“第一巨奖”。由于评委会主席就是威滕，所以每年获奖者大多是超弦研究者或其盟友，如王贻芳就得过，2019年的基础物理学突破奖也给了研究超引力的科学家。

后来谷歌公司创始人之一谢尔盖·布林、脸书创始人马克·扎克伯格及其夫人、腾讯公司董事会主席马化腾等互联网大佬也陆续加入，还分设了生命科学突破奖、数学突破奖等奖项。2019年的腾讯WE大会，有格林与王贻芳参加，或许与此有关。

这系列突破奖，无须实验验证也能获奖，摆明了就是叫板诺贝尔奖。诺贝尔奖只颁给经实验验证的科学理论，它不奖励聪明或成功，而是奖励正确。

成功只是暂时的，正确才能长久，所以突破奖搞了七年多，主要还是超弦教自嗨，但不得不承认，他们拉赞助的本事一流。

基础物理学突破奖拿再多，也顶不了一个诺贝尔奖，而唯一可能通过实验间接验证超弦的，就是超对称理论。

超弦教做梦都想拥有一杆枪，就是超级大型对撞机。标准模型的预言被一一验证之后，还能鼓捣世界各国政府把天量的经费投入到高能物理中，超弦许诺超越标准模型，通往终极理论的梦想立下了汗马功劳。

这就是超弦教拼命游说中国搞超大对撞机的背景。

公开“对撞”

在科学界，最早实名反对中国建造超大对撞机的不是杨振宁，而是一个叫王孟源的人。

2015年1月与12月，王孟源写了两篇文章，《高能物理的绝唱》（一）（二），指责CEPC将大笔钱财当闪电，将快要死透的高能物理这具尸体转化成Frankenstein（弗兰肯斯坦）式的科学怪人，以行尸走肉式的存在撑到教授群的退休期。

王孟源的文章发表在台湾的个人博客上，前后两篇文章发表了一年多时间，乏人问津。但他的身份可不简单，是哈佛大学高能物理学博士出身，亲历过美国SSC的兴建与夭折，对高能物理圈与对撞机知根知底。

文章点名批评了丘成桐积极参与这个骗钱的把戏，称他在2015年10月份与人合作出版的科普书《从长城到大对撞机》中鼓吹CEPC。

丘成桐是清华大学数学科学中心主任，首位华人菲尔兹奖得主。超弦理论有一个基本概念，叫作卡拉比-丘空间，这里的丘就是丘成桐。前面超弦告诉我们，宇宙有七个维度被紧化了看不见。如何紧化的？它们跑去了卡拉比-丘空间。

如果要说超弦教在中国有代言人，则非丘成桐莫属。超弦教组团来华的活动，都是丘成桐操办主持。

很多人不明白，为什么一个搞数学的痴迷物理学装置，就是没有搞清楚丘成桐与超弦的关系，以及对撞机之于超弦的重要性。

而将超大对撞机争论从科学界内部引向公众的第一人，也是丘成桐。

2016年8月7日，丘成桐接受新华社专访，希望在长城入海处建设下一代巨型对撞机，这是CEPC首次大范围内向公众公开。新华社文章引发了广泛的社会关注，中国版超大对撞机一时成为新闻热点，媒体自然不会错过这个选题。

有记者挖出王孟源的文章，一看是专业出身亲历第一线，猛料十足，还涉及丘成桐，就找到后者，希望他能有所评论。

丘成桐应该是仔细看了这篇文章，2016年8月29日，他在微信公众号“老顾谈几何”发表意见，详述自己扒出王孟源老底的过程。如果爆料不痛不痒，丘成桐岂会在乎王孟源的背景身份。

作为哈佛大学兼任数学系与物理系的双料教授，丘成桐很意外自己从来没有听说过王孟源的名字。几经求证，他在哈佛大学的教授朋友们终于找到了王孟源的导师，原来是系中一个没能升职的助理教授，难怪哈佛资深高能物理学家不认识王孟源。丘成桐更是指出，王孟源博士毕业以后，就没有什么学术上的论文成就，而是转行做了几十年的生意。言下之意，王孟源没有资格在对撞机上面说三道四。

这种论资排辈的人身攻击，一般人都会不爽。科学讲究客观实证，向来尊重事实，不看出身，想当年爱因斯坦还只是一个小小专利员，何况王孟源的哈佛大学高能物理博士学位并不假。而且丘成桐当时还不知道的是，王孟源的导师是格拉肖的关门弟子，格拉肖想把超弦挡在哈佛门外无效，愤而离职，王孟源的导师也无法获得升职。

研究基础物理学发表论文，必须在数学上自洽，那就只能走超弦这条路。大学没有论文，地位就会下降，哈佛扛了一年扛不住，还是把超弦引进来了。哈佛大学理论物理的主流教职，逐渐被丘成桐等超弦教占领。

当然丘成桐也是货真价实的顶级科学家，不可能不知道贬人身份落了下乘。笔者倒是觉得王孟源点到了要害，面对记者的采访，丘成桐只好通过这个损招来降低其文章的影响。

只是千不该万不该，丘成桐提到了杨振宁。他不相信杨振宁会反对建对撞机，因为在他看来，对撞机的每一次发现，都会巩固杨振宁在科学界的地位。

这一下就捅了马蜂窝，杨振宁借势公开发表文章反对中国建大型对撞机，原本在科学界的争论瞬间变成大众茶余饭后的谈资。

这逼得王贻芳不顾利益相关人身份，亲自上场肉搏。

杨振宁为何不惜与科学界同行撕破脸皮，一点面子都不给丘成桐？这又与物理学界长达半个多世纪的撕裂有关。

“反弦”情绪

弦理论于二十世纪七十年代开创，蛰伏十多年后第一次革命爆发，升级为超弦后独霸理论物理界，却始终无法被实验验证，叠床架屋的论文堆砌，以及长期霸占各种学术资源，引来不少物理界同行的反感。

2006年，超弦理论遭遇了一次重大的公关挑战，两部“反弦”著作相继出版，其中一本是圈量子引力论阵营的李·斯莫林（Lee Smolin）所写，书名是《物理学的困惑》，另一本则是哥伦比亚大学数学系助教彼得·沃特（Peter Woit）所写，书名更不客气，叫作《甚至都不配称为错误》。两本书的副标题很直白，一个是“弦理论的兴起，科学的衰落及展望”，另一个是“弦理论的失败与物理定律的统一”，前者明示弦论的崛起是物理学的堕落，后者暗示弦论的完蛋是新生活的开始。这种“反弦”情绪在2015年达到顶峰，LHC基本排除了超对称理论的存在，物理学界多年来的期盼成了一场空。在这一年，除了王孟源在中国开炮，还有另一群科学家聚首德国慕尼黑大学，于当年12月7日至9日召开了一场物理学界的“扩大会议”，群情激昂，声讨超弦与多重宇宙理论长期以来无法证伪，破坏了科学方法的整体性以及科学在公众中的声誉[①]。

①《弦理论是科学吗？》，《自然》，2015年12月23日

超弦教德高望重的教主导师格罗斯参会迎战。面对诘难，格罗斯舍车保帅，承认多重宇宙就算在理论上也无法观测，但仍坚持超弦是久经考验的革命战士，尤其是这么多年来，在通往终极理论的道路上，没有其他理论可以与之竞争。

杨振宁对于超弦又是什么态度呢?

早在1986年超弦第一次革命成为物理界的显学之际，杨振宁在中国科技大学研究生院第五次谈话时就讲得很明白：

我很难相信这个理论最后是对的，超弦没有经过与实验的答辩阶段，它很可能是一个空中楼阁。如果你问我，我要不要去做超弦，我的回答是我在任何时候也不会去搞这种东西。

我一定会去做纯粹数学，在纯粹数学中妙的东西很多。我为什么不用自己的时间和能力去做对数学有真正发展的工作，而去做既非物理又没有长久数学价值的东西呢?

统一大业

以物理学为代表的科学有一个统一大业：将物质与规律尽可能还原成最基本的存在。就如围棋一样，千变万化的棋局背后都是一个统一的规则，以及黑白两子与棋盘。

人类有个梦想，只要统一了物质的基本结构、物质的相互作用和运动转化规律，就会像上帝一样无所不知，无所不能。

在这条统一的大路上，走着几个高大的背影。在伽利略统一了运动与静止之后，牛顿三定律和万有引力定律把天上和地上的现象统一起来，打开了通往机械工业革命的大门。麦克斯韦紧跟其后，琢磨出一个方程组，统一了电、磁、光，各种宏观上的弹力、摩擦力都可以归结为微观上的电磁力，人类从此进入电气时代。爱因斯坦叼着烟斗走来了，他先用狭义相对论劝和了麦克斯韦方程组与牛顿力学，统一了低速与高速，时间与空间，再反手甩出$E=mc^2$，一个简单的质能方程引爆了原子弹。

就在这时，高歌猛进的统一大业突然卡壳，狭义相对论好说歹说，牛顿引力就是不听劝，爱因斯坦一怒之下，将引力赶出了物理王国，流放到几何空间，安置在广义相对论中。原来星球之间有引力，并不是它们吃了大力丸，而是吨位太重，将时空压弯了，引力是一种几何现象的呈现。

在爱因斯坦忙着收拾引力的时候，一群科学家排成方队踢着正步走远了，这里面有玻尔、薛定谔、海森堡、狄拉克……量子力学山头上一堆大王，广义相对论山头上只有爱因斯坦一个光杆司令。爱因斯坦一看这还了得，天无二日，国无二君，量子力学岂能不服王化，他打磨统一场论，要收服这帮散兵游勇，可惜终其一生也未能北定中原。

这个时候就轮到杨振宁上场了，他从口袋里面摸出一张皱巴巴的纸，说我搞了一套数学框架理论，有望统一电磁力、弱力与强力，咱们量子力学内部好说好商量，枪口一致对外，再去干引力。

这个数学框架就是杨–米尔斯规范场论，当年杨振宁是硬着头皮站出来的，一副战战兢兢的样子可以理解。1954年发表论文的时候，他还没有拿诺贝尔奖，更要命的是，理论要求传播强力与弱力的规范玻色子没有质量，这与其短程力的物理现象矛盾。发现泡利不相容现象的泡利，也想过类似的办法，但是他一看这个矛盾就打退堂鼓了，对于杨振宁毫无顾忌发表论文，本来就是一副坏脾气的他更加火冒三丈，当场把杨振宁怼得下不了台。

其实这个问题杨振宁也心知肚明，为什么他敢于跨出这一步，泡利却不能呢？这涉及当代物理学研究范式的一个重大转折。

多则异

生存，还是毁灭？这是一个问题。这句《哈姆雷特》的台词成为家喻户晓的永恒经典，莎士比亚道出了每个人内心深处的纠结——我该如何抉择？

当代物理学也很纠结一个问题：撞，还是不撞？

一位厚黑学政治家曾经揭晓了所有重大斗争背后的秘密：观点斗争是假的，方向斗争也是假的，只有权力斗争才是真的。围绕中国超大对撞机的争论，背后其实还是科学权力之争，超弦与凝聚态物理学的角力，其焦点又集中在各自的基本思想。杨振宁成名于粒子物理学，但在后来转向凝聚态物理学。

这场物理学的世界大战从美国打到欧洲，胜负一比一，现在中国开辟新的战场，胜负难分。

美国那场仗打输了，经费超支并非主要原因，据温伯格透露，来自国际空间站的竞争扼杀了SSC。那个项目经费高达二百五十亿美元，远远超过了SSC的费用，说明SSC被裁还是因为科学价值不够硬。

在美国众议院科学、空间与技术委员会议上，美国凝聚态物理大佬菲利普·沃伦·安德森（Philip Warren Anderson）陈述四大科学理由，给了SSC致命一击。其中一条是安德森的核心理由：与日常相关的科学也同样基础。

很多人心中的基础科学，要么是研究远小于基本粒子的普朗克尺度，要么是放眼宇宙尺度，研究黑洞这样的天体，但是研究雪花的形成、人的思维、经济规律这些日常行为也同样基础。它们听起来没有那么高大上，但更加实用。

安德森是1977年的诺贝尔物理学奖得主，开创了凝聚态物理一系。2006年何塞·索勒（José Soler）的一份分析统计比较了论文参考文献与引用数，指出安德森是世界上最有“创造力”的物理学家。

凝聚态物理学的前身固体物理学，催生了半导体，是PC、手机、电视机、照相机、互联网、硬盘、处理器、闪存等电子产品的共性，成为IT浪潮的奠基石。格拉肖称当今全球GDP有三分之一来自量子力学的贡献[①]，其实更准确的说法是来自量子力学的分支固体物理学，加入液相后固体物理升级为凝聚态物理，八十年代还发现了高温超导材料。从超导体出发，安德森建议粒子物理学家寻找产生粒子质量的机制，启发了后来的希格斯机制。

由于杨振宁的努力推动，中国的凝聚态物理欣欣向荣。当年安德森陈述就不无酸意地指出，美国的超导研究已经落后于中国。

针对超弦的目标“万有理论”（Theory of Everything），安德森写了一篇杀气腾腾的檄文《多则异，量变引发质变》（*More Is Different*）：

将万事万物还原成简单的基本规律，并不意味着从这些规律迸发出重建宇宙的能力，不能依据少数粒子的性质简单外推出多粒子复杂集聚体的行为，相反在复杂体系的每一个层次会呈现全新的性质。研究理解此类新行为，就其基础性而言，与其他研究相比毫不逊色。

①《专访：诺奖得主谢尔顿 · 格拉肖作为标准模型创始人之一谈对撞机》，“数理人文”微信公众号，2016 年 10 月 2 日

换言之，我们不能从一些最简单的基本定律去推出各个尺度各个复杂度下的物理，因为物理学在从基本走向非基本，从基本粒子走向多体时，并不是1+1等于2那么简单，而是会产生1之外的某些东西。这些东西属于所谓“外延性学科”的特有属性和现象，并不是由微观的基本定律可以直接推导出来的。

这其实就是当年亚里士多德反对他的老师柏拉图的现代科学翻版：吾爱吾师，吾更爱真理。

柏拉图相信有个完美的普遍理念，投影出不完美的世界，而亚里士多德认为普遍是寓于具体事物之中。

柏拉图认为这个普遍的理念存在于几何之中，柏拉图学院大门上写着醒目的一行“不懂几何者严禁入内”，这何尝又不是当今以超弦为代表的理论物理的写照。

亚里士多德出身医学世家，从小就接受了严格的医学训练，这种训练培养了他特别重视经验事实的思维方式。所以亚里士多德认为理论知识不能脱离经验事实，他在《形而上学》一书中就指出：倘有理论而无经验，认识普遍事理而不知其中所含个别事物，这样的医师常是治不好病的。

柏拉图代表了还原的本体论，亚里士多德代表了涌现的实体论。这两师徒的缠斗从古希腊哲学一直打到中世纪神学，近现代科学还能时常看到他们刀来剑往。

物理 or 数学

杨振宁本来是柏拉图的传人，1954年，他明知理论上有物理的缺陷，还是坚持发表杨–米尔斯规范场论，就是因为他对数学的信心胜过了对物理的怀疑。

一来强力弱力很复杂，有可能是应用层面上出了问题，而非错误；二来杨–米尔斯规范场论的对称性非常棒，杨振宁深信这么优美的数学理论不会错，而且当时它和两个已经有稳固实验基础的理论结构有密切关系，它们是同位旋守恒和麦克斯韦方程。

杨振宁的父亲杨武之是华罗庚尊崇的数学大家，深受家庭熏陶，杨振宁是物理界的数学战斗机，但在物理直觉与实验上稍逊一筹，尤其是实验，同事揶揄，“哪里有杨，哪里就有爆炸”。

幸好杨振宁赌对了。后来盖尔曼的“夸克模型”，格罗斯的“渐近自由”，格拉肖、温伯格与萨拉姆的“弱电统一”，霍夫特的“重整化”，帮助完善了杨–米尔斯规范场论的物理与数学框架，最终成就了粒子物理学标准模型。

这颠覆了过去的科学研究范式——在实践中总结理论再予以验证，先有物理框架，再有数学描述。杨振宁则是立足于数学的对称性搞出理论，再与物理模型结合得到实验验证，先有数学框架，再有物理描述。

杨振宁警告不要被数学的价值观念所吸引，并因而丧失了自己的物理直觉。他曾把数学和物理之间的关系比喻为一对树叶，它们只在基部有很小的共有部分，而其余大部分是分开的[①]。

所以杨振宁敢于跨出那一步，而泡利不敢越雷池半步。

世界不过是数学的投影。如果说柏拉图是这个理念的开创者，那么爱因斯坦就是将其付诸实践的开山祖师。

当年爱因斯坦以一己之力，通过黎曼几何搞出广义相对论，至今还是科学史上的神话。

1919年，英国物理学家爱丁顿在日食时观测到太阳引力让星光产生弯曲，这是首次对广义相对论的实验验证。有人问爱因斯坦，万一实验结果和理论不符合该怎么办呢？爱因斯坦如是回答：那么我将为上帝感到遗憾——我的理论肯定是正确的[②]。在他心中，数学上这么美的理论，怎么可能错呢？

后来爱因斯坦再用这套方法研究统一场论，就没有这么好运了。

1947年，美国理论物理学家弗里曼·戴森（Freeman Dyson）来到普林斯顿高等研究院，怀着崇敬的心情找到爱因斯坦的秘书杜卡斯（Helen Dukas），请求爱因斯坦见

① 《杨振宁和当代数学——接受张奠宙访问时的谈话记录》，《数学传播》，1992 年 4 月

② 《科学家偏爱优美的理论，但追求“美”会不会妨碍探究“真”？》，英国 *Aeon Magazine*（万古杂志），2014 年 5 月 19 日

他。会见前一天，他开始担心没有什么特别的问题能与伟人讨论，于是从杜卡斯小姐那里拿回爱因斯坦最近的科学论文，都是关于爱因斯坦构造统一场论的。当晚，戴森读了那些文章，觉得都是些垃圾。

科学家不是商人，不习惯曲意逢迎，又不好当面指出偶像的问题，第二天戴森不得不找个理由放了爱因斯坦的鸽子[①]。

后来，戴森为量子电动力学（QED）的建立做出了决定性的贡献。QED是一种规范场理论，将麦克斯韦的电磁理论量子化。

杨振宁就是受到QED的启发，在量子场理论中引入了规范场，来描述强力与弱力。

爱因斯坦晚年与小他年龄一半的哥德尔成了忘年交。奇怪的是，表现出倾慕之情的反倒是年长的巨星，爱因斯坦公开表白自己“去上班不过是为了和哥德尔一起走路回家”，两个人散步的背影曾是普林斯顿的一道风景。

爱因斯坦不喜欢迪斯尼的动画片，他讨厌一切中产阶级的东西。有一天哥德尔打电话说想去看一场，爱因斯坦披上大衣出门就去了电影院。

他们之间到底为啥这么好，两人在世都守口如瓶，所以至今也无人知晓。

① 《物理学的困惑》，[美] L. 斯莫林著，湖南科学技术出版社，2018 年 1 月

从思想上来看，哥德尔在数学领域中提出了不完备性定理，证明了任何一个形式系统，只要包括了简单的初等数论描述，而且是自洽的，它必定包含某些系统内所允许的方法既不能证明真也不能证伪的命题。也就是说，“无矛盾”和“完备”是不能同时满足的，既完美又统一是不存在的！

哥德尔不完备性定理，让希尔伯特的数学大一统梦想变成了令人沮丧的噩梦。

这是不是也适用于物理学上的统一场论呢？或许哥德尔就是这样击中了爱因斯坦的心灵。

在爱因斯坦生命的最后时刻，他要来纸和笔，最后一遍徒劳地验算统一场论。

“自然不欣赏我们的神话。”爱因斯坦幽幽地说出这句话，与发表广义相对论时的豪情壮志判若两人。

怀疑统一

2012年3月，在北京弦理论国际会议上，霍金演讲《哥德尔和M理论》，直面了这个问题。

作为统一场论的继承者，超弦的最高形式M理论恐怕也是一场空想。霍金说，他的这一推测基于数学领域的哥德尔不完备性定理，在物理学领域，很可能存在类似的规律，因此建立一个简一的描述宇宙的大统一理论是不太可能的。

霍金人在椅中，神游天外，他发现黑洞不黑，黑洞不是貔貅只进不出，仍有信息逃逸出来，由此得出霍金辐射，被认为是多年来理论物理学最重要的进展。

1996年，库姆伦·瓦法（Cumrun Vafa）和安德鲁·斯特罗明格（Andrew Strominger）关于量子黑洞的研究，成功地利用弦理论和统计力学，通过计算黑洞的微观量子态，导出了黑洞的贝肯斯坦-霍金（Bekerstein-Hawking）熵公式，这一结果提示，弦理论也许能最终解决霍金提出的黑洞信息丢失疑难。

自那以后，霍金开始对超弦产生兴趣，不过2012年的演讲证明，或许他认同超弦的某些应用，但是不看好其大统一的目的。

这并非贬低科学史上那些辉煌的统一成就，还原论思维结合数学工具，是人类从纷繁芜杂的现象总结简洁优美规律的高效手段。但手段并不等于目的，事实上每一次统一之后，就会产生意外的发现，指向新的方向。

为统一而统一，超弦不惜为了数学自洽而引进超越现实的额外空间维度，反而发散为几乎无穷大数量的宇宙，成了吓唬公众的玄学。

物理的真，数学的美；避开繁琐的现象归纳总结，通过发现数学的美来反推物理的真，这是一条捷径，但不要忘了，再美的数学也需要得到验证，最终指向物理的真。如何分辨呢？很简单，数学的美能够产生物理上的预言，可以被实验证实或证伪。最经典的例子还是爱因斯坦的广义相对论，发表之初就预言了三个物理现象：星光弯曲、黑洞天体、引力波，都一一得到验证。如果爱因斯坦说不出这几个物理预言，或者只给出了引力波这种遥遥无期的观测，他在科学上的地位可能就要打一个折扣。

反观超弦与超对称理论，就不满足这个条件。有如皇帝的新衣，你们看不到额外维与多重宇宙？那是不够聪明。不能预言有效的物理现象，超弦终归是一场数学游戏。

当年LHC上马，好歹还有希格斯粒子保底，CEPC有什么？实验依据不足，目的不明，再加上天量巨资，作为一个有责任的科学家，杨振宁能不反对吗？他给出两个方向建议：进一步研究加速器原理，或专注弦论美妙的几何结构。其实就是在暗示王贻芳与丘成桐，你们俩各自该干吗干吗去。

物理学家马塞洛·格莱塞（Marcelo Gleiser）获得了一百五十万美元的2019年邓普顿奖，该奖为奖励“精神进步”而设立，与基础物理学突破奖性质差不多。反思过去几十年来痴迷统一与超弦，他在2008年回答著名的“第三文化”论坛“缘”（www.edge.org）的年度问题时说得实在：

几年前，也许因为我更深刻认识了形成科学思想的历史和文化过程，事情突然变了。我开始怀疑统一，觉得它不过是实在的一神论在科学的翻版，是在方程里寻找神的存在……二十多年过去了，所有的努力都失败了。粒子加速器没有，冷暗物质探测器也没有，没找到磁单极，没看到质子衰变，过去几十年预言的所有统一的迹象，都没有……

思想决定你的人生，那是哲学；上帝决定你的信仰，那是神学；方程决定你的逻辑，那是数学；事实决定你的认知，才是科学。

大成若缺

“性灵出万象，风骨超常伦。”杨振宁很喜欢用高适《答侯少府》这两句诗来描述狄拉克方程和反粒子理论，其极度浓缩性和包罗万象的特点，又或如布雷克的名诗：一粒砂里有一个世界，一朵花里有一个天堂。把无穷无尽握于手掌，永恒宁非是刹那时光。

杨振宁曾比较狄拉克与海森堡，前者横空出世的狄拉克方程是量子力学与狭义相对论的第一次融合，没有任何渣滓，直达宇宙的奥秘，似乎已把一切都发展到了尽头；后者成名绝技不确定性原理，像是在雾里摸索，显得朦胧、绕弯，没有做干净，还要发展下去。

海森堡坚持只能从一些直接可以被实验观察和检验的

东西出发，而不是想象一些图像来作为理论的基础。他并非不重视数学，需要的时候顺便发明了矩阵力学。

狄拉克的灵感则来自他对数学美的直觉欣赏，他在1963年曾经明确表示："在我看来，一个方程拥有美感，比它符合实验结果更为重要。"这又何尝不是杨振宁走过的路子，他曾经表示，"从我个人来讲，我是更欣赏狄拉克的风格"，但是他又在后面加了一句，"很多人认为海森堡的贡献比狄拉克还要更高一筹"。

《道德经》有言："大成若缺。"

若世界有太多的对称，就不再有意外出现的可能性了，这将是一个稳定但僵化的世界。

巴赫的音乐以和谐著称，有数学与宗教之美。贝多芬的音乐引入人的情感，打破均衡，通过沉默与爆发展现了音乐力量性的一面。艺术至美就在于对称性与不对称性之间的张力。

杨振宁基于数学的对称性推出杨–米尔斯方程，却又与李政道一起发现宇称不守恒，证明世界并非对称而获得诺贝尔奖。通观杨振宁的每一个抉择，你不得不佩服，他几乎每一步都踏对了节奏，无论是科学还是人生。

坚持自己很难，超越自我更难。

杨振宁也有没想到的地方，他反对建超大对撞机，产生了一个溢出效应：当年不大喜欢他的那些人，许多都黑转粉了。

弦断有谁听

“我觉得在我有生之年看不到任何实验支持。”

当笔者问及超弦前景，曾任中山大学天文与空间科学研究院院长的李淼如是说。

1984年，第一次超弦革命席卷物理学界，李淼还在中国科技大学研究天体物理，超弦描绘的宏大图景吸引他投身这股热潮，成为中国最早一批研究超弦的科学家。此后有十五年时间，李淼都在海外求学，足迹遍布意大利国际理论物理中心、丹麦哥本哈根大学玻尔研究所、美国加州大学圣巴巴拉分校、美国布朗大学、美国芝加哥大学等世界知名高校。在世界顶尖科学氛围的熏陶下，加上自身努力，他在超弦理论、量子场论、宇宙学等领域取得了具有国际影响力的研究成果。

1999年，李淼作为中科院“百人计划”的入选者回到国内，成为国内超弦理论研究的领军人物之一。

彼时，威滕掀起的第二次超弦革命如火如荼，五个超弦理论被统一成一个M理论。

威滕曾经梦想当一名记者，大学主修历史学，辅修语言学，毕业后成为民主党人乔治·麦戈文的幕僚，帮助其竞选总统。麦戈文惜败于尼克松后，威滕失去了社会政治领域的兴趣，重返大学致力学术研究，不过这一次他选择理科方向，专攻物理学与数学。

“弦理论是二十一世纪的物理学，却偶然地落到了二十世纪。”这句超弦最有名的公关slogan就出自威滕之手。

当威滕在1995年找到统一五个超弦理论的方法时，因为理论模糊粗糙，还不够精准完备，他的公关天赋再一次被激发，M理论的命名堪称科学史上一次绝妙的标题党行为。威滕解释，这个M可以理解为魔力（magic）、神秘（mystery）、母亲（mother），也可理解成假想的物质基本结构膜（membrane）。超弦创始人之一施瓦茨受到启发，还将矩阵（matrix）加到M的解释中。引入中国后，M理论甚至与汉字谜（mi）、秘（mi）产生了联系。

如今距离第二次超弦革命已有二十五年，超过历史上任何一次弦论突破需要的时间，一直没有重大进展，第三次超弦革命遥遥无期。

在超弦界颇有建树，并出版了一本《超弦史话》的李淼，也于2015年受邀南下，担任中山大学天文与空间科学研究院院长，领衔探测引力波的“天琴计划”。

引力波是爱因斯坦广义相对论预言的物理现象，其在2016年得到观测证实，李淼此举，意味着他回到了传统物理理论研究。

种种迹象反映出一个令人尴尬的事实：M理论的M，有可能是物理学史上最大的错误（mistake），最令人痛心的失落（miss），最长久的迷梦（mi meng）。超弦的“弦”，也快成了玄学的“玄”。

小说《三体》中，外星人发射智子到地球，锁死了LHC的发现，以致人类不能发现更加底层的粒子结构，导致现代科学踯躅不前。而李淼对笔者表示，实验没有问题，是超对称理论错了。那么这是否表明，他研究了三十余年的超弦理论，已经实质上破产？

李淼对此保持了长久的沉默。

欲将心事付瑶琴。知音少，弦断有谁听。

无人赴宴

醋 醋

美国为何不建对撞机?

“实验没有问题，我们观测到了超光速。”

作为深受业界尊敬的严谨科学家，他平静地宣布了第二次实验结果。

他是意大利大型中微子振荡实验（OPERA）小组领导人安东尼奥·伊拉蒂塔托（Antonio Ereditato）。当他第一次观测到中微子速度超过了光速时，震惊程度与全世界一样——这不可能是真的，爱因斯坦相对论光速上限摆在那儿呢。在接下来的两年中，他率领一百八十名研究人员，观测到了一万六千次“超光速”现象。

这个小组又反复检查了六个月，排除了所有可能的实验误差，包括月球潮汐影响、地球自转影响、地震影响、温度和云层对GPS信号传递的影响等等。考虑到所有这些后，实验小组相信这一结果的置信度达到99.9997%。

伊拉蒂塔托决定公开这个石破天惊的消息。

一百八十名研究人员郑重其事签名，在全球最权威的科学杂志之一《自然》上发表他们的论文：人类步入超光速时代。

果然全世界一片哗然，物理学家们脸上写着大大的两个字：不信。

伊拉蒂塔托换了一班人马，重复了实验，在精确性、统计分析等多方面得到改进，他拍着胸脯信誓旦旦保证："我们对实验结果非常有信心。我们一遍又一遍检查测量中所有可能出错的环节，却什么也没有发现。我们想请同行们独立核查。"

这不是科幻小说。

事情发生在2011年，OPERA小组于当年9月22日公开超光速消息，在11月17日再次确认实验没错，实验过程是这样的：位于瑞士日内瓦的欧洲核子研究中心（CERN），利用超级质子同步加速器（SPS），生成定向的μ子中微子束，飞向七百三十公里之外的意大利大萨索山。山的那边有意大利格兰萨索国家实验室（GSNL），就在地下一千四百米深处，一套重达一千八百吨的电子照相装置严阵以待，OPERA小组用其观测来自CERN的中微子束。

中微子，宇宙中最多的物质粒子，每秒万亿计中微子穿过我们的身体，我们对此毫无察觉，有"幽灵粒子"之称。OPERA小组也只能捕获到极少的幽灵粒子，由于超强的穿透性，绝大多数中微子穿透了地球，奔向茫茫太空。让他们吃惊的是，这些中微子以光速的1.0000248倍运行，每秒比光子快了7.4公里。

超光速消息宣布三周后，全世界最大的科学论文网站arXiv给出了八十多种解释，其中最激动人心的是超弦多维空间：CERN发出的中微子有可能振荡成了一种惰性中微子，它可以在多维空间中“抄近路”，然后再振荡回普通中微子，这样看起来中微子就跑得比光快了，同时还不违背相对论。

超弦教一片欢呼，多年的猜想有望获得证实，还顺带拯救了相对论。

美国费米实验室威胁要重复实验，不过他们从头开始需要两年时间。

世界没有等到那一刻。2012年2月22日，CERN在另一本权威科学杂志《科学》上公布调查结果，OPERA小组错了，原因是：他们的GPS光缆与一台电脑的集成电路卡连接不良。

千算万算，谁都没算到，网管的机房布线帮了中微子的忙。

网管小哥以一己之力，推动人类进入超光速时代整整五个月。

美国关停本土最大对撞机

中微子超光速事件是科学史上罕见的乌龙，让负有领导责任的CERN脸上无光。四个多月后，欧洲大型强子对撞机（LHC）发现了有“上帝粒子”之称的希格斯粒子，为CERN扳回一城。

希格斯粒子与中微子，是标准模型六十一个基本粒子中最特殊的两个，一个“上帝粒子”，一个“幽灵粒子”，代表了当前基础物理学两大研究方向。

有了前车之鉴，CERN在2012年7月4日发布新闻时字斟句酌，不敢把话说满了，强调这是疑似上帝粒子的新亚原子粒子。他们有说不得的苦衷，就在两天前，又是费米实验室挑事，宣布其数据接近证明上帝粒子，CERN不得不冒险跟发新闻。如果费米实验室的粒子对撞机Tevatron真的发现了上帝粒子，前前后后投入一百亿美元的LHC将是有史以来最昂贵的陪练。

CERN提心吊胆，反复测算了八个多月，终于在2013年3月14日确认，新粒子就是上帝粒子。

所幸这段时间，费米实验室没有出什么幺蛾子。

CERN与费米实验室的竞争由来已久，早在2009年2月，费米实验室就放风Tevatron发现上帝粒子的概率，最坏的情况下为50%，最理想的情况下是96%。

英美一家亲，英国媒体趁机煽风点火：CERN在竞争中已经处于劣势，美国Tevatron有可能后来居上。

面对美国的“诈和”，欧洲人只能干着急，因为他们的LHC在2008年9月开机运行没多久，就经历了一连串事故，让计划一拖再拖——

2008年9月10日，LHC启动当天，就遭遇黑客入侵，距离探测器的计算机控制系统仅“一步之遥”。

2008年9月17日，一台三十吨重的变压器发生故障，工程人员次日更换了变压器，才令对撞机重新启动。

2008年9月19日，由于焊工手艺不精，两块磁铁之间的电连接部件出现故障，导致一公吨液态氮渗入隧道，LHC紧急关闭长达一年之久，吊足了全世界的胃口。

据说CERN存在一条鄙视链：搞理论的瞧不起搞实验的，搞实验的瞧不起搞工程的，搞工程的瞧不起搞维护的，搞维护的瞧不起焊工网管，焊工大叔与网管小哥瞧不起全世界。

美国费米实验室瞧不起CERN。

趁你病，要你命。抓住CERN抢修LHC的空档，费米实验室加快了Tevatron的研究，它已经运行了二十五年以上，逼近退休。

“这是一项激烈的竞争，是谁取得胜利就是谁取得胜利，来不得半点虚假。”2009年2月，费米实验室的德米特里·德尼索夫（Dmitri Denisov）透露，欧洲那边，CERN在争分夺秒解决故障，甚至放弃了圣诞节休假两个月的一贯做法[①]。

德尼索夫是Tevatron巨型探测器D-Zero的负责人，另一个巨型探测器CDF负责人罗布·罗塞（Rob Roser）是他的竞争对手，LHC的出现让两人化敌为友。罗塞说：“我绝不想看到LHC击败我俩中的任何一个——这就像兄弟俩，谁都不能碰我弟弟一根指头，只有我可以。”[②]

然而，团结一致的Tevatron也未能回光返照，于2011年10月1日停止运行，终年二十八岁，关闭前没有发现上帝粒子。

当美国能源部决定关闭Tevatron时，一些物理学家依依不舍，恳求再宽限它三年寿命，以求对希格斯粒子做最后一搏。

谁说科学家都是冷冰冰的，他们对常年相伴的机器感情笃厚。CERN科学家理查德·雅各布松（Richard Jacobsson）照管一台粒子探测器长达十年，对它的每一寸构造都了如指掌，甚至了解它的心情和癖性。当工程人员来拆卸它更换成LHC的时候，雅各布松情难自禁。“泪水在我眼睛里打转，”他说，“当他们切断电缆的时候，我总以为会有血喷出来。”[③]

① 《欧美争相寻找上帝粒子 美国可能后来居上》，新浪科技，2009 年 2 月 23 日

② 《费米实验室梦碎“上帝粒子”》，《环球科学》，2011 年第 11 期

③ 《追逐上帝粒子：藏在宇宙底层的物质本原》，《华夏地理》，2008 年第 4 期

Tevatron虽死犹生，它留下了大量数据遗产，让费米实验室还能再忙活至少两年。

导致Tevatron寿终正寝的最大原因，并非老旧得无法运行，也不是LHC的竞争压力，而是……省钱，费米实验室重启一个实验需要经费。

这就是上面说的重复意大利OPERA小组的中微子实验，名叫MINOS，看看到底有没有超光速。

虽然CERN主动认错，美国也未止步中微子实验，反而越做越大。MINOS之后是Nova中微子实验，接下来的“深地下中微子实验”（DUNE），成为美国物理未来几十年的旗舰项目。

据2019年12月18日最新消息，日本拟建全球最大中微子探测器，于近日批准了“顶级神冈”中微子探测器建造计划。

中微子，到底是何方神圣?

天不变道亦不变

1940年，中国大地烽火连天，日寇铁蹄踏遍华北华东，中国最优秀的一批知识精英，被转移到西南腹地，延续文明的火种。著名的西南联大之外，浙江大学师生也在西迁之列，他们跋山涉水，奔赴一方净土。

浙江大学物理系教授王淦昌走建德、过吉安、赴宜山、抵遵义，一路颠沛流离，劳累过度，加上营养不良，生活困难，抵达遵义时，患上了肺结核。但他躺在病榻上，仍以惊人的毅力对中微子问题苦苦思索[①]。

中微子关系能量守恒定律的生死存亡。学过中学物理都知道，这是自然界的基本定律，能量既不能自生也不能自灭。董仲舒向汉武帝上《举贤良对策》说："道之大原出于天，天不变，道亦不变。"道就是定律。海可枯，石可烂，定律不可移。一切实体都在变化，不变的是背后的定律。道之恒常，搅动的是人生无常。

不稳定的原子核，会放射出粒子或能量，这个过程叫衰变。共有α、β与γ三种衰变，其中β衰变最不老实，总是搞事，第一次就差点把能量守恒挑落马下。当原子核放出β粒子即高能电子，发生β衰变后，科学家大吃一惊，β射线的能量谱是连续的，这意味总能量比衰变前要低。

一部分能量凭空消失了，这是不亚于超光速的震撼事件。天变了？

这一次，实验没有错，科学家们争吵了十年，终于在1924年，量子力学之父玻尔打算放弃能量守恒，他提出了一个假说：能量在单个微观相互作用可以不守恒，而只需在统计意义上守恒。

①《王淦昌与中微子的早期研究》，《自然辩证法通讯》，第16卷第6期

玻尔这种和稀泥的解释无法服众，又是坏脾气的泡利首先开火，他直言玻尔在玩危险的游戏。泡利号称“拳打爱因斯坦，脚踢玻尔”，是物理学江湖知名的自负天才，曾提出“泡利不相容”定理扬名天下，而为人也相当不相容，以批评尖刻、不留情面著称。

1931年，泡利“孤注一掷”，提出一个补救办法：β衰变中，还释放出了没有电荷、质量很轻的未知粒子，它神不知鬼不觉逃离现场，并盗走了那部分消失的能量。

原子能之父费米对假说给出了数学描述，并将这个未知粒子命名为中微子。

中微子太神秘了，当时任何仪器都检测不出来蛛丝马迹，连泡利自己都信心不足，他甚至以一箱香槟打赌，人类永远都不能发现中微子。他又提出了一个实验上可以检验的预言：如果能量守恒，β射线谱应该有明晰的上限，而不是一个强度逐渐减弱的长尾巴。

当时王淦昌在柏林大学就读，师从犹太裔女物理学家迈特纳（Lise Meitner），在其指导下，他选取镭E的β谱进行研究，用自制的计数管测量，精准得出其β谱上限。1932年1月，王淦昌在德国《物理学期刊》第74卷上发表题为《关于镭E的连续β射线谱的上限》的论文，历史上第一个证实了泡利关于β谱有明晰上限的预言，有力地支持了中微子假说。此后埃利斯（C. D. Ellis）、莫特（N. F. Mott）与亨德森（W. J. Henderson），都做了类似的实验，得出一致的结果，玻尔假说不攻自破。

爱因斯坦痴迷大统一，玻尔挑战能量守恒律，这两位物理学的泰山北斗，到达巅峰后的封神一战，都败得灰头土脸，与凡夫俗子无异。

然而，这些实验只是捍卫了能量守恒定律的神圣不可侵犯，中微子在哪儿，还是找不着北。

中微子是如此难找，在微观层面上引力可以忽略不计，剩下的三大基本力电磁力、强力与弱力，只有弱力才能掀开中微子一点衣角。β 衰变就是由俗称弱力的弱相互作用引起的。

电磁力，让我们看见光。当恋人拥吻，实际是电磁力在传达绵绵情意，让彼此感觉到触碰与心跳。中微子拒绝电磁力鸿雁传情，她就是永远触不到的梦中情人。

在当时条件十分艰苦的遵义，王淦昌冥思苦想的就是如何捕捉这个神秘的中微子。思考一年之后，他有了一个极富创意的想法。

核范围内不光能量守恒，动量也要守恒。能量守恒的本质是时间对称，自然规律在几亿年前与今天一样；动量守恒的本质是空间对称，自然规律在几亿光年外与地球上的一样。普通 β 衰变让一个原子核母体产生了三个子体，即电子、反冲原子核与中微子，人们观测前两者的动量和能量，来测算中微子的存在数据。麻烦的是，这就如星球的三体运动一样难解，王淦昌注意到一种特殊的 β 衰变，就是原子核俘获核外轨道电子，只产生中微子和反冲核两个子体，三体运动变成了二体运动。这种运动，往往是原子核俘获最靠近它的K层轨道电子触发，因此也叫作K俘获β衰变。

如此一来，反冲核的能量和动量仅仅依赖于所放射的中微子，测算反冲核的数据，就能倒推出中微子的庐山真面目！

王淦昌不仅给出了中微子的测算思路，还建议用铍-7做实验，它是最轻元素的放射性同位素中的一个，核的质量愈轻，则它所经受的反冲作用也越显著。

而铍-7，正是通过K俘获的方式衰变成了锂-7。

这已经是一个可执行的实验方法，唯一的问题是，当时积贫积弱战火燃烧的中国根本不具备实验条件。

抚平心中的无奈与惆怅，王淦昌写成论文《关于探测中微子的一个建议》，寄到美国《物理评论》，该刊于1941年10月13日收到，并在1942年1月发表，希望美国同行能完成他的实验。

美国物理学家阿伦（J. S. Allen）立即按照王淦昌的建议进行实验，并很快取得肯定结果。两个月后，即1942年3月16日，阿伦把他的题为《一个中微子存在的实验证据》的论文寄到《物理评论》，并在该刊1942年6月发表。阿伦在文中一开始就明确指出，这个实验是王淦昌最近建议的。

“王淦昌－阿伦实验”是世界上第一个比较确切地验

证中微子存在的著名实验，可惜实验精度不够，未能测出单能反冲。

后来许多人继续工作，直到1952年，雷蒙德·戴维斯（Raymond Davis）终于做成功。

撩开她的面纱

这还不是最理想的结果，王淦昌提出的实验构思，只能间接看到中微子逃逸后的尾迹。人们梦想将中微子拥入怀中，撩开她的面纱，一睹芳容。难办的是，中微子是典型的冰美人，拒人光年之外，其平均自由程超长，在穿越一千亿个地球之后，平均一个中微子才可能与一个原子核发生亲密接触。

人们对此几乎绝望，直接窥探中微子的萍踪魅影，简直是不可能完成的任务。

1947年3月，王淦昌在美国《物理评论》上发表论文《建议探测中微子的几种方法》，又提出一个全新的思路：通过重原子核裂变，产生极快极多的中微子，去打靶探测器产生核反应。

不能让一个中微子穿越一千亿个地球，那就让一千亿个中微子穿越一个地球。

例如一个装满水的探测器的长度为10厘米，当有

5×10^{18}个中微子通过该探测器时，就有一个中微子能够在探测器中产生核反应。

弱水有三千，只取一瓢饮。

王淦昌提出的这个思路，对于中微子实验影响深远，美国与意大利的二十一世纪中微子实验，本质上也是这种探测方式。但王淦昌还是只能停留在纸上，当时中国正在打仗，哪有条件玩核裂变。

这一次又是美国人捷足先登。1953年，在萨凡纳河核电厂的地下室里，柯温（C. L. Cowan）和莱茵斯（F. Reines）实施了他们的“鬼魅计划”。他们建造了一个中微子探测器，用水和氯化镉配成溶液，其中置入三个液体闪烁计数器。

萨凡纳河核反应堆每秒能产生一百万亿个反中微子，它们轰击水中的氢原子核即质子靶，产生中子和正电子。中子被镉吸收，正电子与水中的电子湮灭，释放出光子产生γ射线，令闪烁液体发出荧光。

本来不发光的中微子，通过一系列关联反应发光，暴露在人类的肉眼之下，显出真身。

实验进行了三年，到1956年，柯温和莱茵斯每小时可以俘获三个中微子，通过足够多的样本测出中微子的截面值，与理论预期吻合得很好。

又过了将近四十年，诺贝尔奖委员会才确认了这次中微子的发现，给莱茵斯颁发了1995年的诺贝尔奖。而此时柯温长眠地下已有二十一年。

1956年是一个神奇的年份，柯温和莱茵斯发现中微子，β衰变的宇称不守恒也在这一年发现。这一次老天没有亏待中国人，发现者就是杨振宁与李政道，他们凭此获得了第二年的首个华人诺贝尔奖。

宇称不守恒，也就是左右不对称，本质上是只有左手旋中微子，没有右手旋中微子造成的，中微子打破了宇称的对称性即对称破缺。

消息传出后，泡利第一个不相信，他好不容易把中微子引进来捍卫能量守恒，这小子居然不是卫道士，而是披头士。“上帝不可能是一个左撇子！”

然而很快另一位华人科学家吴健雄出手，她用无可争议的实验证明了宇称不守恒，泡利只好举双手投降。

值得一提的是，在杨振宁、李政道1956年发表论文前几个月，一位苏联物理学家皮亚捷茨基–沙皮罗（Piatetski-Shapiro）也写好了差不多同样的论文，寄给当时苏联物理学泰斗朗道（Lev Davidovich Landau），后者眼皮一翻，就扔到了一边。

当然后来朗道肠子都悔青了，他只好安慰沙皮罗，厚左薄右的宇称（P）这小子是有点皮，但是看管“正负”的电荷共轭（C）还是有操守的，用C来调教P，这对CP一定对称，天长地久不分手。

朗道再一次遭受打击，1964年两位美国核物理学家詹姆斯·克罗宁（James Watson Cronin）与瓦尔–菲奇（Val

Logsdon Fitch）在夸克领域实验中发现了CP破坏，导致CP也不对称。

但这个CP破坏值很小，对宇宙而言不足为虑，科学家正在十万火急寻找一个强大的CP破坏，它关系到我们每个人的生命。

这个破坏者是谁？公认最大的嫌疑对象仍是中微子。

能量动量守恒，这样的顶级定律坚守对称，保证我们世界根基的稳定，是道亦不变，易之不易；宇称在β衰变中不守恒，这样的次级定律打破对称，催生了世界的变化，是人之无常易之易。静若处子，动如脱兔。世界在对称与对称破缺中平衡发展，统一变化。

而CP破坏更加不得了，它是这个世界赖以存在的基石。

叫一次王淦昌同志

抚今追昔，如果当年是一个富强的中国，给予王淦昌优良的实验条件，他很可能就拿到了这发现中微子的诺贝尔奖。

或许王淦昌根本就不在乎诺奖的荣耀呢，1959年他发现了世界第一个反西格马负超子，轰动整个国际物理学界，如果继续研究下去，诺贝尔奖就在前方。然而短短两年后，正值巅峰时期的王淦昌突然消失，就如中微子一样当了隐身人，连家人都找不到他，大漠深处却多了一个叫“王京”的老头。

原来1961年4月，王淦昌受命秘密参加原子弹研制，奔赴大西北核试验基地，负责物理实验方面的工作。时任第二机械工业部部长刘杰问他是否愿意改名，王淦昌的回答只有短短六个字：我愿以身许国。

在离诺贝尔奖最近的时候，他选择了放弃，用生命中最辉煌的岁月隐姓埋名搞科研，托举起一个国家的核大国地位。

他没有过怨言，直到一年除夕夜，才终于真情流露，他和他的学生邓稼先在帐篷里喝酒，邓稼先哽咽着说：叫了王京同志几十年，今天，叫一次王淦昌同志吧。

两人相拥而泣。

由于消失在国际物理界太久，王淦昌早年对发现中微子做出的巨大贡献也逐渐被人们遗忘，如提到中微子的存在实验时，往往只有戴维斯的工作，却把王淦昌的原始构想忽略了。有感于此，对王淦昌充满敬意的杨振宁心怀不平，他与中科院高能物理研究所教授李炳安合写了一篇文章《王淦昌先生与中微子的发现》，发表在中国《物理》杂志1986年（第15卷）第12期上，澄清了这一历史事实真相，并引起世人的广泛注意。

1994年，浙江大学科技哲学硕士刘宏葆，与浙江大学哲学社会学系副教授何亚平合写《王淦昌与中微子的早期研究》一文，发表在《自然辩证法通讯》第16卷第6期上，进一步全面细致地梳理了王淦昌的中微子研究贡献。

我国还有很多科学家遭遇了类似王淦昌的不公，如物理学家赵忠尧，1930年首次观测到正反物质湮没，发现了反物质正电子，却错失1936年诺贝尔奖。现在闹得沸沸扬扬的环形正负电子对撞机（CEPC），其研制的理论基础就来自于他。半个多世纪后，当人们重新审视当年的诺贝尔评奖过程，发现了赵忠尧的贡献，其中就有杨振宁、李炳安合写文章廓清事实。李政道也不遗余力在各种场合澄清这桩历史公案。

长期来看，历史是公平的，历史也不会忘记，尽管王淦昌两次与诺贝尔奖擦肩而过，但他获得了另一份荣耀：两弹元勋。

挖出八艘航空母舰

如果你记住了王淦昌的名字，不要回头，前方中微子有更大的惊喜。

美国南达科他州霍姆斯特克（Homestake）矿山，运营着北美埋藏最深、最富有的金矿，拥有一百二十六年的开采史。2001年，霍姆斯特克矿山关闭，五年后，Barrick Gold矿业公司将该矿产捐赠给了南达科他州作为地下实验室。同年，慈善家桑福德（T. Denny Sanford）给该项目捐赠七千万美元，因此，实验室在建成后以桑福德来命名。

2017年7月21日，一向平静的实验室迎来喧嚣。

一群科学家、工程师和应邀的社会显要人物聚集于此，他们乘坐一个简陋的升降机，下到约一千五百米深的矿洞中，见证桑福德地下实验室扩建开工[①]。

这里将安放美国有史以来最大的中微子探测器，进行“深地下中微子实验”（DUNE），承载未来几十年美国物理界的希望。

在这个地下洞穴中，科学家们铲开第一锹土，随后工人们需要挖掘八十万吨岩石，相当于八艘尼米兹级航空母舰的重量，再运进七万吨液氩。

三千五百辆二十吨重型卡车满载液氩，从墨西哥湾沿岸和东海岸出发，将液氩运至霍姆斯特克矿山。为减轻管道压力，工作人员会将液氩转换为气体，通过管道送到地下，并在零下185.8℃的低温下重新冷凝成液体，注入四个接近四层楼高的超纯液氩大罐，其纯度只含万亿分之一的杂质。据费米实验室工程师、LBNF低温基础设施项目经理戴维·蒙塔纳里（David Montanari）估计，填充满一个液氩大罐需要七个月至一年的时间。研究人员计划2019年开始构建DUNE探测器，并在2024年完成。

①《美国粒子物理学家开挖下一个大规模实验》，《科学》，2017 年 7 月 21 日

DUNE实验只是一个更大型项目LBNF/DUNE的其中一部分。

LBNF是指长基线中微子设施，位于费米实验室，一旦DUNE实验室建造完毕，费米实验室会在2026年发射世界最强的中微子束，通过地下射向距其一千三百公里重达七万吨的DUNE探测器。届时无穷无尽的氩原子将与中微子发生相互作用，从而被科学家们探测到。

LBNF/DUNE主要由美国能源部资助，预计总投入十五亿美元，不算夭折的超导超级对撞机（SSC），这是迄今美国高能物理界最昂贵的一笔投资。

桑迪飓风刮不走的会议

2012年10月29日，星期一，百年难遇的“桑迪”飓风袭击了美国东海岸。长岛断电，一片漆黑，犹如世界末日。长岛–芝加哥的航班也被取消了。

布鲁克海文国家实验室的物理学家米林德·迪万（Milind Diwan）与十四位科学家被困长岛，无法前往芝加哥郊外的费米实验室参加项目评审会议[①]。

长基线中微子实验（LBNE）项目是LBNF/DUNE的前

①《无惧东海岸桑迪飓风，中微子计划如期进行》，《对称》，2012年11月5日

身，迪万是LBNE项目联合发言人。

飓风袭击之下，迪万等人只能通过手摇发电机给手机充电，全天远程参与评审会发表专业意见。这很不容易，要全力摇动十五分钟才能获得一格电量，科学家们干的就是体力活。

他们不能放弃，LBNE项目生死一线，成败在此一举。

受SSC中途下马的影响，美国政府对大型基础物理实验犹豫再三，致使LBNE项目审批过程一波三折。因为十二至十五亿美元的高昂预算，2010年美国国家科学委员会打回了实验计划，将其转给美国能源部。随后，物理学家和美国能源部官员进行了讨价还价。2012年初传出消息，能源部官员打算终止为中微子实验提供经费，因为预算已经捉襟见肘[①]。

针对能源部2013年高能物理学研究预算，当年的美国总统奥巴马大笔一挥削减了六百万美元，减至7.57亿美元，跟过去十年相比缩水了15%。LBNE项目费用在能源部的预算中占很大比重，时任费米实验室主任皮埃尔·奥多纳（Pier Oddone）很无奈，鉴于高能物理学研究经费未来十年不可能增加，对于启动这样一项大规模研究计划，能源部可能无钱可用，他指出：管理层关注的是先进的制造和能源技术，高能物理学和核物理学研究面临压力。

①《美国物理学家为拯救中微子实验而战》，《自然》，2012 年 3 月 26 日

来自大约七十五个研究所的四百五十多名科学家参加了LBNE合作，能源部的表态让美国物理学界炸开了锅。2012年1月，四十多名理论物理学家据理力争，致信能源部科学办公室负责人威廉·布林克曼（William Brinkman），呼吁为这项实验提供经费。这封请愿信共有三名诺贝尔奖得主签名，其中就包括标准模型奠基人之一斯蒂芬·温伯格（Steven Weinberg），他在1987年推动了超导超级对撞机上马。

物理学家们做出让步，提出了多个廉价的分阶段折中方案，甚至委曲求全要在地面上放置便宜的探测器，能源部勉强通过了第一阶段审批。

2012年10月30日，星期二，美国能源部对LBNE项目进行至关重要的第二阶段评审会。

桑迪飓风也未能让评审会延期，科学家的坚持换来了回报。2012年12月，能源部通过了二阶段审批，同意科学家们建立近地表中微子探测器[①]。尽管相比初始计划大打折扣，迪万依然很高兴，称这是十多年来的一个里程碑。

重重压力下，奥多纳于2012年8月宣布将于2013年7月1日退休，结束对费米实验室长达八年的领导，专心科学写作与打理私家葡萄园。

奥多纳撂挑子不干，费米实验室董事会只好发起全球

①《美国能源部授予 LBNE 项目 CD-1 批准》，《对称》，2012 年 12 月 12 日

猎聘，在花九个月物色人选后，终于锁定了物理学家奈杰尔·洛克耶（Nigel Lockyer）。

洛克耶有两重身份，他是费米实验室的熟面孔，之前在Tevatron对撞机的CDF探测器上研究了二十二年，同时也是加拿大粒子与核物理国家实验室TRIUMF的负责人，是一位国际友人。

事后证明，费米实验室董事会的眼光很准，推动LBNE变身LBNF/DUNE项目上马，洛克耶的国际身份功不可没。

2015年1月，经过长达三年的博弈，能源部不仅批准了计划，还同意将实验恢复到初始范围，将地表探测器换成昂贵的深地下探测器，经费达到上限十五亿美元，于是才有了“挖出八艘航空母舰”的那一幕。

至此，美国资助高能物理的战略路线清晰可见：

1993年，美国国会下马耗资二十多亿美元的SSC，还专门拨款六点四五亿美元把挖好的隧道填掉。

2011年，美欧竞争发现希格斯粒子，战斗正酣之际，美国悍然封存Tevatron，给中微子实验让路。

2015年，美国能源部将不多的预算押宝LBNF/DUNE中微子实验。

美国高能物理的战略路线图呼之欲出：坚决不走对撞机道路，集中力量瞄准中微子开火。

在2011–2015年这四年时间，是什么原因让美国态度发生一百八十度翻转，决定投入巨资支持中微子实验？

“上帝粒子”与“幽灵粒子”

2013年7月29日，正是一年最热的时候，七百多位高能物理学家不惧酷暑，前往明尼苏达大学双子城分校，参加一场决定美国物理命运的盛会——斯诺马斯（Snowmass）会议[①]。

斯诺马斯小镇坐落于科罗拉多州落基山脉，是全球顶级滑雪胜地，一年四季风景美不胜收。从1982年开始，每隔几年，美国粒子物理学会都在此华山论剑，召开夏季研讨会。上一次斯诺马斯会议召开还是在2005年，之后八年，美国粒子物理学会寂寂无声。

2013年会址改在大学校园，原因很简单，随着政府拨款逐年递减，美国粒子物理界囊中羞涩，在学校开会可以节省大笔食宿开支。有些来自费米和阿贡国家实验室的参会人员为了省钱，甚至采用拼车的出行方式。

之所以还叫斯诺马斯会议，在于研讨会性质、任务以及会议组织者、参会者都与往年无异，其中恐怕还包括了对美好岁月的怀念。

就算缺钱，也要发扬艰苦奋斗精神，在2013年劳师动众开一场大会，是因为2012年物理学界发生了两件大事，

①《希格斯玻色子找到后，美国物理学家在想些什么》，《物理前沿》，第 26 卷第 1 期

美国粒子物理界面临下一步怎么走、“红旗”还能扛多久的问题。

一件大事，就是广为人知的欧洲LHC发现了希格斯粒子，另一件大事知道的人就不多了。

2012年3月8日，中国主导的大亚湾国际中微子实验组宣布，测到了最难测、也是最后一个中微子振荡混合角参数θ_{13}，且远高于理论预期，这意味三种中微子都会彼此振荡变身。中国物理学家李淼次日发文，敏锐地指出这也许是在中国本土首次测量到的基本物理学参数，“我们一点也不过分地说，这是中国对基础物理学最大的贡献”。主持这个实验的，正是中科院高能物理研究所所长王贻芳。

据美国能源部资助的科学杂志《对称》在2012年8月10日报道，大亚湾中微子实验推动了LBNE至关重要的二阶段审批。如果测得θ_{13}值很小，那么LBNE将无法完成它的主要实验目的——全面观测三种中微子的振荡模式。

LBNE还要感谢另一位华人，时任美国能源部部长朱棣文，他不仅是首个诺奖部长，也是首位亚裔人士部长。朱棣文研究方向在凝聚态领域，他用激光冷却俘获原子获得1996年诺贝尔物理学奖。

2012年的两件物理学大事，促成美国物理学家在2013年召开斯诺马斯会议，搁置分歧，统一思想，确定美国粒子物理学的未来方向。

这是一场“上帝粒子”与“幽灵粒子”的对决。

经过九天的激烈讨论，与会人士一致认为，对希格斯粒子、中微子以及暗物质都需做更精确的测量。它们是漂浮在新物理大海的一个个岛屿，看似遥不可及，但可能彼此存在很深的联系，甚至是同一个大陆露出水面的不同山峰。

但会议同时也指出，在有限的经费前提下，美国人不可能三个方向同时发力。

到底是秉承SSC（超导超级对撞机）的遗志，优先发展环形周长一百公里的VLHC（超大强子对撞机），还是LBNE（长基线中微子实验），成为争论的焦点。

普林斯顿理论物理学家尼玛·阿卡尼–哈米德是VLHC计划的支持者之一。加州大学圣塔巴巴拉分校理论物理学家戴维·格罗斯则猛烈抨击LBNE，他认为中微子物理学研究领域过于狭窄，不足以支持美国国家计划，“即使我们测量了所有的参数，该计划终会走向尽头”[①]。

这两位仁兄的名字是不是有些眼熟，没错，他们都是超弦教的中坚，尼玛是后起新秀，格罗斯是教主导师。

争论的结果是LBNE胜出，VLHC搁置[②]。这不奇怪，自1993年美国国会下马SSC后，对撞机在美国就不受待见，2011年美国关闭费米实验室Tevatron对撞机，美国本土再无大型对撞机运行，VLHC想复活SSC，不亚于复活木

① 《美粒子物理学陷入僵局》，《中国科学报》，2013 年 7 月 29 日
② 《物理学家计划建造更大的大型强子对撞机》，《自然》，2013 年 11 月 12 日

乃伊的难度。

作为美国物理界的少数派，尼玛与格罗斯碰壁之后转向中国，在2014–2016年联合一帮超弦教难兄难弟鼓吹CEPC-SppC，相当于把VLHC拆成两半凑一块。

2016年，清华大学高能物理研究中心和工程物理系教授何红建、清华大学数学科学中心主任丘成桐两人，采访了一圈世界顶级物理学家，包括霍金、格拉肖、温伯格等人，以获得他们支持在中国建超大对撞机的言论。这些物理学家都是场外摇旗呐喊，属于拉拉队性质，而超弦教一行却是几次专程赶到中国四处游说，尼玛还于2013年底担任中科院高能所前沿研究中心主任，联络各种活动。

霍金、格拉肖、温伯格等人的学术成就已有定论，超大对撞机对他们而言是锦上添花，如果撞出新东西，皆大欢喜，撞不出来也没啥损失。需要成百上千亿资金？反正又不是我掏钱，who cares？但威滕、格罗斯与尼玛等超弦教兄弟，研究半生的理论还悬在空中，对撞机对他们而言是雪中送炭，能不急吗？

裙带关系

这里有必要科普一下，好叫大家弄清楚超弦教与对撞机的裙带关系。

在标准模型中，基本粒子的质量由希格斯粒子赋予，后者应是一个大质量粒子，但LHC测出其质量远远小于理论值。这就好比你在健身房远远看到有人在举二百公斤重的杠铃，你以为是施瓦辛格，走近一看却是林志玲，你会不会傻眼。

有两个解释，一是在标准模型中，非常精细地调节参数，让两个巨大的数字几乎（但又不完全）相互抵消，使得希格斯粒子拥有较小的质量，但这种参数调节很不自然，就好比林志玲说她练了《九阴真经》，所以能举杠铃，你信吗？另一种解释就是大名鼎鼎的超对称理论，每个基本粒子都有个超对称伙伴粒子，林志玲的超对称伙伴是施瓦辛格，是他扶着林志玲举杠铃，这就很自然了。用物理学行话讲，就是超对称粒子保护了希格斯粒子的质量，避免其质量平方发散，令其回归自然性。

什么，你看不见施瓦辛格？那当然啦，超对称粒子还没撞出来呢。

超对称不光能保证希格斯粒子的自然性，还是暗物质的有力候选者。更重要的是，它迈向大统一理论，提供了在高能标处统一三种相互作用力（电磁，弱、强相互作用）耦合强度的可能性。能证明超对称，那物理学真就是中大奖了。事实上，基于超对称理论，希格斯粒子质量（m）要很小。据爱因斯坦质能方程$E=mc^2$换算，小于120GeV/c^2，将是对超对称的有力支持。相反，如果大于

130GeV/c^2，则可以给超对称判死刑。

老天爷搞了个恶作剧，LHC发现的希格斯粒子，恰恰在125GeV/c^2附近，超对称刚好半死不活。由于LHC是强子对撞，本底干扰太多，加上希格斯粒子质量不确定性，该数值不够精准。

CEPC精细测量希格斯粒子的一大目的，就是检验超对称理论的真伪，而超对称又构成了超弦的“超”。如果检验发现超对称理论还没死透，那就再花千亿升级成SppC，直接撞出超对称粒子也就有理由了，所以这个项目从来都是CEPC-SppC的连接体。CEPC对于超弦教的意义就是：活要活个通透，死要死个明白。

至此，对撞机与超弦教的七大姑八大姨关系浮出水面。从人性的角度考量其实很简单，超弦教多次组团来中国鼓吹超大对撞机项目，如果与这个项目没有关系，难道他们都是像白求恩一样高尚的国际友人？

然而，杨振宁等科学家给了超弦教当头一击，CEPC-SppC项目在中国陷入人民战争的汪洋大海。

P5报告一锤定音

一边是超弦教四处碰壁，另一边美国粒子物理界北上还是南下，总得划出个道道，不能原地踏步走。

斯诺马斯会议大体吵出了方向，要形成历史决议一锤定音，还需制定一份P5报告。

P5的英文全称Particle Physics Project Prioritization Panels，即“粒子物理学项目优先级小组”，由美国能源部和美国国家科学基金会在2004年联合组建。P5小组有二十五个成员，来自物理界各个领域大咖，他们受命制定未来十年美国粒子物理的详细路线图，向联邦高能物理咨询二十四人小组汇报。

2008年5月，P5小组发布了第一份报告，给出三个发展方向，暗合2013年斯诺马斯会议的讨论结果。

一、能量前沿：优先发展高能粒子对撞机，撞出希格斯粒子以及其他理论上预言的新粒子，如超对称粒子，实现基本力的大统一理论。

二、强度前沿：优先发展高强度质子束产生足够强度的中微子，揭示中微子性质并观察振荡过程，获得超越标准模型之外的新物理学。

三、宇宙前沿：优先使用基于地下的探测器和太空的望远镜，揭示暗物质和暗能量的本质，并接收宇宙射线高能粒子探测新物理现象[①]。

能量前沿对应希格斯粒子，强度前沿对应中微子，宇

① 《向高能物理咨询小组提交 P5 报告》，《对称》，2008 年 5 月 29 日

宙前沿对应暗物质暗能量兼顾中微子，宇宙射线含有大量的高能中微子。

三个方向，中微子独中两元。报告也给中微子留了一手，让政府拨款保护霍姆斯特克矿坑，将地下水抽出，为后来的LBNF/DUNE中微子实验奠定了基础。至于能量前沿的对撞机项目，P5报告只是说这个如何如何重要，却没有啥实质性的项目建议。

这是可以理解的，上一届2005年斯诺马斯会议达成共识，优先建造国际直线对撞机（ILC）。就在P5报告发布的前一年2007年，美国人变卦了，把项目推给日本。碍于美国的面子，后者只得笑纳，但日本人也不傻啊，要建可以，谁出另一半钱我就建，由于大家都不傻，ILC也就无限期地拖了下去。

本来按计划，第二份P5报告要在下一个十年2018年发布，可因为美国粒子物理界走到了十字路口，就提前至2014年5月发布。

这份P5报告，基于斯诺马斯会议的讨论结果，在2013年11、12月召开三场专题会议，针对三个前沿方向展开讨论，于2014年3月1日发布有关建议实验重点的初步报告，最终报告于2014年5月1日发布。5月22日，联邦高能物理咨询二十四人小组投票通过了该报告。报告名为《全球背景下的美国粒子物理战略计划》，就一个中心意思——LBNE中微子实验是美国粒子物理学的头等大事，这是自寻找希格斯粒子以来最重要的物理实验[①]。

有趣的是，国际物理界看到美国来真的了，纷纷表示要加入一起干，英国、印度、意大利都抛出了橄榄枝，前提是要玩就玩大的，近地表中微子探测器不够劲，要建在深层地下，越深越好，可以有效屏蔽宇宙射线干扰，方便检测来自宇宙的中微子与地球本身产生的中微子。

美国人很鸡贼，本来承诺由能源部资助十亿美元，剩下五亿美元众筹，一看大家很热情，反而全出了十五亿美元，当然也加强了对实验的掌控权。

2015年1月30日，LBNE组织正式解散，由P5推荐的新合作组织将实验名字改成了LBNF/DUNE，就是长基线中微子设施-深地下中微子实验，兼具了强度前沿与宇宙前沿。

看到这里，可能你会疑惑，中微子不都发现半个多世纪了吗，为啥世界各国还在不厌其烦反复折腾它？

超级赛亚人变身！

让我们再次回到曾经挖出黄金的霍姆斯特克矿山，这里是中微子“神奇之旅”的起点，也有可能是它的……终点。

太阳是一个天然的核聚变反应堆，释放出大量中微

① 《美国粒子物理学的未来计划》，《对称》，2014 年 5 月 22 日

子。1968年，雷蒙德·戴维斯在一千五百米深的矿井中埋了一个六百一十五吨氯乙烯溶液的大容器，以捕获来自太阳的中微子。

这个戴维斯，就是那位将王淦昌的间接检测中微子实验做到了最好的哥们，几十年如一日，跟中微子铆上了。让他困惑的是，每次捕到的中微子都只是标准太阳模型理论值的三分之一，戴维斯百思不得其解，整日茶饭不思，为中微子消得人憔悴。

这个失踪之谜持续了三十年，直到1998年日本超级神冈探测器首次发现了中微子振荡的确切证据，才给出一个合理的解释：有三分之二的中微子在飞行过程中振荡变身，躲过了戴维斯的探测。

就如超级赛亚人有三阶一样，中微子也有三代：第一代电子中微子、第二代μ子中微子、第三代τ子中微子。

事实上，标准模型中，电子、夸克等所有物质基本粒子都有三代，如μ子是第二代电子，τ子是第三代电子，一代比一代重。为什么只有三代？这是一个谜。

超级赛亚人可以在三阶中任意切换，中微子也能在三代中振荡变身：基于物质效应，大约三分之二的电子中微子在太阳内部飞行的过程中振荡变身，转换成了μ子中微子和τ子中微子，戴维斯的探测器只能观测电子中微子，于是产生了失踪之谜。

1984年，由加州大学华人物理学家陈华森提出实验构想，通过重水可以将三代中微子一网打尽。

由于陈华森1987年因白血病不幸去世，加拿大女王大学教授亚瑟·麦克唐纳（Arthur B. McDonald）践行其遗愿，在2001和2002年率领SNO合作组火速出动，将所有中微子全部捉拿归案，证明捕获到的中微子与理论值保持一致，太阳中微子失踪案终于告破。

科学家如此关注中微子振荡，在于这背后有一个天大的秘密，振荡即意味着中微子有质量，哪怕极小，也与标准模型预言的0质量有天壤之别。

标准模型英文简写SM，物理学家明知SM有大问题，没有包括引力，不能解释暗物质暗能量，但就是深陷其中不能自拔，不管怎么做实验，SM预言的各种物理现象都与理论吻合得很好。

前文说过，标准模型相当于物理学家玩密室逃脱，预言的六十一个粒子都找到了，就是没找到钥匙。直到中微子振荡表明中微子有质量，才将密室的大门打开一道裂纹。据标准模型，基本粒子的质量来源是希格斯粒子，中微子不与希格斯场相互作用，所以是0质量，如今发现中微子有质量，则说明还有一个神秘的质量来源。

中微子振荡，是当前唯一超越标准模型的新物理发现，但这还不是中微子最大的秘密。

寻找六颗无限宝石

神说：要有光。

一百三十八亿年前，宇宙大爆炸后是一片光的海洋，正反物质不断相互湮没，转换成高能光子。随着宇宙不断膨胀逐渐冷却，反物质消亡殆尽，留下了一个物质的世界。

宇宙起源的标准理论认为，物质与反物质在大爆炸之初是成对或等量产生的。那么原初反物质究竟是怎样消失的呢?

答案或许藏在中微子振荡中，要全面描述中微子振荡，需要六个参数：θ_{12}、θ_{23}、θ_{13}、Δm_{21}^2、Δm_{32}^2、δCP。其中θ是混合角，关系振荡的振幅，θ_{12}与第一第二代中微子振荡振幅有关，依此类推；Δm_{21}^2是不同中微子质量平方差，关系振荡的频率；δCP是CP破坏相角，表示正反中微子振荡的概率不同。

是不是被一堆数学符号绕晕了？你可以把中微子振荡看成是灭霸的无限手套，六个参数就是六颗无限宝石，一旦集齐嵌入手套，科学家就能变身灭霸，一拳将标准模型的密室大门打破，打个响指，把宇宙的另一半抹去。

目前已经测得四个参数θ_{12}、θ_{23}、θ_{13}、Δm_{21}^2；半个参数$|\Delta m_{32}^2|$，不晓得它是正数还是负数，即不知道m_3与m_2谁大；CP破坏相角δCP，还藏在云深不知处。

这个CP，就是电荷共轭宇称。科学家已经证明夸克领域CP破坏了，正在寻找一个强大的CP破坏，如果δCP的值很大，就能指证是中微子导致了CP大破坏。

δCP，就是我们要找的最后一颗心灵宝石，六颗无限宝石中最强大的一颗。

漫威系列电影中，灭霸最早得到心灵宝石，他送给了洛基，然后落到钢铁侠手中创造了幻视。在《复仇者联盟3》片尾，灭霸敲开幻视的额头得到了心灵宝石，六颗宝石集齐，宇宙一半的生命化为乌有。心灵宝石是唯一一颗本身具有思想并且可以控制人们心神的宝石，灭霸消灭宇宙一半生命的计划，或许就是被心灵宝石控制想法而做出的决定。

现实宇宙比漫威宇宙狠多了，别说生命，甚至连一半的存在都被抹去，那就是反物质世界。按理说正反物质数量一样，它们相互湮没转化为纯能量，宇宙中应该空空如也，没有星系，没有太阳地球，也没有你我。而我还能写这篇文章，很可能拜中微子的CP破坏相角所赐，它的值越大，正反中微子不同也就越大。而这个微观正反粒子的不同，就如跷跷板一样撬动了宏观世界的胜负，物质笑到最后，最终形成了我们的世界。

测算CP破坏相角，我们就能洞窥宇宙的心灵，弱弱地问祂老人家一句，当初您为何大发慈悲，让我们得以存在。

δCP的值与所有中微子振荡的参数都有关，其中θ_{13}又是最重要的，如果θ_{13}等于0，δCP永远测不出来。

θ_{13}就是第一代中微子与第三代中微子振荡的混合角，

其值越大，意味着第一代与第三代中微子发生振荡的概率越大，但是之前都不乐观。就好比超级赛亚人变身，都是从一阶到二阶，再变到三阶，没有直接从一阶到三阶的。

大亚湾中微子实验的结果，二倍θ_{13}正弦的平方为0.092，之前预估，如能在0.01–0.03之间，就谢天谢地了，没想到中了个大奖，所以这个结果一出来，就轰动了整个物理界，大家欢天喜地来祝贺。因为以后物理学家有事干了，下一步可测出Δm_{32}^2的正负，排出三种中微子的质量顺序，再下一步直捣黄龙，测出CP破坏相角δCP。

毫不夸张地说，大亚湾实验拯救了美国的中微子旗舰实验。

θ_{13}意外地给出了最大CP破坏的迹象，有科学家认为δCP有可能为270°。这就能证明是中微子导致了正反物质不对称，物质打败了反物质。

但我们不要高兴太早，物质只占宇宙成分的4.9%，暗物质占26.8%，其余68.3%则是暗能量。物质王国只是个小弟弟。

大亚湾实验还有个神秘现象，就是有6%的中微子丢失了。当年太阳中微子丢失了三分之二，后来发现是振荡成了别的中微子，那么这丢失的6%，是不是也有可能振荡变成了第四种中微子呢？这是有可能的，它就是本文开头提到的惰性中微子，只与中微子相互作用，不与其他任何物质来电。中微子第四种究极变身，有可能就是我们苦苦寻找的暗物质。

美国物理的分水岭

美国LBEF/DUNE实验，集各种中微子实验于大成。LBEF既是一个长基线中微子实验，还带三个短基线探测器；DUNE是深地下中微子实验，不仅能够探测来自LBEF的加速器中微子，还可以测宇宙、太阳、地球中微子。

当2024–2026年LBEF/DUNE实验建造完毕后，中微子可能放弃最后的倔强与羞涩，将其全部秘密展现一览无遗，拱手献出令正反物质不对称的心灵宝石。

发现中微子振荡的日本也不甘人后，经历了超级赛亚人三阶变身：八十年代的神冈中微子实验，九十年代的超级神冈中微子实验，以及2019年12月批准的顶级神冈中微子实验，未来说不定还有究极。

目前中国大亚湾中微子实验取得了突破性发现，后继还有江门中微子实验，距广东台山与阳江两个核电站都是五十三公里，刚好处在反应堆中微子丢失概率最大的地方，非常有利于中微子质量排序测定，预计2020年建成开始运行。

更值得一提的是，在四川西昌市附近的锦屏山，埋藏着世界最深的锦屏地下实验室，其拥有两千五百米的岩石覆盖层，超过美国DUNE实验室一千米，在屏蔽宇宙射线方面具有国际上不可比拟的优势，有很多国家哭着闹着想来这里做实验。

欧洲当然也明白中微子的重要性，CERN本想建造一个更大的实验，向距其两千三百公里的芬兰中部比哈萨尔米矿发射中微子。但是，为新的基础设施付费很困难，因为CERN已经承诺要对LHC进行昂贵的升级，很难将一个新的重大项目纳入其十二亿美元的年度预算，因此以便宜得多的价格投资LBNF/DUNE项目是一个现实的选择，但这样主导权就不在自己手上了[①]。

所以，重大科学项目投资一定要慎之又慎，大笔资金投入后，隆隆列车滑进轨道的那一刻，再想转身就很难了。

普京说，俄罗斯虽大，没有一寸土地是多余的。就算中国有钱，也没有一分钱可以乱花。

选对撞机还是中微子实验，王贻芳所长想好了吗?

中微子固然神奇，与上帝粒子统帅三军相比未免势单力薄，后者同样导向超越标准模型的发现，还可能实现三大基本力的超对称统一，通往最终的万有理论。

1992年温伯格出版《终极理论》，向美国议员们描绘这样的宏大图景，至今令很多物理学家憧憬不已。然而，美国国会几轮投票后，终于在1993年喊停了启动六年的超导超级对撞机，挖好的隧洞被填满，只留下几栋地面建筑

① 《费米实验室物理学家展示中微子实验第一阶段计划》，《科学》，2012 年 8 月 29 日

风中萧瑟。

这件事成为美国物理学的分水岭，之后美国与对撞机渐行渐远，并在2015年全力进攻中微子。

当年中微子还没有今天这么多神奇之处，是什么原因让美国人如此决绝于对撞机？

关于SSC下马的分析，主要集中在三点：

一、预算超支太大，从四十四亿美元涨到一百一十亿美元。

二、面临国际空间站竞争不敌。

三、科学界内部反对，如凝聚态物理。

回头来看，这三点还不能说明全部问题。

1984年国际空间站立项费用八十亿美元，1988年预算费用增加到二百五十亿美元，1998年建造到2010年升空，耗资千亿美元，其中80%由美国承担。美国航空航天局（NASA）开始时超支的数额还不算太大，因为怕国会否决，落得SSC的下场，后来发现国会睁一只眼闭一只眼，胆子越来越大，超支也越来越多。

空间站超支远远超过SSC，它为什么没有遭遇下马的命运？

美国凝聚态物理大佬菲利普·沃伦·安德森（Philip Warren Anderson）反对SSC，是在1987年的发言，主要是从哲学意义上反对还原论思想，而当年SSC项目通过了。

很多人研究SSC下马，都把注意力集中在美国审计总署

（GAO）1992年2月发布的一份审计报告上，该报告集中讨论了项目费用超支、进展滞后的问题。这是美国政府对SSC的第一份不利报告。

然而这只是个开头，更加全面深入的报告在1993年5月14日发布，随后触发了美国众议院6月投票通过“终止SSC以减少赤字预算”的提案，经过参众两院多轮投票，于1993年10月26日通过了最后的修正提案，SSC至此寿终正寝。

5月14日发布的报告，才是关键，名为《国家安全效益、类似项目和成本》，这份报告的PDF版一共二十四页，从美国审计总署官网上即可下载。

报告第一部分讨论国家安全，结论是SSC不能提供直接的国家安全利益，至于能源部一再强调的间接利益，“是无法以任何程度的确定性来预测的”。

所以，导致SSC下马，成本过高还不是最主要的原因，否则国际空间站早下马十回了。对国家安全无益，看不到任何应用的可能，才是SSC的阿喀琉斯之踵。

这一点甚至连商界都在关心，早在美国审计总署关键报告发布一年前，即1992年5月26日，华盛顿竞争企业研究所就发布了一份结论明确的报告《是时候拔掉超导超级对撞机的插头了》。这份报告除了诟病SSC预算超支，对其科学价值更是不客气。

仰望星空，不是仰望虚空

华盛顿竞争企业研究所将SSC比作通天塔，这是一个非常精准的比喻，区别了SSC与其他基础科学研究项目的本质不同。

《圣经》里的通天塔意图直达天堂，SSC旨在直达物质中心，不幸的是，SSC这座现代通天塔，是一座仅使接近神职人员的科学家受益的纪念碑。

关于仰望星空与脚踏实地，基础科学与社会民生的矛盾，有个著名的故事。1970年，赞比亚修女玛丽·尤肯达（Mary Jucunda）给 NASA写了一封信，她质问：目前地球上还有这么多小孩子吃不上饭，NASA怎么能舍得为远在火星的项目花费数十亿美元。

NASA很快给修女回了信，同时还附带了一张题为“升起的地球”的照片，并以《为什么要探索宇宙》为标题发表。回信没有说探索宇宙是一件多么激动人心，让人类的价值得到升华的美事，而是用大段文字解释太空项目引发的科学创新如何应用于民生。尤其是针对修女提出的食物问题，回信更是不吝笔墨，详细说明太空项目如何促进食物的生产，以及合理分配给有需求的人。

支持对撞机的科学家没有像NASA一样，耐心解释这个项目到底有什么实用价值。他们不是不愿，而是不能。

通天塔通往的不是天空，而是不存于现世的天堂。对撞机尤其是SSC及之后的超大型对撞机，研究的基本粒子，大多不稳定存于自然界。以希格斯粒子为例，它一出现就会立即与夸克、轻子等基本粒子发生作用而消失，科学家扒拉遗留的“残骸灰烬”来研究它的属性。要说希格斯粒子存在，那也只是在理论上显示它可能存在于宇宙大爆炸之后的极其短暂的几秒之内。

对撞机正是模仿宇宙大爆炸那一瞬间，通过加速粒子接近光速对撞，制造出一个极高的能量团，让一些必须在高能状态下才能存在的基本粒子昙花一现。

基本粒子有三代，一代比一代重。当加速器产生出这些更重的粒子之时，它们迅速衰变，最后变成与第一代粒子相同的粒子。只有在能量充沛的早期宇宙环境下，它们才可能大量产生出来，并且对宇宙的演进构成影响。在当今世界，不过是对一百三十多亿年前远古宇宙招魂。

杨振宁《中国今天不宜建造超大对撞机》一文的第五条理由是，对撞机在短中期三十到五十年内不会对人类生活有帮助，这是很客气的判断了。在我们生活的低能宇宙中，可能人类永远都用不到这些对撞机粒子发现。

我们仰望星空，不是仰望虚空。

美国当初宁可再花六点四五亿美元将SSC挖好的隧道填掉，以防死灰复燃。后来欧洲LHC发现上帝粒子，以美国争强好胜的性格却不是迎头赶上，真正的原因在这里。

美国人是很现实的，1969年费米实验室扩建，第一代主任罗伯特·威尔逊（Robert Wilson）想找国会多要点钱，国会劈头一个问题就是：能带来什么国防上的好处。

威尔逊耸耸肩，跟国防没一毛钱关系，但是物理研究能提升人类的尊严，让美国更值得被保护。

这理由还真让国会拨款了，多年来成为科学界的美谈。但让国会慷慨解囊的，恐怕并非威尔逊的舌灿莲花，而是费米实验室的费米。他解决了可控核裂变，让原子弹变成现实，其本人就是美国国防的象征。

那段高能物理的黄金岁月，要感谢原子弹的威力，美国尝到了研究物质基本结构的甜头，才有不吝钱包的投入。而多次资助基础科学研究的美国能源部，听上去好像人畜无害，其实是一个军事部门，其主业是研发核武器。

2016年12月15日，美国公共政策智库Cato研究所发布《能源补贴》报告，显示美国能源部2016年的二百七十亿美元预算，最大的活动是核武器研究、开发和安全，耗资一百一十亿美元。第二大活动是对核武器场址的环境清理，费用为六十亿美元。两项费用占全年预算63%。

即便如此，Cato研究所还是梳理了历年能源部乱花钱的项目，其中SSC就是口诛笔伐的重点对象。

那么，2015年美国转向中微子研究，是否也是一个纯科学项目，无法产生实际应用呢?

标准模型中六十一个基本粒子，只有电子、光子与中微子是存在于自然界且能作用于宏观世界的稳定粒子，大名鼎鼎的夸克，被禁闭在质子与中子这样的复合粒子中，终生不得释放。而只有作用于宏观世界的稳定粒子，才能得到广泛应用。电子就不说了，现在各种产业前面不带个电子二字都不好意思。光子也是随便一抓就是一大把应用。

2018年10月30日金庸逝世，震动华人世界。而就在一个多月前的9月23日，香港另一位老人的去世则要平静得多，他就是“光纤之父”高锟，2009年诺贝尔物理学奖获得者。光纤干吗的大家都知道。

中微子研究不仅仅是探索大自然的奥秘、超越标准模型理论、寻根正反物质不对称的源头，中微子本身还可能产生不可估量的应用。中微子能够穿透一千亿个地球，人们自然会想到中微子长距离穿透性无损通信，事实上美国就在搞，一旦成功，相当于通信业的原子弹爆炸。

2012年11月，美国科学家通过粒子加速器将一个相干中微子信息传过了七百八十英尺厚的岩石，首次实现利用中微子进行的通信。

虽然这项技术还不成熟，但纵观人类科技史，一旦模型试验成功，发展起来就会很快。认识中微子的下一步就是驯服中微子。

其实现在中微子已经产生了很多科学应用，特别是宇宙学领域，根据其只走直线不会拐弯且畅通无阻的牛脾气，人们逆向找到了宇宙射线的源头——银河系外的耀变体，破解了百年之秘。中微子还能做地球断层扫描，即地层CT。

科学研究产生应用的顺序往往是科用–军用–政用–商用–民用，如果不能应用于其他科学，那基本上就无法产生接下来的应用，对撞机就是一个典型案例。

2019年3月，美国导弹防御局（MDA）提供了关于开发一种太空中性粒子束武器计划的新细节，以防御或摧毁来袭的弹道导弹。二十世纪八十年代，美国就曾经提出过粒子束武器的构想，后因各种技术困难打入冷宫。不难想象，距离这么多年再次提起这一计划，显然是在某些关键技术上已经取得了突破，相信粒子束武器距离实用化已经为期不远了。

2019年12月20日，特朗普签署了2020财政年度国防授权法案（NDAA），该法案同意成立太空军作为美国第六大军种。

美国高能物理锁定强度前沿与宇宙前沿两大方向，放弃以对撞机为代表的能量前沿，与美国太空军事之间是否有某种关联?

夕阳下的金字塔

美国佬太俗了，欧洲人更理想。光想着应用很短视，历史上有多少科学发现，当初都是因为纯粹的寻根溯源满足好奇心，或追求简洁和谐的美感而产生的，后来它们也催生了各种了不起的应用。

这种反驳看上去很有力，但不适用于对撞机，因为它忽略了几个事实。

其一，从文艺复兴开始，科学发现都是基于已有的自然现象，如牛顿力学立足于行星观测。高能物理越来越依赖人造的极端环境，美国人资助它能多抠门就多抠门，但在探索宇宙方面烧起钱来眼睛都不眨的。哈勃望远镜后继韦伯望远镜，迄今预算高达一百亿美元，早已超过预算上限八十亿美元，美国人咬着牙也要投。

丁肇中在国际空间站做阿尔法磁谱仪实验，观测宇宙射线，它是由来源叵测的宇宙粒子加速器产生的高能粒子。前不久，西藏羊八井ASgamma实验阵列观测到迄今最强的宇宙射线，来自蟹状星云，能量高达450TeV（万亿电子伏特），是LHC最高设计能量14TeV的三十倍以上。所以丁肇中听了王贻芳的CEPC-SppC项目，私下对何祚庥说“一点意思都没有”，就很好理解了——看惯了原子弹爆炸的人，能对一堆炮仗感兴趣吗?

其二，科学发现离不开技术应用的拓展。技术拓宽了人类的感官，得以发现更加深邃的自然现象，对撞机就是这样的产物，但对撞机只是利用了其他技术，自身不能产生新的技术反哺，无法构成科技发展的良性循环。科学与技术是一块硬币的两面，不能相互割裂，只有科技之称，没有哲技、宗技、道技、儒技。

其三，推动科技进步的是人类的生产活动。科学技术是第一生产力，生产是科学技术的第一推动力。科技促进生产，科技也只有在生产活动中不断迭代才能进步。

王淦昌所在的旧中国，生产活动不足以提供实验设备，他只好将思路告诉美国人做实验，这样的遗憾不能重演。所以，有关对撞机的争论，既是一个科学问题，也是一个经济问题，这两者就如同光的波粒二象性一样，是对立统一的存在。

人类历史上的重大科学发现，无不推动经济飞跃。牛顿力学哺育了机械工业大革命；麦克斯韦电磁学将人类送入电气时代；爱因斯坦狭义相对论引爆了原子弹、建起一个个核电站，广义相对论指导GPS；量子力学更是开启电子信息革命，全世界GDP有三分之一是来自量子力学。科研与应用并行，科学价值与经济价值其实是相互促进的，没有真正的纯科学，如果说有，那也是古希腊自然哲学。

从古希腊哲学家开始，不少哲学家都认为，科学活动是人类纯粹的思想活动推动的，只有那些纯而又纯、玄而又玄的思辨才是推动科学发展的力量。然而，这无法解释人类社会科学技术发展的不平衡现象，比如有的民族发展快，有的民族发展慢；有的时代发展快，有的时代发展慢。

李约瑟难题问及为何中国文明没有产生科学，其实这个问题意义不大，因为它们是两个不同的思维体系，就如母鸡下不了鸭蛋。真正该问的是：古希腊的自然哲学、数学都很接近现代科学，所以有文艺复兴一说，但是为什么古希腊文明没有直接发展成现代科学呢？

古埃及耗举国之力建造金字塔，目的是帮助法老灵魂永生，不仅法老相信，普通埃及人也相信。考古发现，金字塔不是奴隶建造的，而是自由民手工艺者。他们生活优越，有医疗保障，甚至还有啤酒工厂与面包工厂，最重要的是，他们的墓穴建在法老王的旁边，因为奴隶的坟墓不可能建在法老坟墓旁边。

古埃及人倾其聪明才智与财富，忘我投入在这项与军事民生无关的工程上，为后世留下了不朽的传奇，但是他们自己呢？

今天，中国思维插上现代科学的翅膀，从产业链低端一级一级往上走，是不可阻挡的历史大势，但这不是往超大对撞机的方向升级，超大对撞机，就是一个现代金字塔工程。

曾经无比辉煌的古埃及文明，只留下几座孤零零的金字塔如泣如诉。西风残照，法老陵阙。

附注：本文所涉对撞机仅限于高能物理领域对撞机，美国在核物理领域还有一台相对论重离子对撞机。2020年1月9日，美国能源部宣布：将在纽约州阿普顿的布鲁克海文国家实验室，建造一座电子离子对撞机（The Electron-Ion Collider, EIC），即在该对撞机基础上做升级改造。中国也有自己的大型电子离子对撞机计划（EicC），已经在惠州动工。

高能物理对撞机致力于发现新粒子，核物理对撞机致力于研究质子与中子的夸克结构，能产生很多生物医疗与核技术方面的应用。后者的能级与经费远远小于前者，花更少的钱办更实用的事。

永不做声的弦琴

痖 弦 口述 ｜ 辛上邪 记录整理

他没有虚度一寸他的光阴，从迷惘到清醒，从困顿到安顿。

大概是1977年，我在编台湾《联合报》副刊的时候认识了台静农先生。他是文学界我最敬佩的人，我常常去看望他，每次见面谈话的内容和情景，我都写下来，作为自己为人处世以及读书写作的张本。至于如何把一个副刊编好，那是每次都要触及的。这种向前辈问道请益的习惯从未停止，一直到他去世。

其实在台湾，大家都非常敬爱台先生。先生学问好，人品好，书法好，人又很低调，不张扬。台先生有个特殊背景，来台湾之前和鲁迅关系密切，也在与鲁迅有关联的刊物上发表过新文学作品，这样的背景生活在台湾，能安然度过早年的“白色恐怖”时期，很不容易。

1922年，台先生参加中学学潮，没有毕业，九月就去北京大学中文系旁听，认识了鲁迅。他的一生都受鲁迅的影响。台先生算是晚辈，但鲁迅非常欣赏他。鲁迅喜欢新文学，也喜欢中国古籍版本、旧诗词什么的，同台静农一样，老底子很厚的，所以他们常常一起去找老书翻古籍，如果听说哪里有一些宋版书，就一起去看。他们的爱好很接近。台先生也从事新文学，旧文学是一种业余爱好，这个背景两个人可谓像极了。

台先生跟鲁迅在一起的时候，鲁迅还没有成立左翼作家联盟。那时的鲁迅还是一个人道主义作家，还在躲躲藏藏地用许多笔名写文章，还未和当时的国民政府对着干。台先生和鲁迅的关系亦师亦友，他们虽有共同的兴趣爱好，但不是像左翼作家联盟那样密切的革命伙伴。1925年夏，左联一批人组织了未名社，主要成员有韦素园、韦丛芜、李霁野、曹靖华等，一起创办杂志《未名半月刊》和图书《未名丛刊》。《未名半月刊》还有一位非常重要的成员，写新诗的戴望舒。他也是翻译家，以法国文学为主，不过未名社当时翻译的倒不单是法国文学，乃是以俄国文学为主。当时所有的刊物都是注重理论，理论是新思想的重要载体，那是一个理论挂帅的年代。

还有一本刊物《莽原》，1925年4月24日北京创刊，原来是周刊，附于《京报》发行。1925年11月27日，出到第三十二期时休刊。1926年1月10日复刊，改成半月刊，由未名社印行。主编是鲁迅，主要撰稿人有向培良、高长虹、黄鹏基、尚钺、李霁野、台静农、韦丛芜等。1926年8

月，鲁迅离开北京去厦门教书，刊物由韦素园接编，内容注重文化批评、社会批评，也刊登些翻译作品。杂志的宗旨是：率性而言、凭心立论、忠于现实、望彼将来。鲁迅曾在这个周刊发表《灯下漫笔》等重要文章。台静农虽为《莽原》一员，但他本人并没有所谓的色彩。

鲁迅先前是隐士——论论时政、骂骂他讨厌的人，却是隐藏起来的，后来他从隐士变成了战士，嬉笑怒骂变成抽刀向敌，这造成了鲁迅的刊物总是被查，弄不好就勒令停刊，被国民党彻底查封。《未名半月刊》在1928年1月10日创办，同年3月26日被停刊，到9月又复刊，1930年4月10日停刊，一共出版了二十四期。《莽原》在1927年12月，出到二卷第二十三、二十四期合刊时就停刊了，一共出版了四十八期。这两本刊物上都有台先生的名字，不过我还没发现他在上头发表哪些文章。除此之外，其他左翼文学的杂志也都没看到台先生的名字。

总之，左联成立后，他们所有的杂志上，也没有看到台先生的任何活动。和鲁迅相比，台先生更具隐士的气质，他行事为人极为低调，不是革命者的性格，他从不想跟上鲁迅的步伐，看不到他革命活动的任何资料。当时左联声势非常大，不仅是一个杂志，而且是杂志群，但都没有台先生的名字。在鲁迅当时主持或者在他影响之下的别的刊物上，也没有看到台先生的文章，所以，台先生是一个最最单纯研究学问的人，一方面创作、一方面治学。台先生不是很红的作家，但在文艺界他的朋友们都欣赏他的气质、人品和学问。

这些左联刊物包括《朝花周刊》，是文艺期刊，1928年11月6日在上海创刊，是鲁迅和被国民党杀害的作家柔石一起编的。柔石是鲁迅要好的伙伴，很优秀。柔石被杀之后，鲁迅非常难过，常常在文章中怀念柔石。他诗中的名句“忍看朋辈成新鬼，怒向刀丛觅小诗”就是那时写的。柔石非常左，他相信共产党。他跟鲁迅一样非常重视翻译。鲁迅的日文一般，所以说“硬译”，硬要把它译出来。那时候人们的心情，就是国家需要，整个文坛需要新的资源、新的思潮、新的理论，因为通过译介可以刺激我们自己的文学，所以不管怎样都要译出来。当时留学的人都不是为了去念学位，是要找资料、见作家，要把新东西引入中国，那种心情远超过念学位，他们是忙碌的，勇敢的。而台静农却不是这样，他的文学思想是中庸的，温和的。台先生有次对我说：“这世界什么都可以革命，就是文学不要革命。文学是渐进的，不是激进的。”

《前哨》里的人都是铁杆式的共产党，或者极端倾向于共产党。《前哨》1931年4月25日在上海秘密刊行，这家刊物曾邀请台静农参加编辑阵容，还说是鲁迅的意思，但仍为台先生所婉拒。

鲁迅和冯雪峰曾编过一期被国民党政府秘密杀害的左翼作家的专辑，死者包括柔石、胡也频（丁玲的男友）、李伟森、冯铿、殷夫五个作家。鲁迅那时到处跑啊，情况相当危险，虽然他名头大，国民政府不敢轻易把他收拾掉。

还有一个文学月刊是《北斗》，典型左联机关刊物。“机关刊物”这个说法可能是日本汉字。《北斗》1931年9月20日在上海创办，是丁玲、鲁迅、瞿秋白、冯雪峰主编。瞿秋白后来也被杀了，他死得非常有尊严，被称为最纯洁的共产党员之一，非常激进。他是从容就义的，临死都很有风度。我曾跟台先生在一次谈话中提到瞿秋白，台先生赞他确实是人杰，但说他还只是一个广义的左派。台先生说瞿曾担任上海一家杂志社的特派员，写了不少报道，在莫斯科曾经两次见到列宁，一次还跟列宁讲了话。

北平也有几家杂志，不大强调政治倾向，里面也有一些比较中性的作家，比如卞之琳、钱锺书、废名、施蛰存、周作人、林庚、袁可嘉等等。这在左联刊物的大合唱中是比较特殊的，不过台先生也不大接触这些人。

总之，在这众声喧嚣下，都没有台先生的声音。

还有个杂志叫《抗战文艺》，是中华全国文艺界抗敌协会的机关刊物，1938年5月4日创办于汉口，主要撰稿人有老舍、茅盾、叶圣陶、郁达夫、胡风、冯雪峰、郭沫若、欧阳山、阳翰笙、台静农、戈宝权、臧克家、端木蕻良、冯乃超、胡秋原等。台先生在里面，不过没有什么职务，只是撰稿人之一。他的政治立场不是那么鲜明，不是那么活跃，因此也比较没有各种主义上的限制。文学就是文学，真善美足矣。

台静农是1925年参加未名社。1935年著名的《中国新文学大系》出版，鲁迅编小说，朱自清编诗，阿英编资料卷。鲁迅在大系小说二集中收了台先生的《天二哥》等四篇小说。他的作品出版过《地之子》（短篇小说集，未名社出版，1928年）、《建塔者》（短篇小说集，未名社出版，1929年），还有《台静农短篇小说集》是到台湾后才由远景出版社出版的。其实他的作品并不多。远景出版社印的份数也不多，这是尊敬台先生的学生帮他在台湾出的一个小说集，很低调地出版，没有宣传，也没有出版酒会，就是把它印出来。台先生行事风格一向如此。

我不太愿意问台老（在台湾，大家都叫他“台老”）太伤痛的事情，不太礼貌。那个时候在台湾问这些，就好像是说“听说你有什么传染病”一样。他绝口不提，大家心照不宣。从资料上看，他在1928—1934年间，因为有共产党的嫌疑，曾三次入狱，所以台先生到台湾非常低调。这实际上是很明智的，避乱世。如果那个时候他再乱发议论，会是很麻烦的，可以说相当严重。他的中文系主任是傅斯年1948年任命的。傅斯年那年任台大校长，是台湾最受人尊敬的一位校长。当时很多北大的人被聘请到台湾的帝国大学（光复前校名），就是台大。台大认为，北大的火炬是台大承接的。台大主要的老师心心念念想的是北大，所以台大跟北大的关系非常密切，其实是从北京把火把举到台湾来的。当时是傅斯年——傅斯年也是五四运动的健将——光复以后请了很多人去台湾教书，都是请很有学术地位的学者。傅斯年很受学界尊敬，逝世后灵骨就埋在校园中，称“傅园”，希腊式风格，是校园的风景之一。我想台先生光复后来到台湾，1949年大抉择时没有走，应该和傅先生有关系。现在大学系主任有点轮流性质的，当时，最德高望重、学问最好的人做系主任。台先生往系办公室一坐，大家都规规矩矩做学问，用不着他做行政。系里的秘书，有的学校叫干事，就把事情都做了。他可以无为而治，生活也很潇洒，有大量的时间去欣赏他的旧版本，读他的线装书。

台先生学贯东西，在文学上当然有他的想法，他的作品也是新文学运动比较能够展示人道主义精神的。他1938年认识陈独秀，两人也有一段密切的交往。陈独秀后来被共产党认为是托派，台先生也是一个理想主义的信从。他也受过世界语的训练，世界语当时是显学。那个时候共产国际就希望用世界语作为彼此交流的语言，因为它学起来容易。现在没人再提世界语了。鲁迅有篇作品叫《鸭的喜剧》，写的是俄国的爱罗先珂，就是来教世界语的。共产党的思想当时是非常进步、美丽的思想，对年轻人的吸引力是很大的。

但是，在台湾，对于情治人员来说，他们是不分这个层次的，他们认为谁“左倾”谁就是共产党。台湾有很多，像杨逵他们，都是受了当时世界上的共产思想的影响，但是它是很广义的，只是在情治人员眼中，一概是有问题的，广义的左派看成狭义的左派、狭义的左派变成地下党——在台湾叫作“匪谍”——一扣上这个帽子就没救了，说抓起来就抓起来，要关多久就关多久，有的不分青红皂白就“处理”掉了，这是非常糟糕的。因为那些所谓有关系的特务，很多都是过去戴笠训练的，更有些是上海青红帮出身，没有什么知识，但是对领袖有一份愚忠。当时台湾的社会也非常敏感，反共抗俄，大敌当前，拿一张柴可夫斯基的唱片都是有危险的。像蒋经国主持干校召见政治系的学生莫洛夫时，都盯着他看。这个人怎么叫莫洛夫呢？那个时候，莫洛托夫是俄国外交部部长，这里来个莫洛夫。洛夫说：“我是洛字辈，我姓莫。”蒋经国还是留俄的。那时国民政府正是危亡的时候，青年人有更积极的救国想法是很自然的，因为当时世界上的人都“疯”共产党。

我认为，这中间有一个很大的盲点，尤其是台湾青年。台湾那时已经割让给日本五十年之久，马上就要“皇民化”。所谓“皇民化”就是改掉中国的名字，要取日本名字。换句话，那个时候是无望的，如万古长夜一般，永永远远抬不起头，就是亡国奴。世界列强只有亡人家的国，没有灭人家的种，逼人改姓名，就是灭种。最早的时候日人称台湾人是“清国奴”。这种情况下，有国家民族意识的人，就好像一个溺水的人，不晓得抓什么才好，即便在海上抓到一个树干、一块漂流木，也算有一点生机。那个时候，像溺水的青年抓漂流木一样，把共产主义的思想抓住——因为共产主义是世界性的，它必须是为世界上所有被压迫的人鸣不平，救他们于水深火热之中，全世界大部分人都集中在一起，决心要改变这个世界。在那个时候，他们很自然地把这个想法、这个大梦想寄托在新兴的思想上来，这是很自然的。其实这个距离真正变成共产党员、甚至来台湾做地下间谍的地下党，距离还远得很。

当时台湾有一些本地青年心向共产主义，日本也反共产党，所以他们也坐过日本人的牢。但是，国民党对他们的了解却是很皮相的，缺乏深入的考察，没有进入他们的灵魂深处，不知道他们的痛苦在哪里，也不知道同情他们。其实略微化解一下就没事了，却采用很严格的处理，以致造成一些冤案。这是后来“二·二八事件”发生的重要原因。

台先生来台湾较早，对这种情况他当然都知道，但他无能为力，只能远远地给予同情。

台老的旧诗写得好极了。他一直住在台大的宿舍里，朋友要他去买好一点的房子，他拒绝，把自己的书斋取名为“歇脚庵”。他写“丹心白发萧条甚，板屋楹书未是家”，可以证明他那种萧索的心情。

一开始的时候，台湾还可以买到大陆出的书，左派的书也有，后来就开始禁，非常严格，统统都禁绝了。有些机构属于工业贵族，比如炼油厂，当局对那些图书馆比较客气一点。还有像我的朋友商禽是在“总统府”站卫兵，他是宪兵，元首的办公室就在那里，大水冲不到龙王庙，外头查禁的书，那里的图书馆当然不会禁了。在网开一面的图书馆里，我是偷看禁书的专家，又看又抄真是一大乐也。在网开一面的图书馆里看禁书，吸收起来特别充分，因为难得看到，有的需要抄下来，有的禁书借出来很快就得还上，这一节太好了，把它抄下来，有的是整本好，整本都抄下来。每天下班后去猛抄。那个时候我发现有一本《演员的自我修养》，俄国的一个戏剧和表演理论家写的，很厚。我学的是话剧，喜欢表演，就把它整本抄下来。我也抄过很多绝版书，抄一遍永远不会忘。所以台先生有些书当时在台湾某些特藏图书馆里还有，尽管也在禁书之列。我们都抄过他的书，那上面就盖着章，“禁书”两个字盖到版权页上。由此可见，台先生是有压力的。他真是非常之睿智，台湾才留下来这么一个国宝级的人——那时他如果稍不小心，可真是会有大麻烦。

1954年的下半年，美国开始协防台湾。一开始，美国还想跟大陆新的共产党政权做些联系，不久朝鲜战争爆发，蒋介石复行视事，又是“总统”了。美国谣传白宫有些人本来想用孙立人取而代之，但是一直在讨论，不是非常秘密地讨论，认为孙立人是美国弗吉尼亚军校毕业，是个练兵的大人才，一位标准的军人，他在政治上是一张白纸，有一种只管保卫国家不参与政治的纯洁。像更替这些事情，都是在政治上要非常有手腕的人才能改天换地。这是一种想法，而实际上并没有任何资料说美国告诉孙立人要取而代之。朝鲜战争一开始，美国人认为严重了，因为他们跟中共这个新政权再去接触的想法就完全停止了，便转过来又支持国民党这边。这样美国的军舰可以到远东来，而且也是美军运作的一个准备地区，所以朝鲜战争救了台湾。国民党也就有了“退此一步即无死所”，开始了党的改造，也取得很好的成绩，再后来蒋经国的“十大建设”、民主制度的建立，把一个失败的国民党扳回来好多成，使它重新站了起来。这是后话，但当时国民党对大陆和共产党还是很紧张的，有时候给国民党制定大的作战计划的人就有问题，所以国民党一定要打败仗——比如有一次在金门作战，我们叫“金门大捷”，实际上是打败了，因为国军的作战行动被大陆地下党事先得知，吃了败仗。

当时很多来台湾的文人都隐藏起来，行事低调。三十年代十分有名的作家苏汶（本名戴克崇，又名杜衡），跟戴望舒一起办杂志的，也是施蛰存的好友，在上海曾是文艺界的领袖。施蛰存曾经批评过鲁迅，认为鲁迅名不副实，跟鲁迅打过笔仗。他早年就是左派，是参加左联的，后来和左派闹翻了，被鲁迅叱责为“第三种人”——施蛰存、杜衡、戴望舒。戴望舒的《望舒草》就是苏汶写的序，他也到了台湾，不过绝口不再谈文学。但他也要谋生啊，他的文字非常好，就在各报写社论，多半写经济、财政社论，不必署名，连文化性社论都不写，因为文化性社论也难免会和反共等等挂钩。当然稿费还是不错的，社论的稿费在报上都是最高的，他就是藉此赚点生活费，在文艺场合从来没有出现过，一般人也都不知道他，变成了隐士。因为情治人员的水准也不高，不知道他和鲁迅打过笔仗，说不定还误会是和鲁迅有关系。如果有关单位分不清，说不定他糊里糊涂就受到伤害，所以干脆息影算了。这么个大人才，竟然默默无闻几十年，死在台湾，一生再没有从事文学工作。

还有一个和鲁迅有关系的，叫叶会西（笔名叶永蓁）。他曾写过小说《小小十年》，鲁迅很推崇他的这篇小说，在《鲁迅全集》中有文章评论他的小说。他毕业于黄埔军校，在国军任职。来台湾后，他不再谈文学。索非，是无政府主义者，小有名气的上海作家，写科学小品很有影响的。他在开明书店台湾分社当过编辑，后来在台北火车站前开一个小书店叫“永信书房”，卖日文书，卖旧书，也卖鸟。他和鲁迅很熟。我到他书店中去过，和他说话。他也不谈文学，怕惹麻烦，也死在台湾了，生活低调不张扬，原因我想也是怕受到牵连。

汪铭竹是写诗的，写的还是非常时髦的现代诗，他有首诗叫《法兰西与红睡衣》，艺术水准很高。他的诗在中国新诗发展史上是有地位的。他曾就读中央大学（肄业），是中央大学的左派学生，是广义的左派，不是真正的左派，更非地下党。来台湾后，不仅不写作，做的也不是文化方面的工作，完全改行了。他去世后，后人影印了他从前的作品集《纪德与蝶》，分赠给两岸文艺界老朋友。我有这本书。文艺界没有人见过他，他躲藏得很深。

还有甘运衡，是武汉来的，他认识很多作家。在大陆时，常在朱光潜的《文学杂志》上发表作品。他来台湾后，在银行界发展，也不再写作，免得有不相干的牵连。另有翻译家黎烈文是研究法国文学的，他翻译过《菊子夫人》《冰岛渔夫》等。当时他和鲁迅的关系也是很密切的，鲁迅写给他的信都收在《鲁迅全集》中，鲁迅出殡时他还是抬棺上灵车的一员。到台湾后，他一篇回忆文章都不写，只是做翻译，写法国文学史，在学校教翻译。中间曾担任过《新生报》中文总编辑，行事低调，怕人抓小辫子。

还有的跑掉了。比如李霁野，早年和台静农一起跟随鲁迅。光复后，他来台大任职，两岸吃紧时，很早就跑回去了，回到南开。叶嘉莹先生退休后去南开教书听说还是他的介绍。两岸破冰后，他和我还有过联系，给我们副刊写过稿，我以显著篇幅刊登了他的稿子。未名社的成员李何林也来过台湾，许寿裳被害后他跑回上海。李何林从事文学资料的整理，专门研究鲁迅，是鲁迅博物馆第一任馆长。我看过他写的书。写独幕剧拿手的剧作家丁西林应邀来台大教书，许寿裳死后受当局调查，于是离开台湾回到大陆。丁西林写过《一只马蜂》等，很有名。他的剧本在台湾不但演出，还出版了，这很不同寻常。陶晶孙，左联成员，也是医学家，客居日本多年，来台教书，在蒋介石复行视事后他去了日本。语言学家魏建功是台湾第一位国语推行委员会的主脑人物，为台湾的中文教学之恢复做出了很大贡献。我在一些谈朗诵的文章中看到过他的意见，都很深刻。鲁迅骂过他，后来又和好了，也是许寿裳死后跑回大陆的。

还有诗人雷石榆，也回大陆了。他当时应该是中国广播公司的编辑，也在台大教书。在台湾认识台湾姑娘、舞蹈家蔡瑞月。雷潜回大陆后，蔡瑞月一直没有再婚，他俩的孩子就是从事现代舞的雷大鹏。他回去后，蔡瑞月在台湾教民族舞蹈，现代化的民族舞蹈，著名的现代舞大家林怀民就是她的学生。蔡瑞月的故居现在也整理出来了。据说雷石榆长得很帅，蔡瑞月说他外形有点像《日瓦戈医生》的男主演奥马尔·沙里夫，听说蔡瑞月看了三十几遍《日瓦戈医生》，就是为怀念雷石榆。雷石榆回大陆又结婚了。他是左派的著名诗人，国民党政府转进到台湾前先去的台北，1949年被国民党单独驱逐离开台湾，蔡瑞月和孩子则被当局留在了那里。

还有一个叫黄荣灿，是有名的木刻家。鲁迅是很提倡木刻的，《抗战木刻选》上有黄的作品，很有地位。他是左派，“二·二八事件”时他刻了一幅木刻，后来被发现身份枪毙了，没有跑掉。所以那个时候是真的动武，不是开玩笑，像许寿裳就被杀了。许寿裳任台湾大学文学院的院长，糊里糊涂就死了。警察说是有个贼到他家偷东西，他出去追这个贼，跟贼理论，贼就把他杀在院子里了。后来这个贼很快就被处决，没法追问真相了。许寿裳是鲁迅的好朋友，二人年龄差不多。许寿裳在鲁迅的文章中、信件中常常出现。许寿裳很重要，道德、文章都没的说，是鲁迅都很尊敬的人。他为什么引起当局如此的注意？因为他到台湾后，还出版了两本谈鲁迅的书。这样一个人在台湾，竟然不明不白地被害死了，台静农在台大中文系教书，当然让他非常紧张，因为台先生和鲁迅的关系也十分接近。那不是开玩笑，是真要命的事。

就在台先生宿舍不远的地方，看得见的距离有个小店——当时国民党情报总官戴笠他们这些人有个习惯，每个镇、地区都有一个快退休的老情治人员，安排在一个地方，不是做很积极的情报工作，多半是在某处定点，由公家赞助开一个小店，公家给一笔钱维持生活，赚了钱自己花，但是工作就是瞄着某一家人或某个人。台静农住家不远处，就有这样一个小店，台先生指给我看。“你看，就是那个小店。”他说，“我常去买香烟，我们处得蛮好的。”台先生早年经济拮据时，买烟常常在那个店赊账。大家也都心照不宣，不必说透，所以他后来新文学就差不多停止了，因为新文学容易有意识形态的问题，尤其是鲁迅讲左翼文学的这方面。他后来就在故纸堆里讨生活了，教书，整理古籍，写字。

台先生在台湾做了件很伟大的事情，就是带领学生把中国的诗话整个整理出来了。自古诗话都是吉光片羽，每一则不是系统的科学理论，仅仅是诗人话语录，小小的感受，小小的思想，有时候一句话就可以供学者写一篇文章。台先生这部书书名是《百种诗话类编》，这是一个大工程，分上中下三册。序言介绍了这部书的来历。诗话很难分类，当时还没有电脑，完全手工分类，地毯式的搜集、确定性质、分类，是一件繁琐的大工程。书中的《凡例》介绍说："兹编分前后两编：前编以作家为主，就姓氏笔画为次序。后编包括诗论、历代评论、体制、作法、品藻、辨正、论文、杂记等八类。凡论述个别作家之生平、诗风及有关问题，皆入前编作家类。……凡讨论诗之本质、功用、形式、与内容之关系或与其他文体之关系者，入诗论类。凡综论或分论诗之各种体制者，入体制类。凡专论诗之作法类，入作法类。是类分泛论、声律、用事、诗病四项。凡述论以欣赏为主者，入品藻类。凡具考辨订正性者，皆入辨正类。凡非论诗而专论文章者，入论文类。凡不能归于以上各类者，入杂记类。各类编次，悉以诗话年代为先后。"这是台先生对学界巨大的贡献。他所率领的那批学生，今天在学界都很有名气。

有一次，台老闲聊的时候，说当局要给抗战期间教学有成绩的人颁一个奖，其中有他，他非常惶恐。这可以看出来他的谦冲与狂狷之气。但是他是非常含蓄的，不是那种很咋呼的人。他在逆境中有一种尊严，有一种沉稳，真正遇到大事情他也是“自反而缩，虽千万人，吾往矣”，不在乎，也是有一种雄浑的人格精神，绝不是和稀泥的那些人。但平常是非常安静、自敛的，好像一块玉一样，不是闪光的，而是内敛的光。所以他的书法用“错落沉郁”形容是最恰当不过的。

他是非常简单、非常淡定的一个人。从他取的名字就能知道，他叫静者、龙坡里的小民、歇脚庵的行者。他后来一方面教书，一方面开始写字。他原来并不想做个书法家，他这个字是老训练，以前的文人都有这方面的底子，所以我每次说：“台先生，你的字写得真好！”台先生一定说：“没出息。”这是五四运动的健将们的典型口吻。他们就觉得救中国啊，老办法不行了，得用更积极的文学手段才行，才有效，那才是最重要的，怎么还在写字呢？！其实后来他成了重要的书法家。他和大陆的启功，两人都是书法大师，等量齐观的。讲到台湾就是台静农，讲到大陆就是启功，他们彼此也都知道。但他并不是后来做个书法家就算了，他还有更大的学术雄心，也都因为到台湾之后发生的各种意想不到的干扰与变化而停止了。

台大师生和整个台湾文艺界都知道台老写字从来不卖的，有的学生看老师实在是生活太苦了——那个时候台大教授钱也不多，他还喜欢喝两盅老酒、喜欢抽烟——所以大家看着老师实在是太苦了，就向他要一幅字，实际上就是把这幅字卖了，把钱给老师。给老师钱，老师说：你这是干吗，你给我钱干吗？学生说：上次您给我写的那一幅字，有人喜欢，我就让了。老师写得多嘛，这个钱就填补家用。他痛骂，说：我还没穷到那个程度！他从来没有卖过字。有些学生年轻，不懂事，就觉得反正老师写字嘛，要了以后又要，说：我舅舅也要，我姨妈也喜欢啊。他都给，要了就给，有求必应。

台静农先生的书法和他的老师沈尹默很有美学上的关系，他还同张大千和溥心畬相交游。溥心畬就是旧王孙，也是极有个性的人。那时候宋美龄想去跟溥心畬学国画，溥心畬说："我愿意教你，但第一，我不能到你官邸中去，你要到我画室中来；第二，你要正式磕头。"蒋夫人说：去画室可以，但磕头不方便。因为她是基督徒，不作兴磕头的事儿。溥心畬说不磕头不行，所以就没谈成。改找师大美术系的教授黄君璧，还是到官邸去教，因为她是公众人物，外出不方便，不是摆架子，只是不方便，磕头也免了。后来就是黄君璧去教蒋夫人国画。我想这是个人处事的原则不同，与艺术家的品格判断无关。

台先生的字很有个性。"在蒋勋的眼里，台先生的'字体盘曲扭结，仿佛受到极大阻压的线条，努力反抗这阻压而向四边反弹出一种惊人的张力，笔划如刀，锐利地切割过茫然虚无的一片空白'。"这句话出自阿祥论文

《书艺大师台静农》，我觉得蒋勋这个评论非常中肯。蒋勋和台先生交往也很深，因为他做过东海大学美术系主任。书艺是大领域，蒋勋也练字，他当然知道台公这位书法大师的段位。

台先生的手受过伤，好像跌了一跤，所以写字有点不方便。他写字的时候受到手伤的影响，写字有点歪斜。我认识他的时候，他的手已经受伤了。我家里有他的字，一点歪斜，特别有一种行气。我有一次说，我们河南有一副对联，我爸爸喜欢每年都写这个对联，很多邻居也写，就是“春前有雨花开早，秋后无霜叶落迟”，父亲就拿这个对联来告诉我对仗的意思。我说我很怀念我父亲，台先生你能不能以这个春联为内容，帮我写幅字。我拿个小纸片写下来，台先生不久就完成了，写得很大。大概是他去世前一年写的最大的一幅，落款是“台静农书于龙坡丈室”。我喜出望外，不过我把这幅难得的墨宝捐了，家里挂着的这条幅是个复制品，我把原件捐给了台湾的文讯。文讯是很好的一个出版社，但没有钱办，大家就都捐自己的东西去拍卖募捐。我经过一番长考，决定捐出这幅字，卖了五十一万台币。文讯给我做了一个复制品。复制品还放大了一点点，很有气派。很奇怪的一种感觉——这个字还在我家，出去办了一件功德大事，又回来了！

台湾诗人杨牧、叶步荣（他是台湾客家人）、山东人沈燕士（他是生物学博士）和我四个人办出版社。杨牧说，“当年新月派的办了新月书店，我们也叫书店”，我们也学新月，叫洪范书店。请台先生题写店名，一个要横写，一个要直写，台先生都给写了。老人家真是随和得不得了。当时制版的时候，不小心把直写的那个弄丢了，现在只有横写的。因为是横写的，你要把它集锦式地变成直写的，味道不对，它有行气。很遗憾。

他对人，有月旦，但是从来不形诸文字。尽管他有意见，有些人他不大看得起，但从不在正式场合批评。他交朋友其实很慎重，不乱交朋友。他很厚道。他喝了酒，茶余酒后才月旦人物，有时候说着说着也就批评“此人无耻”，有时候对程度严重的会说“此人极无耻”。像我们办报的人都希望他写出来，说：“台先生，你把它写出来，这不是很有意思嘛。”他说“不要不要不要”，一连三个不要。从来都是止于酒后的语言就算了，而且在大家二三知己说话的时候才当笑话说，茶余酒后说说，哈哈哈笑笑就没事了。

学生们请台先生去馆子里吃饭。馆子里的跑堂小姐粗手大脚的，拿着碗往桌子上放，乒里乓啷好像不耐烦的样子。学生们生气了，有个学生就想骂这个跑堂的小姐，台先生讲了一句话，说“她累了”。当台先生这句话说出来后，学生们都沉默了。人人都觉得老师很伟大。

我常拜访台静农先生，也是想挖宝，印证我对中国文学、文化的一些看法，所以每一次到台先生府上，都想好一个请教的主题。

咱中国人常常说汉人。我对这点特别有优越感，我就觉得自己是个汉人，不折不扣的汉人。在中国的历史长河中，汉代是个非常重要的朝代，两汉算起来共有四百多年，时间相当长。这四百多年正是封建社会上升到进一步发展的新阶段，中国文化中深沉、雄大的气象都是汉代奠定的。汉朝的气象、规范，都在影响着后来的中国。

汉代流传至今的重要文物是画像石。在我幼年时代，画像石在南阳一带已开始挖掘了，刘秀的家就在我们南阳。当时汉代皇亲贵族死了之后都是厚葬，遗体多半运回自己的故乡，所以很多皇亲贵族死后，墓葬都在南阳老家。坟墓的墓室、墓地都有壁画，那些壁画都非常雄浑。相传还有帛画，帛画会坏掉，因为是丝质。壁画是刻在石头上，体积相当大，数量非常多。

我幼年时代，已经断断续续地开始挖掘出来，政府注意了。在南阳，有个民众教育馆。那时南阳还没有系所完备的大学，因此没有像现在这样考古研究的科系。那时主要是民众教育馆在研究。馆长是王新光，一位画家。新光先生邀我父亲到民众教育馆管理壁画，我小时候就在那些石头画旁边跑来跑去的，调皮捣蛋，至今印象深刻。

这些石头画体积相当大。那时没有起重机，也不知道怎么抬过去的。听说也是用滚木慢慢滚进南阳城。石头是从山里挖出来的，石画的内容都是以神话作题材，演绎成祈福的石画或者雕刻。有的是浮雕，有的是圆雕，主题多半是对死者的歌颂，对死亡世界的想象——事死如生。

我幼年时代距离这些挖掘现场都蛮近的。挖掘工作开始，我父亲也负责一部分的工作。民众教育馆有点博物馆的功能，馆中工作人员以简师（简易乡村师范学校）的人为最多。他们找了我父亲，父亲又找他们同学。简师就是比一般的师范学校少一年，比较速成的，为普及师资教育，取代私塾。那个时候人都很老实啊，现在如果说“简易”没人念的——简易，多难听、多没面子。那时候的人就不在乎，一天到晚称“我们简师的”。

民众教育馆前面是办公和展览，后院是汉画馆。研究的成果，拉来的石头，统统放在后面。我记忆中觉得东西很多，因为那时是孩子嘛。其实现在想想，并不是很多。为了怕盗贼，就把画都砌在墙上。我就在石画前玩，看他们用黑色颜料把画拓在巨大的绵纸上，在上面慢慢地敲敲敲，把画印上去，作为展览。

汉画馆中间是个院子种了花，军阀石友三题了四个字“片石千秋”，立了碑在那里。改革开放后我回大陆去，才知道画像馆搬到卧龙岗武侯祠附近，已经变成很大的国际级的美术馆了。我去参观的时候，提到我父亲在那里工作，他们觉得很新鲜，说是老馆员的儿子来了，还招待我吃饭。还有一个老工友记得我父亲，他说王文清（我父名）他记得。那时还没有义工的名词，我叔叔是义工，叫王文洁，他也帮着抬石头。他们对我很客气。临走的时候还送了我好几张拓片。

有一次在台先生书房中看他正在看汉画册子，我说这些汉画和我幼年时代关系密切，就把这些旧事给台先生讲了。我把带回来的拓片送了三张给他，他非常喜欢。虽然是葬仪的材料，可是那种豪大气势，真是泱泱大国的风范，丧葬的习俗、事死如生的观念已经非常有系统。

台先生和鲁迅都很迷画像石，他俩也是重要的研究者。我把拓片送给台先生时，他很高兴，马上就看啊看，手也还摩挲着。台先生从书橱中取出来他当时和鲁迅之间的一些通信，他把信里的有些段落念给我听。我看台先生提到鲁迅时，眼睛泛着泪光，他们真是知己。

台先生说，鲁迅对于汉画的评价非常高，认为是民俗的瑰宝。台先生说："如果把汉和唐一刚一柔的两种线条拿来，作为抗战绘画的风格，就非常有力。当时我们的报纸不能印什么照片的，纸也非常粗糙，所以木刻非常重要。木刻那种黑白分明、明朗的有力线条，对于抗战的宣传很有帮助，所以那时鲁迅就主张把汉代的雄大和唐朝的流动线条艺术合在一起，丰富中国现代木刻的表达技巧。"台先生显然也觉得汉画对于中国当时的木刻有很好的影响。那些木刻家像杨英风，及战后来到台湾的方向等人，都从汉朝的石刻中汲取了不少的养分。

台先生从书架中拿出一本鲁迅的老书《桃色的云》，

封面设计就是受到汉画的影响。我就跟他提到王新光先生，他说好像鲁迅认识王先生，王先生也提供了很多材料给鲁迅欣赏，有些事情王新光不了解，就去问鲁迅。当时王新光还讲课，就在石头画旁边讲课，很多人来听课，影响很大。

台先生从前收藏的汉画石拓片，质量方面不如我带去的。我带去的是改革开放后拓的，油墨和纸张的材料都很讲究。话题也提到台湾的董作宾先生。董先生是我们南阳人，考证甲骨文的大家，曾在台大教书。

台先生说如果没有董作宾，甲骨文都当中药吃了。当时犁地时，发现了甲骨文都拿到中药店去卖，因为相传甲骨可以治病，中药铺收购很多。可以这么说，我们的历史被我们吃掉了不少。董作宾这批人出来之后，才由政府明令禁止，“这不能吃啊，这治不好病的，这不是药啊。这是文化啊，是字啊”。

董作宾是“甲骨四堂”之一，多次参加殷墟的系统挖掘。董作宾从小学过篆刻，后来在张嘉谋的引导下去北京大学读书，跟随唐河人徐旭生做研究，也听过罗振玉的课，成为了甲骨文专家。他回过南阳，在宛城中学教过书，也在多所大学任教，后来傅斯年请他去台大教书。他去安阳考察，发现当地农民盗掘殷墟，所以向傅斯年建议，由中央研究院主持系统挖掘。他还在山东发现了龙山文化。

那些发掘现场，都是持枪的兵看着，我们小孩跑来跑去的没人管。有些挖掘现场我也去过，还记得考古时青铜器被挖出来，他们怎么样抬着那个东西走，边走边敲锣打鼓，送到县政府。一方面是害怕冒犯古人生气，显示隆重；一方面可能是怕引起民怨，才敲敲打打，还吹唢呐。

从汉画，我们又谈到南阳出土的铜镜。铜镜也跟墓葬习俗有关，艺术价值同样非常高。我说我幼年时跟父亲去挖掘的地方看过，民众教育馆也收了一些镜子，放在玻璃橱子里，是在前厅。这些属于战国、秦汉的器物，有铜的、有铁的，形象非常多样。日本人来教唆我们乡下穷人把古物卖给他们，连骗带抢，把中国的老东西弄走不少。台先生提到这些，气得咬牙切齿。

那时规定，拿到古时老东西就上交，交到乡县政府去，自己不能留。有偷盗的人被发现了，县政府都是吊起来打，不判刑的，打得很狠，血一直往下流。人们在下面围着看，谁也不敢去偷那些东西了。我小时候淘气，也什么都敢去看。

古代南阳的冶铁铸铜技术都已经很高了，台先生从书架上取得一本书《铜镜庋藏大观》说，他来台湾时，运东西时都由学校出钱，他带来不少书。我说这个大册子我看到过。我告诉台先生说，当年我们民众教育馆也有收藏。那时还有种迷信，一般工人不愿意动这些陪葬的东西，认为把阴间的东西挖出来，要生病。一开始，连我母亲也有同样的顾虑，后来我父亲告诉她，站在学术的立场、挽救国家文物的立场，不是坏事，而是好事、善事，这是更尊重文化和祖宗。我回去时问画像石博物馆，铜镜是否也在收藏。他们说有，是另外一个博物馆在收展。

南阳在伏牛山之南，在汉水之阳，古代称宛，宛城就是南阳。京剧里有《战宛城》一出，说的就是南阳的故事。战国的时候属于楚、韩、秦，也有一段时间称为南阳郡。台先生对我们那一带非常熟悉，他曾经去过几次。鲁迅去的次数更多，鲁迅去的时候县府所都安排他吃住，旁边还有保镖的人，恐怕有掘墓的坏人算计他。他也是被请去参观挖掘的。

我生长在这样的地方，历史感最强。台老就说："像你这样的人，应该从事考古研究，为什么要写诗呢？你从小在这个氛围里长大。"我说："研究古董要有耐性、有才气、具想象力，相关的知识要非常丰富。"

还有一天我去台府，他正在看一个大画册。这个画册是讲春秋战国时期的青铜器。我看他翻了，旁边有铅笔做的记录。我就说："台先生，对青铜器，我有一点粗浅的认识。您能不能谈一谈青铜器的情况。"他说："春秋战国是青铜器创造的辉煌时期。青铜器可以算是人类历史上的重大发明。这是一种红铜、锡铅金铸成的器物，是宫廷庙堂祭祀的礼器，用来装酒，也有民间日常使用的，盛水。在朝廷里用的非常华丽，图案繁复；民间的就比较朴素粗重。"研究中国图案史的发展，一定要从青铜器开始。

台老指着图片上的花纹说，“现代的一些图案概念，那个时候就有了。民间的东西虽然朴拙，但看起来也很有味道，各有特色。难怪鲁迅先生特别喜欢。”他陪伴鲁迅时还曾想，鲁迅在左翼文学运动中花了很多心思，其实他在文物收藏、鉴赏方面也很尽心。两方面都在拉扯他，牵扯他的精力，使得他非常劳累。鲁迅也常常和台先生谈青铜器。鲁迅认为是民族瑰宝，大家应该珍惜爱护研究，应该严加看守。那个时候古董商和挖古董的人结合在一起，有不少已经流到海外去了，鲁迅表示非常痛心。台先生说，鲁迅说这话时，敲桌子，气得敲桌子。他说所幸国家的重器故宫博物院还有珍藏。他说，故宫当时那么多的重器，统统是在战乱中，从北方往南方运。有些地方连车船都断绝，就是用工人一个个扛着箱子，沿着山路扛到一些秘密的地方，免得敌人拿走。故宫博物院对文物的保护，对整个民族来说，是一件大功劳，真的应该把它记下来。

台先生的老朋友蒋复璁先生主持在台湾的故宫博物院，是台北故宫博物院的院长。他们对这些文物的整理、研究非常积极，台先生说，蒋复璁先生也把他邀请为顾问，其实他对这方面知之不多。他说，蒋复璁先生对朋友的兴趣很尊重，“每次复璁请我去故宫附近的小馆子吃饭，我说想去故宫里看看，复璁一定会找个人带我去看看”。但是台先生不太参加无意义的活动。蒋复璁任台北故宫博物院院长时，随便一个什么通知让他去开会，他就去开会。台先生跟蒋复璁开玩笑说，什么破会他都参加。有些不相干的场合，台先生是不参加的。

聊完青铜器，台先生接着问我："听说你喜欢古董，咱们是同好了。你到底喜欢哪一方面？"我说："这个谈不上。我是玩一点小玩意儿，小东小西的玩一玩。因为知识也不够宽广，对货物的真假也没有正确的辨识，主要是没有钱，就是玩一玩。"他说："你偏重哪方面的？你喜欢哪方面呢？"我说："秦砖汉瓦、前朝遗物与我无缘，根本谈不到了。国家级的东西我认为应该属于国家，我爱的是小市民的小玩意儿，一些小鼓捣的小玩意儿、杂玩意儿。"

在荷包可以负担的原则之下，我认为玩一玩无妨，不过就这样，家里也堆得不像样了，小玩意儿也不少。人称"玩物丧志"啊。我央人刻了一方闲章，上面有八个字，"有物宜玩，无志可丧"。我就跟台先生说，我搜集东西就是玩玩而已，是这种态度。这方闲章表示我对古物的欣赏观。

我往往是咬紧牙关，节衣缩食，倾囊以购，久了，内人也会发脾气。小件儿的东西拿回家，就放在走廊门边的鞋柜里面，等到太太去浴室，听到洗澡放水的声音了，我才把东西从外面的鞋柜里拿进来，藏在什么地方。有些东西大了，很显眼，她一定能看到，我就让人写个红纸条贴在上面：痖弦兄珍藏，弟某某敬赠。拿回家，我就说：

“你看这个老张，这么客气，他送我一个这个，非要送我。”弄久了，太太也知道我这个把戏。严加防范。所以说，把家里变成古董摊也不是个办法。

有一次我碰到林文月的先生郭豫伦。豫伦是画家，他们夫妇两个也是在这方面有兴趣。我说：“豫伦啊，你对收藏有什么看法？”他说了句话，我觉得是隽语，“过目即是拥有，拥有则未尝过目”，不一定是非要自己买回来，过目即是拥有。你真的拥有了，一年也就看个一两次。说得真是洒脱、潇洒，把我心里的闷气统统解除了。

我以前的房子租给一个人，那个人喜欢古董。台湾租房子，房主要把家具都清空了，家具是新住户搬进的。他住的时候，我去收过一次房钱。他什么家具都没有，就睡在地板上，铺了条席子，席子周围一圈圈地摆满了他收集的古董。他收集的都是小玩意儿，所有的钱都买了古董。他说他吃得也比较简单，吃个馒头什么的就得了。我看他是个痴人，就给他讲“过目即是拥有”的话，你能把全世界的东西都过目吗？更不可能都拥有。我又看到他的悲剧——他周围那一圈圈围着他的所谓古董，多半都是假的。我都不敢讲。我只觉得他可敬又可怜。因为看了这个场景，我就说，我这个买古董的想法一定要改。我就用这句话把见了东西就想买的毛病慢慢改了。不过家里还是堆了不少。

台先生说：“那你家里堆的到底是什么玩意儿，能不能说一两样啊？我有时候也买点民初清末的小东西，但很早就戒掉了。你是买的什么东西呢？”我就跟他讲：“笔墨纸砚。台先生，你是书法大家，笔墨纸砚就很重要了，我收的都是笔墨纸砚。”墨盒我就收了很多。过去中国读书人出门，都带着墨盒和笔。墨磨成墨汁，墨盒里面装着棉花，上面盖一块中药木通，从药铺买的，放在吸满了墨汁的棉花上，墨不会流出来，很有意思。台先生问：“你那些墨盒是怎么个情况？”我说：“我下次来带给您看。”

下次去，我就带了几个墨盒去给台先生看。台先生看得很有兴趣。有一个墨盒上刻着“架上南华秋水，屏间北苑春山”。他当时就说这是刘熙载（文徵明）的诗。他把墨盒拿来掀开看，墨盒是红铜的，里面还有干掉的墨。可能是清末民初的人用的，老墨还在。台先生就拿着把玩着，一直笑。

我又拿了一个重的，长方形的，前面的字是“御殿金门次第开，马前报道状元来。三千宫女遥相望，却是当年小秀才”。这几句诗经常出现在刺绣上。他说古人的字写得都非常好，竟然没有署名，“古人真谦虚！现在能写这种字还得了？竟然没有署名。古人的谦虚真是令人肃然起敬”。刻工竟能精确地传达出字的神韵，你写下什么样子，他刻下来就什么样子，甚至深浅都有讲究。现在这种人没有了。

还有带画儿的。有一个是四方的，四方的墨盒上是一个牧童骑着牛，后面刮来大风，把牧童的帽子吹到空中，牧童两个手张开，要抢帽子的样子。风很大，牛也有点吃惊的样子。他说：“你看这个画面都挺美，好得不得了，刻工也好。拿起来沉甸甸的。你这个可不是小玩意儿喽，是大作品啊。”

还有一个最小的墨盒是扇面形的，上面写着“玉堂大哥大雅，少樵持赠”。没有写诗句，写了送和被送的人。玉堂大哥是被送的，大雅是客气话，少樵是送墨盒的人。古人送东西多么雅致，送个墨盒都刻上这样的话。墨盒的下面已经用扁，很有历史了。我说：“我都不敢擦它，好像那上面的历史灰尘更重要些。”如果灰尘积得太多，不太清楚了，都看不懂了，我才轻轻地把它擦一擦。台先生说：“你这个态度很好。”他还说：“你看这些画家也没有署名，画得这么好。”他说古人这么谦虚，真是说明我们是个具有高度文化的民族。这些墨盒大概是二三十年代的东西，那时候还流行墨盒。台先生说：“你能收藏这些东西也很宝贵。虽然只是个小小墨盒，但是越来越少了。”

我有很多手炉。手炉就是中国古代取暖的东西，河南乡下人叫火筐，就是装火的筐子。穷人用瓦的，富人用铜的，陶瓷的也有。瓦陶的容易坏，所以收古董时，瓦陶的和铜的价格都差不多。我有一百多个，把这些手炉放在一个特别之处，没在家里放。万一有人起了盗心，怕家里的孩子们受惊吓。为了这个原因，我的收藏开始寄藏到外面，收费不算高。

手炉之外，我还收集韩国的蝴蝶盏，上面有蝴蝶，有中文的双喜字，上下可以抽动来调节灯光的高低。把蝴蝶擦亮，可以增加灯的亮度。这种灯我也攒了不少。我去韩国时，时间都花在长安坪，就是古董买卖的地方。“长安坪”这个地名很有意思，可见那个时候，韩国人认为古董的老家就是长安，也可见中国文化对韩国的影响——第一流的东西，最有价值的东西，都在长安坪。我在那里买了不少东西。韩国的铜器受中国很大的影响，做得非常好，有的甚至超过中国。台先生也有相同的印象，在这方面我和他交换意见，也变成了我们之间值得记忆的事情。

我内人做菜做得好。她买菜很细心，分好几个地方买，哪里的萝卜好到那里买萝卜，哪里的白菜好到那里买白菜，有时候跑一整天买菜。她曾经准备了两三天，做过一桌菜请台先生来吃。我也请了林文月，林文月是台先生的爱徒，和台先生的感情如父女一般。吃饭的时候，台先生也是想看看我的小玩意儿。他看了很有兴趣，边看边说，“过目即是拥有”。

吃过饭走的时候，台先生说：“你说大件的弄个红条子贴在上面，说是某某赠，小件的就藏在鞋柜里。你这个方法不错，也值得我参考。”边说边笑。老人家吃了好多，一直说“吃累了，吃累了”，也喝了酒。

吃完饭，林文月又陪着送他回去。我和太太看着一老一少缓缓前行的背影，两个人的眼睛都湿了。

我认识台先生的时候，他已经退休了。他每天写字、和老友聊天。跟郑骞（郑因百）先生闲聊天，他当时还在台大宿舍住。因为在台湾，有个规矩，教授宿舍可以一直住，教授退休了也可以住。他的书桌也很小，不像有些书法家那么大。我们交往那些年，他夫人一直没有出现过，不知是否还在世。他跟郑骞、孔德成、蒋复璁是好朋友，他们常在一起交游。台先生讲的是有一点方言口音的国语，比较标准。他后来生活没有那么清贫了。我认识他的时候，那个遥遥相望的小店还没有撤。那个时候虽然不再跟踪他了，但那个店的开办和存在就是因为他。

一直到最后去世，台先生一直没有回大陆去过。大陆变化太大了，老人家怕也受不了。像王鼎钧先生，比我大一点，快九十了，也一直没有回大陆，去美国后也没有回台湾，一直在海外。两人都是老文豪级的。他们都是没有勇气来面对旧梦，震撼太厉害。

台老生病很严重的时候，我去看他，他说："是啊，人生总得有个结束嘛，不能一直这么下去，也受苦。不晓得为什么病得这么厉害，是这么结束的。"他最重要的一句话是"人生实苦"，人生实在是很痛苦。那个时候就知道他将不久人世了，我们坐在他旁边只有沉默，也不敢流泪，只有看着他老人家。

说台先生是"革命青年、小说家、白话诗人、旧体诗人、学者、教育家、艺术家、被人戴上帽子的左翼分子、移民、后移民”，也蛮有意思的。“人生多难，大道多歧”，“人生实苦”，都是他常讲的，不过整个说起来，我觉得台先生是位诗人，沉郁的诗人，他虽然不以写诗名世，他的生活是一首诗。他的笔墨，他的言谈，都好像是在生活的煎熬中得到一种自解，是在一种很无奈的情况下，保持自己一份尊严、一份清醒。在很局限的生活中，还能发挥出自己对周围的人、特别是对学子们的熏陶。他没有虚度一寸他的光阴，从迷惘到清醒，从困顿到安顿。诚天下名器也，他是永不做声的弦琴。

这两年的电影海报

亓冠奇

终于有人重视海报设计，也有人开始懂海报了。

无论是喜欢还是不喜欢的电影，人人都知道它的海报，而且，每个人都能选出自己心中最爱的几张。然而，真聊起电影海报，其中的套路与门道，却未必每个人都能说得清。

作为宣传物料中不可或缺的一部分，一张成功的电影海报，让你可以一眼就认出它所属影片的类型属性与故事脉络，上面的文字也能够强化画面理解，最终起到意想不到的宣传效果。甚至，收藏电影海报早已成风。

不过，在市场需求和快餐文化下，电影海报的设计也有了自己的套路。一位名叫Christophe Courtois的法国博主曾向网友展示过好莱坞电影海报的种种套路，现在华语片的海报设计也已经深谙此道。

所以，电影是什么类型属性，直接拿来套用就好了。还有一些宣传公司为了省钱，使用的素材往往都是电影剧照，更不讲究任何设计感。

大眼睛一般都是恐怖、惊悚片。

背靠背的多是情侣或拍档。

大腿下的肯定跟美女、情爱有关。

早些年，很多华语片都是临近上映的时候，电影公司才开始筹划制作电影海报，总有点临上轿才扎耳朵眼的意味。殊不知，海报设计也需要整体规划，无论创意还是拍摄要求都自成一套体系。随着大众对电影海报的关注度越来越高，电影海报在宣传营销中起到的作用越来越显著，比如《黄金时代》那款泼墨海报和笔锋海报，就曾引发网友的热烈讨论。

《黄金时代》的泼墨海报。

《黄金时代》的笔锋海报。

当今新媒体广泛应用，上映倒计时海报、票房海报也应运而生，海报宣传在今时今日扮演的角色越来越重要，比如《港囧》曾推出的一系列动态倒计时海报，就是此类范例。

除了海报设计公司，现在也有很多插画师、概念设计师纷纷加入这个阵营，海报公司与画师通力合作的情况，在最近几年尤其明显。比如《捉妖记》《大鱼海棠》《女儿国》《奇门遁甲》《大护法》和《哪吒之魔童降世》的先导海报等，大都融入了中国的传统水彩画风，风格一目了然。

我中意的海报要能够契合影片的基调，最好是含有设计的巧思，不能只是好看，也不能太套路。这几年小众文艺片的海报往往都有设计的心思在里面，而商业片的好设计还是体现在先导海报上。通常来说，一部电影的先导海报要优于正式海报，因为先导海报往往是在电影刚开始启动，或还在拍摄时设计的，更讲求艺术性，能通过一个隐喻性的概念直指主题，好过那些靠明星大头照堆砌的正式版海报，这是一个“不变法则”。

那么，刚刚过去的2018年和2019年，华语片有哪些优秀的海报设计呢？下面是我的选择：

76
MOSTRA INTERNAZIONALE
D'ARTE CINEMATOGRAFICA
LA BIENNALE DI VENEZIA 2019
Official Selection
TANG DYNASTY CULTURAL COMMUNICATION FACTORY GATE FILMS MANI STONE PICTURES present
IQIYI PICTURES co-presents
A FILM BY
PEMA TSEDEN
STARRING
SONAM WANGMO
JINPA
YANGSHIK TSO
BALLOON
气球

《气球》国际版海报

《气球》这款“国际版海报”来自杜峰松工作室。他之前为贾樟柯导演设计过多款电影海报，包括《三峡好人》《天注定》《山河故人》的部分海报，相信大家印象都很深。

这张海报看似简单，却胜在想法。影片讲述主人公达杰一家，因一只普通的避孕套卷入一系列尴尬而又难以抉择的事件当中。气球在片中是借喻，实际是指套套，由套套到气球，都落脚在藏区的信仰与冲突中。

海报用达杰从县城给孩子买了红气球，系在摩托后视镜上作为主要构图，身后矗立着如圣母一般的妻子，错位的气球成了她怀孕的肚子。而气球本身就是个一扎就破的物件，也对应了女主角对“阿爸的亡灵”与“孩子的去留”之间的抉择。所以，这张海报无论是主题还是美学上都是上乘的。

《南方车站的聚会》概念版海报

《南方车站的聚会》这部极致风格化的黑色电影，其首款“概念版海报”用的是男主角周泽农骑着摩托穿梭在雨夜的画面，主视觉采用了影片的主要美学标签——霓虹人造光、表现主义影子和雨夜。在雨水的冲刷下，地面波光粼粼，霓虹灯光打在地面上如同血水一般，仿佛直接就能感受到片中扑面而来的血腥暴力。迎头而来的雨点，令影片的结局昭然若揭——周泽农再怎么努力也逃不出这片野鹅湖。

请注意，包裹着他的是一个女人的侧影，再请注意这名女子的轮廓，她周围的雨点其实是仙人掌刺，标准的黑色电影中神秘莫测又危险的蛇蝎女子。

《东北虎》杀青海报

《东北虎》这张“杀青海报”是格外亮眼的，设计来自浅葱文化。一座巨大、破败的工业烂尾楼，带有浓重的东北后工业的粗犷。画风会让人想起为德国经典默片《大都会》（*Metropolis*，1927）做美术设计的艺术家休·费里斯（Hugh Ferriss）的建筑设计稿。两名男人蹲在一条死狗旁，看起来极其荒诞。

我们可以观察到，后面的工业楼之中还暗藏着大量细节，用少有的鲜明色彩表现：

五楼坐轮椅的男子，六楼侧卧的东北虎。

怀孕的女子站在楼梯上，注视着眼前两名男子。

楼顶有个巨大的“拆”字，右边是影片的一款角色海报。

右边五楼窗口里的男子。

左下角“东北有虎 姓徐名东”字样。

右侧是另一款角色海报。

电线杆上貌似是章宇的诗……

信息量太大了，由于体积小、颜色淡又不至于喧宾夺主，这张海报一看就是下了不少功夫。

秘密访客
HOME SWEET HOME
陈正道 / 电影作品
殳俏 / 编剧
06.25
欢迎回家
郭富城 / 段奕宏 / 张子枫 / 许玮甯 / 荣梓杉

《秘密访客》定档海报

《秘密访客》的“定档海报”其实是固力果工作室2020年发布的设计作品。这张海报采用俯瞰视角，对应片中的发生地“甜蜜四口之家的地下室”。

一张长方形餐桌置于画面中央，五个人围着四周排排坐。看似是一张餐桌，实际上是个四面体的矛盾空间，每个人物所处的角度、位置完全不同。上面的裂痕可能是这个家庭中“甜蜜平衡的打破”，不过这处设计与美剧《继承之战》第二季的海报撞了。

这张桌子也可以视作一扇门，毕竟段奕宏饰演的角色就是闯入这个家庭的秘密访客，注意，只有他是坐在桌上的。而小男孩或许是知晓全部答案或故事的讲述者，因为只有他是全身出镜，且背对大家，这扇门（或这张桌）在他这里成了钢琴的挡板。每个人看似各怀鬼胎，但我们可以发现，大家的视点都是统一的，当中蕴藏的秘密引人入胜。

《受益人》定档海报

《受益人》的主题是“谎言促成的美好姻缘”，这款海报选用了男女主人公吴海和岳淼淼拍结婚照的瞬间。如果只看结婚照中的人物和背景幕，想必是一片美好，但通过这张海报你可以发现，镜头外统统被假象和阴暗包围着，海水（对应影片片尾一幕）是从水桶和酒瓶里流淌出来的，暗示着被谎言包装的假象。

画布内是充满动感的——吴海的腾空飞起，岳淼淼舞动的婚纱，潮水的流淌，舞动的鸽子和远处的白云；画布外则是一片死寂——幽暗的灯光、破碎的玻璃、残破的沙发、被打翻的水桶和酒瓶、未收拾的拖把等等，同样暗示着被谎言包装的假象。

这张海报的色调搭配很关键，画布内统统采用亮色系，画布外是夜景的暗色调。

《受益人》的整体物料其实都很突出，浅葱文化真是海报设计后起之秀中出类拔萃的。

《千与千寻》现实版手绘海报

《千与千寻》国内公映版的这张手绘海报由早稻设计，无论构图、线稿还是上色，都特别值得称道。如果你看过早稻的微博，就知道这张海报有多用心和费力了。

先是构思草图，然后是水彩着色，后来因为要改色调而试着用厚重的水粉覆盖原先的水彩。

官方又进行了电脑调色，将其做成两个不同的版本——“梦境版”与“现实版”，排版和色彩都非常舒服。千寻骑着白龙在棉花糖里穿梭，看起来柔和极了。

梦境版的配文是：“好高兴，能在这个世界遇见你！”

现实版的配文是：“只能送你到这了，剩下的路你要自己走。”

《千与千寻》梦境版手绘海报

《千与千寻》海报草图

《误杀》预告海报

《误杀》“涂鸦款”海报。

《误杀》“水落石出”版海报。

《误杀》最早那张问题少年“涂鸦款”海报我就挺喜欢，但我更爱预告海报，创意与设计来自“洋夫”。这张完美诠释出主人公李维杰凭借看过一千多部电影的阅片量，利用“剪辑”和“蒙太奇”形成完整的事实陈述的证据链。

设计师将胶片化作桥梁，富家子弟的黄色小轿车即将跌入万劫不复的境地。在视觉意象上，既可视为富家子弟情节上的结局，也可视为主角心理的陷落。这张海报后来还推出了一款更完整的版本，可谓“水落石出”，但明显不如局部这版更集中和突出。2019年海报设计的一大趋势（包括国外），也是喜欢用局部带整体，推出两款海报。

《八佰》国际版海报

著名设计师黄海的这款《八佰》国际版海报，选取了中国传统国粹皮影戏的单骑武将形象，皮影幕是一张1937年的中国地图，可以看到陕西、山东、湖北、广东和台湾，一抹血迹直指上海，即片中所描绘的淞沪会战最后一役——上海四行仓库保卫战。这一抹血也对应了预告片中表达的“誓以我命固我土”的孤胆忠义。

同时，皮影戏是给看客们欣赏的，四行仓库保卫战是一场“被围观”的战役。四行仓库位于苏州河北岸，当时南岸就是公共租界，所以这场战役的每一步都被河对岸以及全世界看得清清楚楚、明明白白，就好似在看皮影戏一样。而皮影幕后的操纵杆象征着八百壮士团结如一人的孤军奋战，真的是匠心独运的设计。

第22届上海国际电影节主视觉海报

《凯尔经的秘密》海报。

第22届上海国际电影节的主视觉海报，以“创生万象，幕后为王”为主题。这个“幕后为王”的意境很到位，孙悟空在水帘洞里露出一张脸，孩儿们操练起来吧。

这张主视觉海报能看出结合了两种元素，其主要灵感来源必然是《大闹天宫》（1961）里小猴们卷起水帘洞的画面，这个场景已经深入人心了；其二恐怕是《凯尔经的秘密》（*The Secret of Kells*，2009）那张海报。

很多网友大呼，这次上影节的海报终于没再用那顶金爵，但真是这样吗？

这张海报的优点正是综合了各种几何体，重新进行优化组合，使得中心构图仍是一个金爵状，这就是黄海设计上的高明之处。

文牧野
WENMUYE
徐峥
XUZHENG
宁浩
NINGHAO
DYING TO SURVIVE
我不是药神
徐峥
周一围
王传君
谭卓
章宇
杨新鸣
2018.7.6

《我不是药神》正式海报

《我不是药神》先导概念海报。

《X 战警：黑凤凰》“凤凰飞天”版海报。

《我不是药神》这款“绕佛入世版海报”参考了印度壁画的设计元素，壁画中央是一尊手捻胶囊的印度佛像，佛陀静默以慈悲的目光注视前方，衣饰华丽多彩。因为强调壁画感，故意做旧。

除佛教题材外，印度壁画原本也会有世俗化的场面。而本片中的五位主人公，以坐姿环绕在佛像四周，周一围处于徐峥身旁，两人好像秤砣一样平衡左右画面，注重整体的画面平衡。周一围与其他人的视线未落在一处，暗示着他们立场上的不同。

这两年的海报设计呈现出的一种趋势就是，设计的重叠性比较高，比如壁画风的海报已经出现过多款。外媒IndieWire评选的“2019年最佳电影海报三十强”，其中有一张《X战警：黑凤凰》的中国内地宣传海报，可见这种中国风海报多招外国人待见。

《一出好戏》预告海报

《一出好戏》这四款手绘海报分别是高楼、海洋、岛屿和树林，它们正好构成了剧情的四幕，主要情节也都能在海报中找到。

每个角落都有故事，看海报时，会好奇它将把我们的眼睛带到哪里。

这种设计是很多期刊常见的插画风格，近几年，也越来越多地运用到电影的宣传物料中。

《一出好戏》还推出了很多款不同风格的海报，如邱炯炯绘制的人物海报和刘健绘制的手绘海报，都有作者各自的风格。

邱炯炯绘制的《一出好戏》人物海报。

刘健绘制的《一出好戏》手绘海报。

《邪不压正》预告海报

《邪不压正》的这款预告海报颇为贴合原著小说《侠隐》的意境，北平城的屋顶成为男主角李天然的主要活动场地，甚至构成他审视这座古城的独特视角。

“屋顶”是《邪不压正》所有海报的元素，这张海报也发生于屋顶之上。它还突出了天空阴冷、压抑的色调，带出北平局势的吃紧。飞鸽更有山雨欲来的气势，仔细看，鸽群中间有一个飞檐走壁的人，隐形于鸽群中，混淆视听。飞鸽也是片中传递信息的道具，对剧情发挥了重要作用。

闫非 彭大魔 电影作品
《夏洛特烦恼》编剧/导演
特笑大片
西虹市首富
HELLO MR.BILLIONAIRE
2018.7.27
是金子总会花光的

《西虹市首富》预告海报

《西虹市首富》不仅翻拍自二十世纪八十年代的美国影片《布鲁斯特的百万横财》（*Brewster's Millions*，1985），其实这款人物情景海报的概念也是取自原片的主海报。只不过《布鲁斯特的百万横财》是主角从美钞堆里冒出来，《西虹市首富》是被人民币的纹路（壹佰圆下方的梅花）羁绊，仿佛陷入泥沼之中，迎合主角“花钱特烦恼”的主题。

它甚至还延伸出另外两款。

《布鲁斯特的百万横财》海报。

《命运速递》先导海报

利用视错觉设计的海报。

《命运速递》的先导海报采用了埃舍尔的经典画作《上与下》的概念——无论向上向下都是无止境的楼梯，讲求用错觉图形来制造一个循环结，让角色置身其中。

这种构图设计海报也不新鲜了，包括《博物馆奇妙夜3》（*Night at the Museum: Secret of the Tomb*，2014）、《林中小屋》（*The Cabin in the Woods*，2012）。不过它的质感还是上乘的，好过使用了同样概念的《动物世界》海报。

导演 ◎ Director 唐高鹏 Tang Gaopeng
主演 ◎ Starring 王学兵 Wang Xuebing 马伊琍 Ma Yili 朱耕佑 Zhu Gengyou
主演 ◎ Starring 王旭峰 Wang Xufeng 岳小军 Yue Xiaojun 特别演出 ◎ Guest Starring 文章 Wen Zhang
2018.9.14
我不是坏怂
未择之路
The Road Not Taken

《未择之路》定档海报

岳敏君的“表皮”系列画作。

选择《未择之路》这款海报，是因为它是以“笑脸人”符号著称的艺术家岳敏君所绘，延续的是他的“表皮”系列画作，属于老本行的艺术设计。“表皮”系列是把人物的内心写在脸上，来带出人物的内心状态，这些纹路将电影中三位性格迥异的角色联系在一起。

艺术家涉足手绘海报是个好现象，我印象比较深的还有刘义付的《六连煞》海报，张晓刚“血缘”系列的《向日葵》海报，岳敏君“笑脸”系列的《黄金大劫案》海报，周春芽的《水饺几两》海报，方力钧的“飞翔”和“光头”主题的《孔雀》海报，柳依兰以自我为形象的《血观音》海报等等。

《地球最后的夜晚》正式海报

看过《地球最后的夜晚》就知道，男主角罗纮武被缠绕在梦魇之中。在这张海报中，他侧卧在一个旧床垫上，似乎已经陷入昏睡之中。女主角万绮雯则长发掩面坐在床边，背后的枪暗示了她与他之间复杂的关系。床下方是激起涟漪般的漩涡状图案，你可以视作男主角的内心世界，也可解读成他的梦魇，同时它又指代了正在旋转的房子。这种漩涡状，与影片的迷幻色彩不谋而合。

万绮雯一袭美艳的绿色裙装，在这个几乎单色调的昏暗场景中显得很跳，中英文片名以两种色彩叠加在床垫的位置，构图的比例适中。

《影》正式海报

《风语咒》国际版海报。

《超时空同居》手绘版海报。

自从黄海把水墨元素引入《黄金时代》的海报中，水墨海报就变得越来越流行了，包括张艺谋《归来》的概念海报也用到了水墨。

《影》在正片的视觉上就采用了水墨风格的处理形式。它的海报就更适合水墨，设计师还配合剧情将“阴阳”放入其中。两个邓超手中的棍与伞，一长一短就像圆规一样在阴阳中自由挥洒。阴阳之外是竹筏舟，也对应了电影中的场景设定，很有中国传统韵味。

《影》与《地球最后的夜晚》都采用了“漩涡”或“螺旋”状的构图做底衬，这也是近两年海报设计的常见特色。

《小偷家族》中国定制版海报

《小偷家族》的“希望不散”主题海报，使用的是日本浮世绘风格的背景，重现了这个没有血缘关系的家庭在海边嬉闹的一幕。这正好是奶奶的视角，她默默说着“谢谢你们了”，令人动容。海报为这个镜头撑起了一把伞，暗示一家人在奶奶庇护的房子里，快乐只是一瞬间，奶奶去世后的家庭关系，正印证了那句老话：“树倒猢狲散”。

不过我仍然觉得它的画面内容过于满，如果把上下的海浪去掉，或许会更好。

导演
曾赠
监制
宁浩 秦海璐
出品人
王易冰
制片人
盛志民 张红艳
编剧
曾赠 郑阳
IMPERMANENCE
INTERNATIONAL FILM FESTIVAL ROTTERDAM
领衔主演
秦海璐
田雨
余皑磊
焦刚

《云水》国际版海报

《云水》是电影节参展片，还未公映。这款“国际版海报”相当写意，首先映入眼帘的是草书字体的片名“云水”，导演姓名则以印章落款方式呈现，风格统一。很少见到用片名来做主视觉的海报，这张海报的确叫人眼前一亮。

唯一的人物云水和尚处于片名之下，蒙着眼睛，感受着水墨世界的这份质朴宁静，构图与风格达成统一。

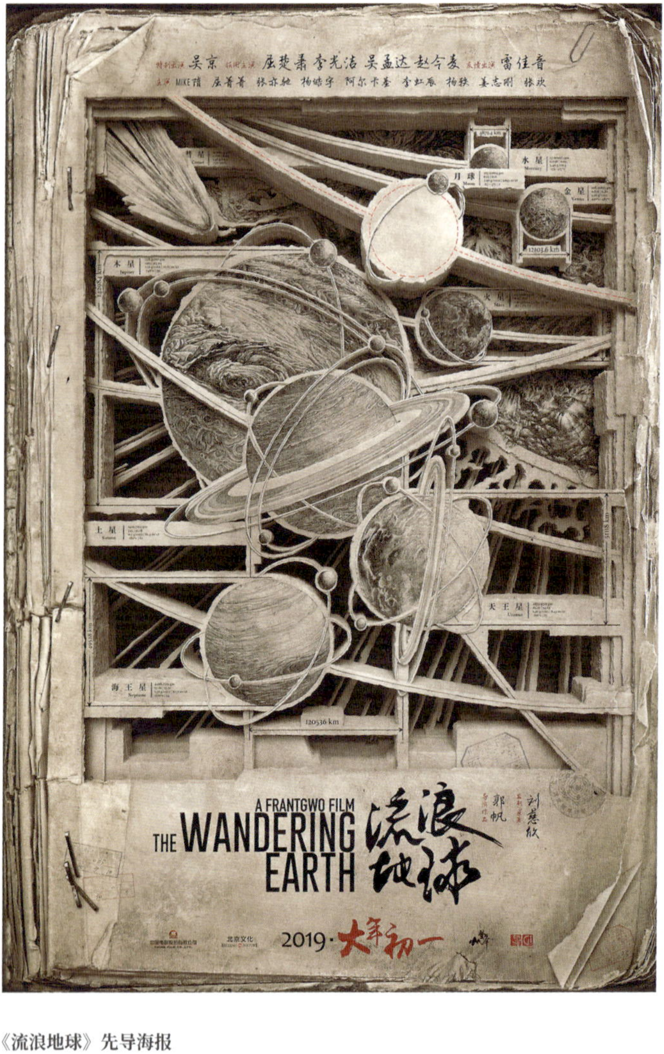
吴京
屈楚萧 李光洁 吴孟达 赵今麦
雷佳音
MIKE隋 屈菁菁 张亦驰 杨皓宇 阿尔卡基 李虹辰 杨轶 姜志刚 张欢
水星
月球
金星
木星
火星
土星
天王星
海王星
120536 km
A FRANTGWO FILM
THE WANDERING EARTH
流浪地球
郭帆
刘慈欣
北京文化
2019·大年初一

《流浪地球》先导海报

虽然《流浪地球》是2019年的影片，但这张“先导海报”是2018年推出的，设计来自固力果工作室。海报像一本镂空的已经破旧不堪的书，里面是各大行星的介绍，唯独不见地球，那地球去哪儿了呢？流浪去了吧。

整个画面看起来立体感十足。眼尖的朋友可以看到镂空部分深处其实是有文字的，放大之后发现其实就是原著小说的一行行文字，使这张海报似乎成为一本小说的封面。

这种设计，还带有一种探寻宇宙奥秘的意境。

スタジオジブリ作品
STUDIO GHIBLI
宫崎骏
原作／剧本／导演
·制片人 德间康快
·原作 宫崎骏
·脚本 宫崎骏
·音乐 久石让 德间书店作品
·制作 日本吉卜力工作室《龙猫》
·导演 宫崎骏
·出品 日本吉卜力工作室
龙猫
MY NEIGHBOR
TOTORO
2018.12.14
拥抱温暖
© 1988 Studio Ghibli

《龙猫》中国版海报

黄海为《龙猫》重映版设计的中国版海报采用俯瞰视角，两姐妹在一片茅草中寻找着什么，乍一看是茅草，其实是龙猫的肚子。龙猫在电影中出场镜头不多，却是全片的灵魂，这款海报相当契合原片精神，实在匠心十足。这张海报，在日本也获得了相当高的评价。

世界上只有
一种英雄主义
English
A FILM BY
JOAN CHEN
耳东影业
For international sales and festivals, contact Bo Guan at J.Q.Pictures: guanbo@jqpictures.com
http://www.jqpictures.com/

《英格力士》国际版海报

《英格力士》虽然还没公映，但这款“国际版海报”早就吸人眼球了。海报上的中山装和“世界上只有一种英雄主义”字样，勾勒出了时代的气息和故事主题。

还是很喜欢这款艺术家的诠释与影片风格相匹配的电影海报。中山装是片中男性角色们的常见穿着，海报中戴着红领巾的中山装来自雕塑家隋建国的成名作《中山装》，艺术家以雕塑为媒介完成了对中国精神的塑造。

海报里这句话出自罗曼·罗兰的《米开朗基罗传》：世界上只有一种真正的英雄主义，那就是认清生活的真相后还依然热爱生活。

主演 Starring
杨子姗 Yang Zishan
尹昉 Yin Fang
路过未来
Walking Past The Future
李睿珺
编剧/导演 Directing Writer
5月17日 你在他乡还好吗
Selection Officielle
UN CERTAIN REGARD
Festival de Cannes
全国艺术电影放映联盟
专线上映

《路过未来》预告海报

《路过未来》这款海报的中轴线没有乱用，它让阴影中的高楼对中间透着曙光的狭长缝隙构成一种压迫感。看上去，缝隙是针头状，片中那位试药头子——尹昉饰演的男主角处于针筒的高位，他对试药者构成居高临下的姿态。身为“试药族”一员的女主角处于针眼下端，代表着在嘈杂城市中夹缝求生，这样的设计，可谓一针见血。

A
妈阁是座城
A CITY
CALLED MACAU
李少红
导演作品
A LI SHAOHONG FILM
导演 李少红 编剧 芦苇 严歌苓 陈文强 领衔主演 白百何 黄觉 吴刚
友情出演 刘嘉玲 曾志伟 主演 钱小豪 梁天 彭敬慈 魏璐 特别出演 耿乐 苏小明 于小彤 胡先煦
BONA
完美世界
影视

《妈阁是座城》先导海报

这张也是不错的设计，因为故事关注的就是澳门赌场女“叠码仔”和三个男赌徒的情感故事，这张可谓极简风格的海报将红唇、爱心和赌牌全部囊括其中，简约而不简单。

看不见的病毒战争

朱石生

对于大多数病毒，我们还没有特效药，好在有更重要的武器。

2017年，侨居加拿大的我咳嗽几个星期不愈，到诊所做了检查，包括X光片。诊所的医生叫纳比。他分析病情之后跟我说，这是病毒感染，不需要用药，咳得厉害就到药店里买点右美沙芬糖浆，缓解一下症状。

医生分两种。一种医生是万事通，不管什么病都给你开一堆药。另一种医生很抠门，治病时尽量少开药，如果遇到没药可用的病，他干脆就不开药，让你回家等身体自然康复。

前一种医生看似热情，其实有点瞎估摸。后一种医生看似冷漠，但他才是真有本事的，因为真有本事，他就敢承认世上有些病不是自己能治得了的，虽然他知道，这么说话会有一些病人很不高兴。

纳比医生说我的感染没药可用，确实是实情。

对于病毒，目前只有少数几种有药物控制，这包括艾滋病毒、疱疹病毒、乙型和丙型肝炎病毒、甲型和乙型流感病毒。别的病毒，我们都没药能用。凭这一点，我知道纳比医生靠谱，便没让他开药，我自己到药店买了右美沙芬就回家了。

我们现在有很多不同种类的抗菌素，可以对付不同的病菌，为什么对于大多数病毒，却拿不出有效药？

我们先来看看——

病毒是个什么东西

在医学教科书里，病毒一般是作为“微生物”来讲述。其实很难说病毒是一种生物。

凡算作生命的，都有细胞，都有繁殖功能，于是能留下后代。病毒没有细胞。它倒是能繁殖后代，但那不是它自己的本事，它必须入侵动物、植物或者细菌的细胞，劫持对方细胞里的基因复制机器，借着这种机器暗度陈仓，才能让自己的基因产生副本，留下后代。

病毒是怎么干这种劫持勾当的？

所有生命体都有细胞。细胞的复杂度有高有低，有些结构可以省略，但有两样东西绝对不能省略，第一是基因，第二是核糖体。核糖体是什么？我们可以把它看作是一台3D打印机，而基因就是交给打印机的原稿。我们如果要请印刷厂印一本书，可以把稿子存入U盘，交给印厂，打印机就根据U盘里的稿子印出许多一模一样的书。细胞里的基因就如同U盘里的原稿，3D打印机，也就是核糖体，能够阅读基因里的稿子，然后按照稿子内容打印，只不过核糖体打印的不是书，而是蛋白质。这些蛋白质可以作为建材来构筑细胞，也可以作为调控因子来控制细胞生理功能。有结构，有功能，细胞就有了生命。不同的生物，细胞结构不一样，最典型的结构有细胞膜、细胞质、核糖体，和用来书写基因的“纸张”：染色体。

构成病毒的材料跟细胞有点相似：第一，它有一段类似染色体的东西，可以记录几条零零碎碎的基因；第二，它有一个蛋白质外壳，把这段零碎基因给保护起来。有些病毒还能从细胞身上偷一片细胞膜，把自己裹上。除了这就没别的，没有细胞结构，没有繁殖能力，对外来刺激也没有反应能力。

我们可以把病毒比作一个低配置的U盘，配置低到里面只能存放几个字，也就是它那段简陋的基因。

病毒体积纤小，附在灰尘上都可以飞扬，如同漂流瓶一般在世界上到处飘，这就让它们有机会接触人体，然后进入细胞内部。至于它们具体怎么钻入细胞内部，我们回头再说。

病毒的蛋白质外壳形状各异，但就U盘这个比喻来说的话，它们的插口却是标准化的，这就可以迷惑生物细胞里的那台3D打印机。打印机看到这U盘的接口中规中矩，就会把它插上，然后按照里面的基因指令开始打印。

这正是病毒闯入的目的：它们自己没有打印的本事，也就没法繁殖后代，但只要能混进细胞大门，因为它们都有标准插口，就可以蒙骗细胞的打印机为它们复印一套U盘里的字句，并按照这些字句打印一组蛋白质。这些蛋白质组装起来，就是病毒的U盘外壳。

有新的U盘外壳，又有U盘内容的副本，这就组成了一个新的病毒。病毒就是这样劫持细胞的基因复制功能，为自己繁衍后代。

被病毒侵袭的细胞，不一定遭遇大难。比如有一种TT病毒（Torque Teno virus）可以长时间跟人类共生，并不会让人出现任何症状。

但多数病毒会有一些破坏性。

细胞自己的U盘不仅有书稿，还会注明印数，每次打印副本的时候，打够了印数就停工。但病毒的仿U盘不仅内容简单得荒唐，更糟糕的是，很多病毒没有印数限制，一旦劫持了细胞的打印机，就会不停打印，制造出越来越多的病毒副本。病毒多到一定地步，就要撕开细胞挣脱出来。这会让宿主身上细胞死亡越来越多，于是健康受损。

另外，宿主的免疫系统发现病毒，会试图消灭。消灭的时候会启动炎症反应，包括发烧、流涕、腹泻等等，这会让宿主不舒服。

最后，病毒为害都是在细胞内部，免疫系统别无选择，必须把受侵袭的细胞整个消灭，这也会造成器官的损伤。

比如2003年肆虐全球的SARS病毒，能感染人的呼吸道，包括支气管和肺泡。免疫系统发觉有病毒入侵，就发动攻击，便会有那些炎症反应。免疫系统杀死受害细胞之后，新生成的瘢痕组织就是纤维化组织。

SARS病毒毒性强，侵袭的细胞多，如果免疫系统没能及时压制病毒，就只能不停地杀死更多被感染的细胞，结果纤维化的范围不断扩大，呼吸功能日益受损，加上炎症渗出液会填塞肺叶，患者感觉呼吸困难，甚至缺氧死亡。

电子显微镜下的冠状病毒呈球状或椭球状，上有皇冠状的凸起，因此得名。2003年SARS疫情和2020年初肆虐的新冠肺炎，病原体都是冠状病毒。

2003年SARS疫情结束之后，美国疾控中心的医学专家调集各国医院与治疗SARS有关的文献，剔除那些不符合学术规范的报告之后，评估结论是：没有任何药物能杀死或是抑制SARS冠状病毒，真正有意义的治疗就是支持疗法，也就是对症治疗，比如调整电解质平衡，用呼吸机防止病人缺氧。

你可能会追问：现代科研技术这么发达，为什么专家不能抓紧开发出针对SARS冠状病毒的有效药?

因为——

药物研发并不简单

四千多年前，古埃及人就提到，用发霉的面包可以促进伤口愈合。但因为古人的生物学和病理学知识太贫弱，又缺乏物理和化学研究技术，所以几千年里这句话只是古籍里的一句秘方，没有对现实产生任何影响。直到1944年，人类的医学和化学知识都有长足进步，我们才终于从青霉菌里提纯出青霉素，从此人类有了克制病菌的利器。

可以有效治疗梅毒的洒尔佛散，由德国人埃尔利希于二十世纪初研发，是人类第一次不依赖天然物质，用化学方法“组装”出的一种能治病救人的新物质。洒尔佛散有个别名“六〇六”，因为那是埃尔利希团队尝试的第六百零六种合成物质。

埃尔利希的秘书玛尔夸特认为，这个数字证明了埃尔利希研究历程的艰辛：他们所尝试的那几百种物质，每一种都必须经历培养皿实验和动物实验，都必须制作特殊疾病的动物模型，然后给药观察疗效，还要观察毒性……所有这些，他们重复了六百零六次，才终于找到洒尔佛散。玛尔夸特在自己的回忆录中，为这个数字唏嘘。

她如果能活到今天，看看当下的药物研发过程，会震撼得忘了唏嘘。

今天的药物研发，一个很重要的做法是筛选法，这正是埃尔利希创立的方法。但今天我们有电脑辅助，筛选速度大大加快，一台机器每天能筛选十万种不同的待选物质，所以这种做法叫作高通量筛选法。

埃尔利希和他的助手们耗费近两年时间，测试了六百多种物质，终于找到一种有效药物。照此速度，有了高通量筛选法，我们岂不是能每天都找到许多新药?

现实很残酷：即使有这么先进的技术在手，当今世界上，研发一种新药平均也要耗费十年时间，耗资十亿美元。

这是说平均。药物研发的病种不同，难度也会有差异。相对而言，研发抗病毒药物，比研发抗菌药物要困难得多。

其原因正在于病毒的结构太简单。

细菌有细胞壁，有细胞膜，有细胞器，于是我们可以选取不同的“部件”作为攻击目标，比如，青霉素的作用机理是破坏细菌细胞壁的肽聚糖。而病毒只有一段基因，一个蛋白质外壳，没别的，所以我们很难找到一种物质，能准确针对病毒身上的某个结构实施“定向爆破”，且不破坏人体的正常组织。

何况，病毒都是钻入细胞体内去劫持核糖体，这就让药物更难捕捉它们。

目前我们能做的，不是直接杀死病毒，而是根据它们需要劫持细胞核糖体的特点，设法设置障碍，阻断其劫持之路。

艾滋病1981年被鉴定出来，最早的治疗药物齐多夫定（Zidovudine）六年之后才投入临床，而更有效的鸡尾酒疗法要到1995年才提出。

缺乏抗病毒药物，是不是意味着我们一旦被病毒感染，就只能等死？

其实不是。即使是被天花或是腺鼠疫那样猛烈的病毒和病菌感染，仍有超过半数的人能挺过来，因为进化为我们造就了——

人体免疫系统

我们不妨以感冒病毒为例，看看人体免疫是怎么回事。

感冒病毒的一生，绝大部分时间都是在人体里走动，因为它一旦离开人的身体，在自然环境里最多活三个小时。三个小时之内还没找到新的宿主，这只病毒就要挂掉。

人体有皮肤保护，这是免疫系统的第一道防线。

感冒病毒不能穿透皮肤，它们若想入侵人体，只能从鼻子进门。这可能是因为吸入其他病人喷出的飞沫，也可能是手摸到有感冒病毒的地方（比如公交车扶手），然后又触摸了自己的鼻子、嘴巴或是眼睛。对，眼睛也算。眼睛跟鼻子之间有鼻泪管，眼泪不断顺着鼻泪管进入鼻腔，所以病毒能进入眼睛就能进入鼻子。

一旦进入鼻孔，它们就顺着鼻腔往里走，十五分钟之后能抵达咽喉。鼻咽部有黏膜，黏膜上有黏液。黏液之所以黏，自有它的道理：这样才能粘住跑进鼻子里的外敌，比如病毒。

这原理类似用粘鼠胶粘老鼠。粘鼠胶粘住老鼠，我们得把老鼠给清除掉。黏液粘住病毒也需要清除掉，而鼻咽部黏液粘住的病毒，则是靠纤毛清除。什么是纤毛？纤毛可以说是黏膜上的汗毛，不过很细小，两百根纤毛捆一起才有一根头发这么粗，所以肉眼是看不见的，但它们遍布咽喉黏膜表面，就像草原上的草，而且是像大风吹动的草，不断起伏摇摆。这种摇摆动作能把各种外来异物（包括病毒）扫到咽喉，然后顺着食道流入胃。病毒来到胃里，它的保护壳（一层蛋白质外壳）就会被胃酸给化掉，这样的病毒不再具有致病能力。

鼻腔黏液，加上鼻腔黏膜上的纤毛，以及肚子里的胃酸，是我们抵挡感冒病毒的第二道防线。

如果感冒病毒没能被黏液防线及时清除，就开始进攻我们的细胞。首先它要想办法钻进细胞。通常来说，细胞膜是有严密防守的，不是随便一个外来物就可以穿透。细胞膜上有各种孔道，但是要想进入这些孔道，需要办理开门手续，比如拿出一个化学钥匙，打开门上的某个蛋白质锁。

病毒的外壳是蛋白质，而且这些蛋白质的形状各不相同，其中有一些长得很讨巧，跟细胞膜认可的某种合法钥匙极其相似，这就可能蒙混过关。感冒病毒的外壳有个化学结构就具备这样的相似性，能骗开我们细胞身上的一个锁。

每种病毒能骗开的锁不一样。感冒病毒能骗开的这个锁叫作细胞间黏附分子-1。因为这种欺骗性，我们的身体细胞会误以为这是个合法访客，便开门让病毒进去。感冒病毒进入细胞，就开始做它们在行的事：劫持细胞的核糖体，让核糖体为自己复制后代。

核糖体本来的工作是以主人的细胞基因作为蓝图，为主人生产各种蛋白质。人的基因很多，有些处于休眠状态，有些则需要“表达”（express），也就是通知核糖体按照基因密码合成蛋白质。

核糖体怎么知道哪些基因需要表达？这取决于一段基因的头上是不是出现了一种特殊结构的蛋白质。我们早先说病毒的仿U盘有个标准插口，指的就是这种蛋白质结构。核糖体看到这样的结构，就立即启动基因复制工程。

病毒的核心部件就是一段基因，基因头上还有一团蛋白质，看起来跟通知核糖体“启动表达”的那个蛋白质很像，这就可以鱼目混珠，骗我们的细胞为它打印蛋白质外壳。

至于那些基因碎片本身，感冒病毒自带一种酶，可以在宿主细胞浆里诱导RNA复制。有复制出来的RNA，再把早先打印的蛋白质外壳包在RNA外面，一个新病毒就组装完成。

感冒病毒这种借腹怀胎的伎俩效率很高，大约八到十个小时进入高峰，飞快繁殖出一代又一代病毒。繁殖出来的新病毒很快塞满细胞，就撕破细胞膜倾巢而出，接着去侵犯别的细胞。

当然，我们的身体不会坐视不管。从病毒入侵第一个细胞开始，身体就发出信号（细胞因子），通知免疫系统起来清剿外敌。

细胞被病毒入侵之后，释放的报警信号是化学信号，其中的一大类叫作炎症介体，它们能激发一系列炎症反应：

一、血管通透性增加，就是说血管里面的液体比较容易跑出来。鼻咽部出现这样的反应，我们会流鼻涕。这是有意义的，因为能冲走病毒。

二、血管通透性增加的另一个目的，是让血液里的免疫细胞奔赴感染现场，杀死病毒。

三、下丘脑意识到有外敌入侵，便会发出指令，让体温升高，俗称发烧。发烧其实是人体的一种防御手段。感冒病毒不喜欢高温，所以身体发烧有助于杀死身体里的病毒。

四、刺激神经末梢，调节免疫反应。不过，这种刺激也会导致肌肉痛。

五、血管扩张，这导致鼻咽部组织肿胀，于是我们感觉到鼻塞。大量分泌的黏液也会刺激咽喉和气管，导致打喷嚏和咳嗽。但是喷嚏和咳嗽都是身体产生的积极反应，目的也是为了排出病毒。

所有这些现象，都是身体在抵抗病毒。

所以，普通感冒的时候，不要急于用止咳药或是退烧药。如果症状太严重，可以做一些对症治疗，让病人感觉不那么难受。

刚才提到，炎症反应之一是血管通透性增加，好让血液里的免疫细胞去到感染现场杀死病毒。那么——

具体有哪些免疫细胞?

免疫系统有很多种细胞。

第一个披挂上阵的叫巨噬细胞。顾名思义，巨噬细胞的一项本事是吞噬，也就是吃。吃什么?任何外来异物它都吃，混进体内的灰尘、死亡细胞、癌变细胞、细菌，以及病毒。

巨噬细胞不一定能把所有病毒都吃掉。为保证安全，发现病毒入侵的时候，我们的免疫系统会有不止一个措施，所以，巨噬细胞接下来会发布通知，启动下一级免疫反应。

为做到这一点，巨噬细胞要完成一个很有技术含量的操作，叫作“抗原呈现”。这个词翻译成大白话就是发出一种报警信号。巨噬细胞把病毒切碎之后，会从这些碎片里挑出最有代表性的一个。

所谓代表性，意思就是：别人只需要看这个碎片，就知道这来自哪种病毒。就好像汽车车头上那个车标。一辆汽车就算碎成渣，只要从残片里看到这个车标，就能判断出这原来是辆什么车。

巨噬细胞找的就是这样的特征性碎片。找到这样的病毒碎片，巨噬细胞就把它顶在自己的头上，就好像在头顶插了一朵花，这样去通知别的免疫细胞，对方就能够针对这种特定的病毒采取措施。

前面说的几种防御措施，黏液保护、炎症反应、巨噬细胞吞噬，这些都不是针对某种特殊病原体的反应，只要是外来物质入侵我们的身体，都会激发，所以这些防御反应叫作非特异性免疫反应。这种反应能力是与生俱来的。

巨噬细胞一旦执行抗原呈现，接下来发生的事就不一样了：免疫系统现在要成立一个专案小组，专门来消灭它刚刚发现的这种病原体。

巨噬细胞把标志性病毒碎片插到头顶之后，会顺着淋巴管走，来到附近的淋巴结。淋巴结里常驻着一种免疫细胞，叫作T淋巴细胞。T淋巴细胞成千上万，每个手里握有一把不同的“锁”——称之为“锁”，是为了便于理解它的功能——这锁的学名其实叫作T淋巴细胞受体。

巨噬细胞顶着那个病毒标志来到淋巴结，然后跟淋巴结里的T淋巴细胞一一比对。相对于T淋巴细胞的受体来说，那些病毒标志就像一把钥匙。巨噬细胞就是拿着钥匙，到T淋巴细胞手上找匹配的锁。一旦能跟某个T淋巴细胞手里的锁对上，这个T淋巴细胞就被“激活”了。

被激活的T淋巴细胞开始大量繁育后代，不用多久，身体里就产生了一支T淋巴细胞大军。

这支军队分为两个兵种，各有不同本事。根据本事来区分，也就有了不同的名字。一种叫作杀伤T淋巴细胞，另一种叫作辅助T淋巴细胞。本事不同，但是有一点相同，就是每个T淋巴细胞士兵都从父辈那里继承到一把锁。

这把锁跟父辈身上那把一模一样，所以这支新产生的大军，里面的每一个士兵都能识别刚刚入侵身体的这种病毒，然后就专门进攻这种病毒。因为是专案小组，它们别的不管，只集中精力对付一种病毒。

这种专案小组是针对特定病毒临时成立的，所以这样的免疫反应叫作获得性免疫反应，就是说生下来没有，是后来遭遇入侵敌人之后才获得的新本事。

辅助T淋巴细胞有什么本事，这里暂且不表，我们先说说杀伤T淋巴细胞。名字里带“杀伤”，那么你可能猜想它的工作是杀死病毒。其实它杀的不是病毒，而是被病毒感染的细胞，这是因为，病毒一旦进入细胞，就好像肉虫钻进了板栗里，很难对它们追踪剿灭。而如果不消灭这个细胞，里面的病毒会利用细胞繁殖，然后传播开来，所以这时候最有效的做法就是把这个细胞杀死。

当然，杀伤T淋巴细胞不会滥杀无辜，只有被病毒感染的细胞它们才杀。怎么知道是被病毒感染的？被病毒感染的细胞，跟巨噬细胞一样，都有抗原呈现功能，就是把标志性病毒碎片顶在自己头上，通知杀伤T淋巴细胞：我被这样一种病毒感染了，请你把我给灭了。

杀伤T淋巴细胞过来，拿手里的锁跟呈现的抗原一对，确实吻合，说明这细胞就是被“那个”病毒感染了。那就需要杀死。这种时候，被杀死的细胞不是炸裂，而是坍缩，所以里面的病毒不会跑出来。染病细胞死亡之后，巨噬细胞再过来把这个死亡细胞吞掉，阻止病毒进一步扩散。

巨噬细胞吃掉细胞外面游荡的病毒，杀伤T淋巴细胞清除被病毒感染的细胞（然后巨噬细胞吃掉这个死亡细胞），这两种战斗方式都有点像贴身格斗。除了贴身格斗，免疫系统还有更强大的战术：化学部队。

这支化学部队是由第三种淋巴细胞构成，这种淋巴细胞叫作B淋巴细胞。人身上大约有五百个淋巴结，每个淋巴结里有千百万个B淋巴细胞，每个B淋巴细胞头上也顶着一把锁。当然，这里的“锁”也是一个方便理解的绰号，它的学名跟T淋巴细胞的那个锁类似，叫B淋巴细胞受体。

B淋巴细胞会不停地检查身边跑过去的各种分子，看有没有谁的结构能跟自己身上的那把锁对上。一旦对上，就知道这是个入侵的家伙，需要剿灭。要是找不到一个能对上的，咋办？不用担心。B淋巴细胞有超过十亿种不同的锁，天下没有啥“钥匙”——也就是病毒标志——找不到对应的锁。这个不是理论推导，而是经过实验验证的。

现在可以说说辅助T淋巴细胞了：它的功能是去跟B淋巴细胞碰头，协助激活B淋巴细胞。

B淋巴细胞找到一种病毒，是跟自己的锁匹配的，就会把这病毒吞进肚子里。吞进去之后，它也需要做那个抗原呈现动作，就是用酶把吞进去的病毒切碎，然后把其中的标志性分子结构插到自己头上，这就是识别钥匙。插好了，就可以去跟辅助T淋巴细胞见面。

因为前面说过的T淋巴细胞激活事件，现在我们的血液里已经有很多辅助T淋巴细胞，它们都是被这种病毒激活的，所以都带着同样的一种锁。因为这个，B淋巴细胞很快就能找到操匹配锁的辅助T淋巴细胞。找到之后，双方会核对钥匙，就是说，B淋巴细胞把头顶上的病毒碎片，跟辅助T淋巴细胞头顶的锁尝试匹配。匹配成功，辅助T淋巴细胞就开始辅助了。

怎么辅助？就是分泌一种细胞因子。

这种细胞因子，对于跟自己接上头的那个B淋巴细胞来说，是一种强力催产药，能刺激这种B淋巴细胞大量分裂，繁育出千百万个后代。这些后代跟父辈稍微有点不同，主要不是说外形不同，而是说功能不同。因为功能不同，这些后代有个不同的名字，它们不再叫B淋巴细胞，而是叫作浆细胞。

浆细胞是干什么的？浆细胞就是抗体制造机，每个浆细胞就跟肥皂泡机器一样，不停地吐出抗体。

因为这些浆细胞是在特定的钥匙刺激下开始产生抗体的，所以这些抗体有很强的针对性，只攻击一种病毒，别的一概不管。

这些抗体怎么攻击病毒?

前面说过，感冒病毒要想入侵我们身体里的细胞，需要用一个化学钥匙骗开城门。而抗体能紧紧地嵌在感冒病毒的这种化学钥匙上面，让它没法插进锁里，这样一来，病毒的化学钥匙就不再能打开细胞的城门，病毒也就没法进入我们的细胞。

而且，这些抗体这么紧紧附着在病毒身上，就好像是给巨噬细胞指路，让巨噬细胞迅速吞噬这些病毒。

抗体一旦产生，可以说是布下天罗地网，病毒就没几天好活了：它们不能进入细胞之内，就不能繁衍后代，所有的有生力量就是目前还没死的那些病毒，而这些病毒自有巨噬细胞来消灭。

看不见的战争

总结起来，感冒病毒入侵之后，在我们看不见的身体内部，免疫系统有这么几层防御反应：

一、黏膜黏液和纤毛的阻挡。

二、非特异性炎症冲刷病毒，召唤免疫细胞。

三、巨噬细胞吞噬病毒。

四、杀伤T淋巴细胞杀死感染细胞。

五、B淋巴细胞衍生出浆细胞，产生特定抗体，封死病毒的开门钥匙，阻止它们进入细胞。同时也能给病毒做醒目标记，引导巨噬细胞吃掉这些病毒。

这几种措施，不是先后发生，而是差不多同时发生。

实际上，即使有感冒病毒进入我们的身体，有四分之一的时候，我们还没来得及感觉到任何症状，感冒病毒就已经被免疫系统消灭了。

病毒被干掉，免疫系统就要鸣金收兵。当然这个鸣金不是说真的去敲一面铜锣，而是用一种化学“锣”。身体里各种细胞之间发布消息，大多数都是通过化学方式，就是发送各种不同的“细胞因子”。召唤免疫细胞来抗敌的时候，是分泌细胞因子；需要收兵了，也是通过分泌细胞因子，只不过是用另一种细胞因子。这种细胞因子通知各种免疫细胞，包括巨噬细胞、T淋巴细胞、B淋巴细胞等等都结束战斗。血管不再需要扩张，黏液分泌也恢复正常，于是鼻子不再塞，鼻涕不再流，喷嚏咳嗽也都停止了。

对于能察觉到感冒症状的情况，从最早出现症状，到免疫系统消灭病毒，整个过程大约十到十四天。不过这是说全部病毒被消灭，至于症状，通常是一个星期之内就会消失，因为那时病毒已经被充分控制，不需要大张旗鼓地动用炎症反应，让抗体和巨噬细胞去收拾它们就够了。

战斗结束之后，本次培养出来的这种特别行动小组并不是全部撤编。大部分是要被裁员了，但是有一小部分会保留下来，包括T淋巴细胞和B淋巴细胞，都保留一小部分。这些细胞身上带着那种特有的锁，能迅速识别出本次入侵的这种病毒，所以这种细胞叫作记忆细胞，包括记忆T淋巴细胞和记忆B淋巴细胞。如果下次这种病毒再次入侵，免疫系统就不需要再经历那一套匹配识别。这种病毒是老相识，免疫系统库房里已经有现成的B淋巴细胞，只要看到同样的病毒，这两种记忆细胞立刻会把对应的B淋巴细胞激活成浆细胞，然后浆细胞大量克隆，抗体迅速产生。有了这样的特种抗体，就能迅速消灭这种病毒。

如果是新品种病毒，因为要经历那两次匹配，抗体大约要到第七天才达到高峰。而有了记忆细胞，抗体在第三天就达到高峰，所以往往人还没感觉到症状，病毒就已经被杀死了。

这就是免疫系统消灭感冒病毒的过程。

其他病原体入侵，免疫系统的反应大同小异，最关键的是产生一套抗体，有针对性地消灭入侵的病原体。

因为有免疫系统在守护，很多病原体感染，比如感冒、甲型肝炎，都有自限性，也就是说，就算不做任何治疗，这些病也会自然痊愈。即使是SARS冠状病毒，总体也有超过百分之九十的人可以靠自身免疫功能自然痊愈。

需要注意的是，免疫系统并不是百战不殆。有些病原体毒力比较强，那么免疫系统跟病原体交手，未必总能取胜。如果遇到比较强悍的株型，或者病人免疫系统比较虚弱，免疫系统就有可能压不住局面，严重的时候病人可能死亡。

说到这里，你很可能产生了一个想法：那我们有没有什么办法可以增强免疫力？

“增强免疫力”的说法确实在许多媒体中出现，但这是个不恰当的概念。免疫反应并不是越强越好，就好像吃药并不是量越大就越好。免疫反应超出正常幅度，会带来许多问题，比如过敏、自体免疫疾病，甚至造成休克。用一个稍有点粗暴的比喻来理解，假设我们真的有什么神器能“增强免疫力”，那就类似修改一台汽车的变速器，让它在街道上的行驶速度是每小时四百公里。这样去“增强”汽车的能力，后果是灾难性的。我们保养汽车，目的是保证它管道通畅，零件不磨损，便可以让它的所有功能保持正常。同样，我们锻炼身体，维持健康饮食，注意个人卫生，目的是保证身体各种功能处于正常（而不是超常）状态。

人体有免疫系统，并不是说我们有病不需要看。我们应该了解免疫系统的工作原理，知道自己咳嗽、发烧、流鼻涕的时候身体内部在发生什么，但影响疾病进程的不仅仅是免疫系统，而是很多因素都可能起作用，这就需要专业的医生来了解病情，做需要的检查，综合分析各种因素，才能决定最恰当的处理措施。

沛县律政江湖

刘勃

中国古代史上的基层权力运作方式。

公元前221年，秦王嬴政一统天下，自信这是人类历史上从未有过的功业，于是决定万象更新。他发明出一个新的称号“皇帝”，并出台了大量新的制度和政策。

朝会讨论时，大多数新政都顺利一致通过，但有一个问题，却引起激烈的争论。

丞相王绾等提了一个建议：“诸侯刚被消灭，原来属于燕国、齐国、楚国的土地，都非常遥远，不在那里封王，就无法稳定当地局势。请把皇帝的几个儿子立为王，希望得到皇帝的许可。”

这句话说了两个问题：第一，这些地区文化上对帝国缺乏认同，发生暴动甚至叛乱的可能性很大；第二，交通、通讯条件决定了帝国没有办法在第一时间把力量投放到那里，所以，分封一个忠于皇帝的国王，给他比郡县长官更大的自主权，算是很有针对性的办法。何况，让天子的儿子们成为国君，既是古老传统，也符合皇子们的利益。这个建议也算是给各位皇子一个很大的人情。

所以秦始皇把这个提议交给群臣讨论的时候，立刻就得到了大多数人的赞同。

但是，廷尉李斯，也就是当时司法系统的最高长官发话了："当年周朝建立的时候，就采用的这种办法。各国国君开始关系还好，后来亲属关系疏远，就互相攻击像仇人一样，周天子拿他们也没有办法。现在幸亏陛下您英明神武，统一了天下，推行郡县制度，皇子和功臣只是从国家的税收中取走丰厚的一笔做收入罢了，非常容易管理。天下人都不敢和皇帝有不同看法，这是安定国家的办法。重新分封诸侯，则很不妙。"

这番说辞，既充分总结了历史，又清晰预见了未来，铿锵有力掷地有声，绝非王绾可比。

最终，秦始皇采纳了李斯的意见。

这场朝廷辩论，在后世的历史书上，往往被称为封建制与郡县制之争，似乎是两条路线的斗争。其实，辩论双方倒都是真心希望帝国能够长治久安。

王绾们更多考虑的是可行性，他们显然也不是旧制度的拥趸，主张在赵魏韩推广郡县制，燕齐楚实行封建制，不过是量力而行罢了；李斯的主张当然更加高瞻远瞩，但要全面推行郡县制，对帝国来说，却存在很大技术障碍。

如果采用分封制，那么一个皇子带着一群大臣，率领一支军队前往自己的封国，接见一下当地的贵族，要他们表示对自己效忠，一个新的诸侯国也就算建立起来了。

刚被消灭的山东六国里，这些贵族多半有数十甚至几百年的传承，势力根深蒂固。他们未必在乎自己属于哪个国家，所以不久前帝国的大军把他们的祖国灭掉，他们并没有毁家纾难激烈反抗。现在，当然也不指望他们真心忠于帝国的利益，但只要他们愿意宣誓，然后该缴税的时候由他们去向平民征税，有大规模徭役时则由他们去组织人力，也就可以实现平稳过渡了。

但郡县制就完全不同，至少县一级的政府，都需要由帝国派遣官吏去进行管理。一方面，这意味着本属于当地贵族的权力都被帝国剥夺，他们会对帝国产生巨大的抵触情绪；另一方面，帝国一时也很难派遣出这么多官吏。

孝公时代商鞅变法以来，秦国实行严厉的法治。也就是说，政府机构中，需要有大量熟悉法律条文的官吏来完成具体工作，这些官吏被称为“文法吏”或者“文吏”。为满足这个需求，秦国很快发展出自己独特的教育体系，也就是“以吏为师”，被称为“史子”的年轻人追随资深官吏学习法律和政令，保证了文吏源源不断的供给。

但是，这个一百多年来行之有效的体系，只是为满足“秦国”这样一个诸侯国的运转而设，要治理“秦王朝”这样一个疆域辽阔人口众多的帝国，就显得像往地上泼一杯水，根本无法负载巨大的舰船。实际上，短短十年就摧枯拉朽般把山东六国一扫而空，出乎所有人的预料。全面推广郡县制，也是临时做出的决策，事先根本没有人想到要给文吏人才库扩容的问题。

但是大秦体制的最高原则，就是君王的诏旨，符合国情要执行，脱离现实那就创造历史也要执行。既然郡县制已经是既定国策，大秦的天涯海角也不能例外。

无数人的命运因此改变，在遥远的东方，沛县丰邑人萧何，很快成了因此获益最大的人物之一。

今天的丰县和沛县，是平级的两个县，而秦朝的版图中，丰邑是沛县下属的一个乡，沛县又属于泗水郡（或者叫四川郡）。

秦朝建立之前，出生在这里的刘邦、萧何们，其认知中自己是楚国人。但他们的长辈里则有人记得，几十年前，这里属于宋国。公元前286年，宋国被齐国吞并，但是这里的人没有因此成为齐国人。因为齐国的行为引起了国际公愤，很多国家都冲过来参与瓜分，沛县最终是落入楚国之手。

因为和魏国相邻，所以沛县受魏国影响也很深。刘邦年轻时代，不事产业，想当游侠，就曾经跑到魏国拜码头。魏国快被秦灭掉时，魏王假的流亡政府还曾经把丰邑当作都城。

这里的人，祖上的情况更加复杂。作为一片有久远历史的土地，要翻老账的话，春秋时代，宋国分化出一个萧国，后来是被楚国灭掉的，萧何是萧国的后代；宋国还吞并过一个曹国，萧何的同事曹参是曹国的后代；刘邦的祖上，剥离掉神话色彩，大概也可以判断是从西部地区迁徙过来的。

所有这些都很容易导向一个结果：沛县人有乡土观念，但没什么国家意识。对楚国被秦始皇灭掉，他们本没有多大抵触情绪，无非是换一个来收税和征发徭役的主子而已，这个主子是谁，一般人本来就不会太关注。

当然，对于熟悉政府运作的人来说，还是会注意到许多细节差异。楚国的一县之长，称谓上是列国中最尊贵的，采用的是春秋时代国君的称号“公”，所以后来刘邦起兵的时候也是号称“沛公”。但这位秦朝派来的长官却仅仅叫“县令”或者“县啬夫”而已。当然，更使人惊讶的是，在新的帝国体制下，他的任期如此之短，受到上级的监管却如此之多。想到不需要多久，眼前这位县令就可能调任别处，或者因为过错而被贬谪，沛县父老对他的敬畏也不免大打折扣。

县令当然会感知到这一点，但暂时也无可奈何，事实上，他以征服者的身份来到东方，却被告知自己仍不过是领一份俸禄，恐怕也多少有些不满。灭楚的大将王翦曾向皇帝抱怨过，军功再大也终究不得封侯。觉得收益低于预期，可能是统一之初秦人上下普遍存在的心理，只是畏惧严厉的秦法，谁也不敢抱怨说：早知道如此，还不如留着山东六国，隔一段时间打他们一回，可以掠夺战利品，向他们收取子女金帛呢。

但无论如何，县令要赶紧把县廷的行政班子搭建起来。

《史记》这样高屋建瓴的史书，对历史的许多琐屑细节当然不可能记录，好在由于大量竹简的发现和释读，今天学者对秦代县廷的组织结构，了解也颇不少，不过模糊之处仍在所难免。

一般推断，作为一县之长的县令，身边最重要的副手县丞、县里最重要的武职县尉，由朝廷直接派遣，也就是秦人。但负责具体工作的文吏，不能像在秦地那样充分供给，就只能由县令在本地选拔了。

要找到合格的人才实在有诸多困难，山东六国并不像秦这样强调法治，而且他们有自己的律令，现在他们需要从头学习秦国的律法。更糟糕的是，列国文字不同，一捆捆秦法交到他们手上，他们也可能如入云山雾沼，茫然不知所措。

汉代的法律，学童年满十七岁参加司法考试，证明自己能背诵九千个字以上，才能取得为吏的资格。这个规定一般认为就是承袭秦代而来。显然，这是一个需要从娃娃抓起的过程，如湖北云梦睡虎地发现的那位勤勉的官吏喜，据其自述，他进用为“史”时，已然十九岁了。

显然，距离秦国越远的地区，就越缺乏这样的人才。想到自己该怎样凑齐司空曹、金布曹、仓曹、户曹、吏曹、狱曹……那么多部门的工作人员，县令就焦虑得头痛欲裂。

所以当他看见萧何的时候，觉得简直像发现一个宝藏，就一点也不奇怪了。

秦始皇出生于公元前259年，刘邦比他小三岁，生于公元前256年。萧何给人的印象是比刘邦略年长几岁。也就是说，公元前221年天下一统的时候，萧何大约年近四旬，早已错过一个人学习新知识的黄金阶段。

明确了这一点，再看《史记》里那句似乎平平无奇的评价，才知道含金量有多高：

（萧何）以文无害为沛主吏掾……秦御史监郡者与从事，常辨之。何乃给泗水卒史事，第一。

“文无害”三个字怎么解释，争论很多。有的说“无害”就是无敌，“文无害”就是对法条的理解已经达到无人可比的水平；也有人说，“无害”是不伤害别人，“文无害”是说不但精通法条，而且解释贯彻时又很厚道；还有人说，“无害”是没有缺陷，所以“文无害”是精通法条，完成公务达到谁也挑不出毛病的水平。总之，“文无害”是一个公务人员的极高境界。甚至在整个泗水郡，萧何都拿过行政系统考评第一。

秦国的语言对于萧何来说几乎是一门外语，秦国的法律对萧何来说是一个陌生的体系，中年人萧何是怎么取得这样的成就的?

或者，他确实是语言和法律天才，在极短的时间里就练就了这样的水平；或者，虽然沛县距离秦国很远，也绝不是信息流转的中心，但萧何就是早早预感到秦国将吞并天下，所以青少年时代就利用沛县极其有限的资源，自学了秦国语言和法律。无论哪种可能，他都是一个眼光、才智极其高明的人物。

萧何的公文写作水平如此之高，可以帮助领导年终上计时拿出一份风光体面的工作报告。这是他的沛县令和中央派来的御史都欣赏他的理由之一，但绝不是全部原因。

我们也可以设想，从秦地远道而来的县令，最大的工作障碍是什么?

他和沛县人语言不通，而且沛县最大的贵族（如果有）虽然已经被列入了打击对象，被责令搬家到帝国的都城咸阳去，但大量的中小家族一样根深蒂固。县令的工作想顺利展开，就要解决怎样和他们相处的问题。

对照明清时代的经验，地方官上任之前，会先组建一个和自己一样是外地人的行政班子，处理最核心的政务，来对抗本地人的影响力。但秦代是一个开天辟地以来未有的帝国，还完全不具备这个经验，所以地方官孤立无助的感觉，必然还大大超过明清。

郡县官员的工作繁多，行政、税收、司法、教育……无一不是他的责任，但我们可以把所有这些工作分成两大类：长期任务，是打击地方主义，培养国家认同，让一般黔首都能以萧何为榜样，理解国家的政令；短期目标，则是明面上不要发生大的骚乱，各项考核指标可以完成，尤其是朝廷不断出台的新指示，如修建阿房宫、骊山陵、长城等大工程，需要多少民夫，必须赶紧把人给送过去。

为完成长期任务，县令需要想方设法打击那些有点势力的家族，比如贯彻商君变法以来的兄弟不析产则加倍收税的政策，把他们拆分成一个个核心家庭，尽量使黔首原子化；但要实现短期目标，则由于没有其他行政资源可用，反而只能和这些家族搞好关系，让他们愿意配合朝廷的工作。

显然，长期任务无法量化考核，完成不了也问题不大；短期目标一旦有差失，可是立刻丢官罢职的下场。所谓“明主之法，治吏不治民”，大秦的法令，对官吏比黔首更严厉得多，最艰苦危险屈辱的谪戍，都是优先安排犯错的行政人员去完成的。

所以，该怎么选择，对郡县的长吏们根本不是难题：只有把原有的地方势力先利用起来。

而沛县令要和本地父老沟通，自然离不开萧何。萧何这方面的技巧之高，尽管史料有限，我们单是从萧何与刘邦的关系里，也可以明显感受得到。

刘邦年轻时代是游侠或者说流氓：游和流是近义词；司马迁之前，侠这个字没什么褒义，而氓就是民的意思，也没有太多贬义，所以两个词差别其实不大。

王陵是沛县的“县豪”，刘邦曾慕名进城，拜过这个大哥；魏国的张耳是享有国际声望的大侠，刘邦也曾经跑到魏国城市外黄（今河南民权县），追随对方好几个月。这种生活方式，也就是所谓“不事家人生产作业”，但奇怪的是，刘邦三十多岁的时候突然改弦更张，当上了泗水亭长，也就是找了一份体制内颇有点体面的工作。

刘邦的这个转变，基本可以肯定和秦的统一有关。“侠以武犯禁”，是始皇帝推崇的学者韩非的名言；流动人口，自商君变法以来，就是秦国严厉打击的对象。张耳这样的大侠早早上了帝国的黑名单，只能隐姓埋名流亡，做了“里监门”，也就是社区的保安，被猥琐小吏侮辱，也唯有忍气吞声。

刘邦这样的低阶游侠，不在朝廷的关注范围内，但也不能再跨国游荡，只好回到家乡纳入编户齐民体系，不允许任性地拜码头串联。也就是说，天下分裂，刘邦在国际间流窜也没人视为奇怪；帝国一统，他却反而大受拘束，连从丰邑去趟县城都困难。诚朴的农民可能不太介意活动空间的紧缩，但刘邦不可能不感到深深的压抑。

史书上记录了刘太公对刘邦的抱怨，认为这个小儿子远不如他哥刘仲能置办家业。直到刘邦成为大汉皇帝之后，他对父亲的批评还不能释怀。

考虑到刘太公自己也喜欢和不良少年厮混，刘邦当游侠混得有点头脸的时候，老爷子大概没什么不满，多半是秦统一之后，刘邦失业在家，欲当流氓而不可得，刘太公才有了诸如此类的怨言。

可能也正是这个时候，萧何向刘邦伸出了援助之手：当不了流氓，就来当片警吧。

萧何和刘邦都是丰邑人，是最严格意义上的老乡，但两个人的性情和作风完全不同，日常往来也不亲密，不过以萧何的洞察力，很容易发现刘邦身上有一种特别的气质，对社会下层不安分的少年有强大的感召力，让他们蠢血沸腾。作为政府公务人员，早早笼络住一个潜在的黑社会大佬，总是一笔稳赚不赔的买卖。至于后来实际回报还远远超过预期，那就归根结底是历史进程，非任何人所能预见了。

刘邦还是游侠期间，萧何就多次帮他隐瞒罪行。刘邦成为亭长，则意味着两个人之间有了进一步合作的空间。

和“十里为乡”的“里”指居民点不同，所谓“十里为亭”，这个“里”就是今天说的一里路、两里路的里。亭是治安单位，即在交通要道上，十里设一亭，既负责往来公务人员的接待，又可以维持治安。黑道出身的刘邦担任亭长当然再合适不过，很容易做到必须侦破的案件迅速侦破，一般的违法行为，则被掩盖得不留痕迹。

而萧何此时已经是沛县的“主吏掾”，负责全县重要人事岗位的安排，经常需要和刘邦工作对接。萧何多次表现出对刘邦的特别重视。一个著名的事例是：刘邦到咸阳出差，按惯例同事都要赞助一些路费。别人都赠送给他三百钱，只有萧何送了五百钱。刘邦后来的回报是，一个钱十户人家，封萧何为侯时，额外多封了两千户。

沛县主吏掾萧何和泗水亭长刘邦这个组合，和后世影响巨大的小说《水浒传》里，郓城县押司宋江和东溪村保正晁盖的关系非常类似。当然，萧何远比宋江有才能却没有那么大野心，刘邦的眼光智慧胸襟气魄，更非晁盖可比，所以后来两个组合的命运也大不相同。但一个人坐镇县廷，操控着区域中心的人际关系网络；一个人扎根基层，以秩序维护者的法定身份经营着黑道势力，然后互通有无彼此配合，甚至不惜担上“血海也似的干系”，这确是中国古代史上异常稳定的基层权力运作方式。

当然，这类组合运作得越成功，就越意味着沛县令只是一个摆设。有一个人的出现，可能昭示着县令不甘心被彻底架空的努力，但结果却让他失败得更加彻底。

这个人就是未来吕后的父亲吕公。

《史记》里如此讲述刘邦成为吕公的女婿的故事：

单父（今山东单县）人吕公与沛县县令相友好，为躲避仇人，做了县令的“客”。

于是，他就追随县令来到了沛县。沛县的“豪桀吏”，即强势的宗族和县廷的官吏，听说县令有这么一位“重客”，都去送礼祝贺。

身为主吏掾的萧何，自然负责具体操办这件事，他命令说：“礼物不满一千钱的，不能进堂就座。”这时刘邦到了，他一向瞧不上自己这些同僚，就在拜帖上写了“礼钱一万”，但实际上一个铜钱也没带。

吕公看到这个拜帖大惊迎接，见到刘邦的相貌，越发敬重，亲自引刘邦入座。萧何说：“刘季一向爱说大话，办事却不靠谱。”刘邦在大堂上的表现极为放肆，却越发引起吕公的赞赏，所以酒宴结束，吕公就留下刘邦，提出要把女儿嫁给他。

这个故事当然有人视为离奇，由于司马迁写作《史记》的时候，吕氏家族已经作为政治斗争中失败的一方被彻底铲除，太史公对吕家的记录，向来被认为疑点重重，但还是有些毫无造假必要的信息可以信任，比如吕公是县令的“客”。

这个“客”，自然也就是孟尝君“养客三千”的客。意思是吕公从县令那儿获得某种收益，而回报则是为县令出谋划策，解决困境。

对照《项羽本纪》，又会发现吕公和沛县令的关系，与项梁和会稽郡守殷通的关系，倒是颇有些相似。

作为楚国的贵族，项氏的封地是项（在今河南沈丘），司马迁又称项羽为下相（今江苏宿迁）人，但项梁叔侄后来起兵反秦，是在会稽郡的郡治吴县（今江苏苏州）。项梁之所以会去吴县，理由和吕公到沛县相同，是逃避仇家。然后项梁显然很得会稽郡守的赏识，“每吴中有大繇役及丧，项梁常为主办”，尤其是能够担当主持大规模徭役的重任，这恐怕不仅是因为项梁的才能超过本地的人才，而是郡守更愿意把这个任务交给他。无论如何，郡守对项梁的信任无可怀疑，所以后来决定谋反这样的大事，都是第一时间想到找项梁来商议。

项梁的身份，大约也正是郡守的“客”。

本地势力不可信任是地方官的基本判断，而后世官员的应对之道，是上任的同时，就要组建一个由外地人组成的行政班子。

明清时代，州县官会聘请若干幕僚作为自己最重要的参谋，至少会有一个负责税收（钱谷），一个负责司法（刑名），他尊称这些幕僚为老师，民间把在衙门工作的各色人等都称为“爷”，这些老师也就是所谓“师爷”。不但如此，重要的具体事务，如看守大门、负责文书签转、看管仓库和打理厨房……也都不能信任由本地人充任的书吏和衙役，所以州县官还会雇佣大量长随，承担这些工作。

师爷和长随都没有公务员身份，他们的收入由地方官自掏腰包支付，只有他们，才和地方官是真正的利益共同体。

秦代的郡县官员面对盘根错节的地方势力，理想中最好的应对策略，当然是任用更多的秦人，但秦人数量远远不够，那不得已而求其次，也要尽量使用外地人。沛县令用单父人吕公，会稽郡守用下相人项梁，遵循的就是这个逻辑。

如此，沛县豪桀吏欢迎吕公的那次宴会，含义就好像变得复杂起来。本土势力与外来力量高坐一堂谈笑风生，言辞中却只怕闪烁着许多刀光剑影。刘邦以二愣子的形象出现，不仅是瞧不起同事，更明显是对吕公的示威。萧何贬斥刘邦，则确保做到了有礼有力有节，分寸拿捏，极是精妙。

而秦代与明清的差异也立刻显示出来。幕友和长随本身都不拥有什么资源，背叛地方官勾结本地势力得不偿失。吕公却是豪家，项梁更是贵族，对沛县令或会稽守并没有那么强的依附性。单父和沛是邻县，下相和吴都是楚地（不管今天的宿迁和苏州关系如何，那时并没有大内斗省的观念），更容易建立彼此认同，尤其是面对人憎鬼嫌的“秦人”的时候。

所以，他们都选择抛弃地方官而与本地势力相结合。项梁赢得了江东父老的信任，在郡守满心期待和他谋划造反事宜时，喊来项羽一剑砍掉了人家的脑袋；而吕公那个本来据说可以成为县令夫人的女儿，则嫁给了泗水亭长刘邦。

萧何有一个特别值得夸耀的成就，就是朝廷到泗水郡来视察工作的御史对他特别欣赏，以至于想把他调到中央去工作。

萧何很感动，然后拒绝了他。众所周知，拒绝是比接受更加荣耀的选择。

萧何为什么会拒绝这样的好运呢？当然不会是淡泊名利。分析其心理，往浅了说，是他知道秦朝只是秦人的秦朝，自己一个东方人到咸阳去，也不会有多少发展前景，反而失去了地方上的丰富资源；往深了说，萧何也可能有这样的远见——他知道秦朝不会长久了。

毕竟，在县廷工作能接触到许多机密的人，比任何人更容易体会到这个政权的病魔缠身罪孽深重。

秦朝的制度，不管你喜不喜欢，它代表着中国未来的发展方向，这个没有问题；秦始皇是深刻影响了中国历史的千古一帝，这个也没有问题。

这些年有不少文章喜欢论证秦始皇道德高尚心地纯良，所有的政策出发点都是好的，虽然这种热衷洗白作风十分儒家，始皇帝大概不屑一顾。引用几根秦简上的动人说辞，就相信史书上记录的暴政都不存在，也算思路清奇，但谁要坚持认为秦始皇是个好人，也一样不必反对。

帝王的动机好坏，本来就无关紧要，反正这都不影响大秦统治下民不聊生官也不聊生的事实。

这里先要辨析一个数字问题。

范文澜先生的《中国通史简编》，里面罗列了秦始皇时代有哪些大工程，分别征发了多少民夫。范先生把这些人数一加，再除以他估算的人口数，得出结论："占总人口百分之十五。使用民力如此巨大急促，实非民力所能胜任。"

今天仍然经常可以看到有人在引用这个数字。但实际上，百分之十五这个比例，既高估了，也低估了。

葛剑雄先生提供了更令人信服的分析：范文澜算出来的征发民夫数，高了，因为很多工程并不是同时进行的；而他估算的总人口数则低了。这么算下来，始皇帝的征发人口数，只占总人口的百分之二点五而已。

但是，这只是直接征发的数量。农业社会和现代相比，最大的区别就是社会动员成本高到骇人听闻的地步。要支撑这百分之二点五的人流动和服役，以当时的后勤能力，秦朝至少需要动员全国百分之五十的人口。

后来的研究，大概是在葛剑雄先生这个判断的基础上进一步细化。总之毫无疑问的是，超过百分之五十的秦朝人被卷入无休止的折腾之中。

伟大的始皇帝主观上可能确实没想过把社会伤害得如此之深，他所继承的所谓"六世之余烈""四世有胜"之类，都只是一个诸侯国的经验。征发人数变多，征发路程变远，这个成本是指数级增长的，始皇帝按线性增长计算了（毕竟如大家所见，两千年后的历史学家还经常犯这个错误）。皇帝在完全错误的基础上制定了国家发展规划，大秦的官僚系统虽然很快意识到这一点，但面对一个“我不要你觉得，我要我觉得”的帝王，没有谁活腻歪了敢去劝谏送死。

于是全社会民众的生活，就只能被推入万丈深渊。这口大锅，真不是秦二世、赵高等几个小人背得起的。

《史记》记录得很清楚，刘邦成为盗匪，就发生在秦始皇末期而不是秦二世时代。刘邦解送一批民夫去修骊山陵墓，中途许多民夫逃走，刘邦就干脆选择做了逃亡者的领袖，上了芒砀山。

这部分叙述中，有些渲染刘邦是天命所归的神异内容不必理会，可以肯定的是，刘邦的家人并没有受到多大牵累。胆敢对刘邦妻子吕雉不敬的官吏，立刻就被刘邦的小弟击伤，之后吕雉仍然有活动自由，甚至到芒砀山与刘邦团聚过。未来的汉惠帝刘盈，正是在山野中夫妻相会时怀上的。

也就是说，刘邦上山成为盗匪，沛县令根本没有追究。想想也是，他怎么追究呢？刘邦的老丈人是自己的“客”，以萧何、曹参为代表的全县官吏都和刘邦关系密切，他根本凑不齐抓捕刘邦的足够人力。而且萧何一定会提醒他，即使抓住又能怎样呢？审问追究下来，沛县令注定会把自己卷进去。想到秦法中的各种严苛刑罚，沛县令惟有不寒而栗。

于是繁如秋荼密如凝脂的秦法，只能成为一个高高在上的摆设，认真落实执行便会害人害己。这个道理今天研究出土秦简的学者也许有人不明白，但当时的官吏，一定是明白的。

读史时经常不能不承认，只要既得利益阶层团结而能干，很多时候哪怕民怨沸腾，也无可奈何。

而秦帝国的脆弱在于，它实际上没有一个像样的既得利益阶层。恰恰相反，除掉皇帝高高在上，秦代是一个几乎所有人都觉得自己是受害者的时代。

统一之前，秦国的军民觉得发动战争斩下头颅获得军功，是可以改变自己的命运实现阶层跃升的（程度如何当然极有争议）。如韩非子分析的那样，其实早在秦始皇之前，秦国已经具备了灭掉六国的实力，但却屡屡错失机遇。韩非把这归结为谋臣不忠。实际上，却未必不是理性选择：留着富庶而衰弱的六国，可以保障打劫的收益而避免管理的成本。

但随着六国覆灭，这条路径反而断绝了。如果不能创造新的治国方式，这就像一只猛兽吃光了所有其他动物，自己也只剩饿死一途。

始皇帝又相继发动对匈奴和百越的战争，这些新对手的特点是战斗力强劲，而生活极端贫困。换言之，战争胜利付出的代价极为高昂，眼前的获益却微乎其微。开疆拓土满足了帝王的雄心，也确实堪称功在千秋，然而一般秦军将士，只知道自己不能从中分享到什么好处。

至于被派遣到各地的官吏，感受则是到手的俸禄不过如此，朝廷不断交给自己无比艰巨的任务，稍有差失就要受到严厉惩处。就拿沛县令来说，刘邦叛逃之后他无力将之逮捕归案，这件事只能瞒一时是一时，之后的日子他一定在担惊受怕中度过。终于有一天，大泽乡陈胜、吴广揭竿而起的讯息传来，那时他的感受，大约不是痛恨反贼而是如释重负，终于有一件事让自己的过失显得不那么严重了。

后人读史很容易注意到的是：秦朝郡县的长吏，尽管他们本是秦人，但抛弃这个政权却没有什么心理障碍。沛县令、会稽守都是想造反，却被刘邦、项羽清理出了革命队伍，后来刘邦伐秦西征的途中，许多秦国地方官望风开城投降。更加至关重要的一支南征的秦军，选择封锁归途，不理会中原逐鹿，开创自己的世界去了。

六国贵族当然是秦帝国的受害者。顺带一提，这些年来流行的论调里，最荒谬的是有些“秦粉”提出：秦之所以灭亡，是因为六国贵族的复辟欲望。这个说法不但大大高估了这些猥琐贵族的爱国热情，更极度侮辱秦始皇的智商，这等于说他一统天下后十多年来，那么多打击贵族的措施竟全然无效，最后被人家一举反杀。

实际上，打击六国贵族这个目标相当程度上是实现了的，所以天下大乱豪杰蜂起的时代，最有行动力的没几个是贵族。即使如楚国的项氏，也是最近几十年战争中崛起的新贵，远不如屈、昭、景等老牌贵族值得夸耀；齐国能和项羽对抗的那几个田氏，虽然是王族，但血统已经不知疏远到哪里去了（血统比较过硬的田假则迅速出局）；张良的家族号称在韩国五世为相，但在战国史料中却不怎么能找得到他们活动的痕迹，不能排除只是自我标榜的可能。

在反秦战争最不利的阶段，有分析认为失败是反叛者血统太卑微的缘故，于是有一批贵族被抬出来以壮声色。但灭掉秦朝之后，这些贵族大多又像当时用来擦屁股的竹签一样，被随手抛弃了。

说起来，恰恰是萧何这样的官吏，应该算秦朝建立的受益者，但是他们自己却不会承认。

正是因为打击了六国贵族，又没法提供足够多秦国自己的令史文吏，秦帝国制造出一个权力真空，这才给了萧何们上升空间。

类似的还有陈胜、吴广，不管陈胜出身是否贵族，他早已沦为雇农，但起义时的身份是“屯长”，那支戍守渔阳的队伍的中层干部，就是说，秦朝建立后，他的社会地位其实颇有改善。

没有秦朝，这些人会被大贵族牢牢压制，说一句“苟富贵，勿相忘”就会招致群嘲。是秦帝国赋予他们特权地位，传授给他们政府和军队的组织管理经验。后来萧何进咸阳，第一件事就去“收秦丞相御史律令图书藏之”，可见他也深知这种资源有多么重要。

然而，他们都对秦朝不会有任何感情。这种得益于时代潮流的改善，人更容易倾向认为是个人奋斗的结果。何况小特权要被大特权霸凌，在政府或军队工作中，每天相处的那个骄奢无能的人，仅仅因为是个“赳赳老秦”（姑且借用这个当代人发明的词）就能当上我的领导，没什么比此类事实更容易埋下仇恨的种子。可以想象，陈胜吴广斩杀秦都尉，项羽斩杀会稽守，沛县父老斩杀沛县令，得手时一定充满“出了老子胸中多年一口鸟气”的快意。

也就是说，短短十来年的时间里，秦在六国故地培养了一个既依托秦的体制习得行政能力和组织经验、获取政治和社会资源，又对帝国毫无忠诚的阶层。这些人成为反秦斗争中真正的骨干力量。

一个能够做到让所有人都觉得自己是受害者的帝国，无论看起来多么光鲜威猛，早已注定只是一个空洞的躯壳。

我们把书做好　等待您来发现

读库微信

读库天猫店

读库微博：@读库
读库官网：www.duku.cn
投稿邮箱：666@duku.cn
客服邮箱：315@duku.cn

图书在版编目 (CIP) 数据

读库. 2001 / 张立宪主编. -- 北京 : 新星出版社, 2020.3

ISBN 978-7-5133-3880-6

Ⅰ. ①读… Ⅱ. ①张… Ⅲ. ①中国文学－当代文学－作品综合集

Ⅳ. ①I217.61

中国版本图书馆CIP数据核字(2020)第034169号

读库 2001

主　　编：张立宪
责任编辑：汪　欣
责任印制：韦　舰

出版发行：新星出版社
出 版 人：马汝军
社　　址：北京市西城区车公庄大街丙3号楼　100044
网　　址：www.newstarpress.com
电　　话：010-88310888
传　　真：010-65270449
法律顾问：北京市岳成律师事务所
经销电话：010-57268861
官方网站：www.duku.cn
邮购地址：北京市海淀区万寿路邮局67号信箱　100036
印　　刷：北京雅昌艺术印刷有限公司
开　　本：770mm × 1092mm　1 / 32
印　　张：11
字　　数：220千字
版　　次：2020年3月第一版　2020年5月第二次印刷
书　　号：ISBN 978-7-5133-3880-6
定　　价：42.00元